WHISKEY UND ENTHÜLLUNGEN

WHISKEY UND LÜGEN

BUCH EINS

CARRIE ANN RYAN

WHISKEY UND ENTHÜLLUNGEN

WHISKEY UND LÜGEN, BUCH 2

von

Carrie Ann Ryan

III

Englischer Originaltitel: »Whiskey Reveals (Whiskey and Lies
Book 2)«
Deutsche Übersetzung: Martina Risse für Daniela Mansfield
Translations 2022

eBook:
ISBN: 978-1-63695-268-0

Taschenbuch:
ISBN: 978-1-63695-269-7

Besuchen Sie Carrie Ann im Netz!
carrieannryan.com/country/germany/
www.facebook.com/CarrieAnnRyandeutsch/
twitter.com/CarrieAnnRyan
www.instagram.com/carrieannryanauthor/

EBENFALLS VON CARRIE ANN RYAN

Novellas:
Ink Inspired - Tattoos und Inspiration (Buch 0.5)
Ink Reunited – Wieder vereint (Buch 0.6)
Forever Ink - Tattoos und für immer (Buch 1.5)
Hidden Ink – Tattoos und Geheimnisse (Buch 4.5)

Die Gallagher-Brüder:
Love Restored – Geheilte Liebe (Buch 1)
Passion Restored – Geheilte Leidenschaft (Buch 2)
Hope Restored – Geheilte Hoffnung (Buch 3)

Whiskey und Lügen:
Whiskey und Geheimnisse (Buch 1)

WHISKEY UND ENTHÜLLUNGEN

Ein äußerst Whiskey-reicher Abend verwandelt sich schnell in etwas Ernstes in diesem zweiten unabhängigen Teil der beliebten Serie »Whiskey und Lügen« von NYT Bestsellerautorin Carrie Ann Ryan.

Fox Collins gefällt sein Leben genau so, wie es ist. Seine Geschwister verlieben sich einer nach dem anderen, doch er konzentriert sich viel lieber auf seine nächste Geschichte als auf eine ernsthafte Beziehung. Doch als sein jüngster One-Night-Stand nach Whiskey zurückkehrt – diesmal für immer –, wird er lernen müssen, seinen Instinkten zu vertrauen, um herauszufinden, ob er ohne sie leben kann.

Die ehemalige Tänzerin Melody Waters ist endlich bereit, sich in der kleinen Heimatstadt ihrer Großmutter in Pennsylvania niederzulassen. Schlechte Entscheidungen und schicksalhafte Nächte haben ihren Pfad mehr als einmal verändert, doch nun konzentriert sie sich nur noch auf eines: die Eröffnung ihres neuen Tanzstudios. Doch das Schicksal ist durchtrieben und wieder einmal muss sie lernen, dass Taten Konsequenzen nach sich ziehen, und einige Auswirkungen können dein Leben nicht nur für immer verändern, sie können auch wiederkehren, um dich heimzusuchen ... ein gebrochenes Versprechen nach dem anderen.

KAPITEL EINS

F ox Collins wollte nicht aufwachen.

Denn er hatte gerade den besten Traum seines Lebens. Er befand sich in diesem Moment nicht unbedingt im Tiefschlaf, sondern in einer Art Halbschlaf, in dem er sein Unterbewusstsein dazu bringen konnte, den köstlichen Traum zu beenden. Das heißt, jedes Geräusch konnte ihn aufwecken, und wenn er zu sehr darüber nachdachte, konnte ihn das aus dem Schlaf reißen.

Also verdrängte er diese viel zu komplizierten Gedanken schnell aus seinem Kopf, um nicht aufzuwachen, und kehrte wieder zu der köstlichen Blondine zurück, die gerade seinen Schwanz lutschte. Leider war sie nur seine Traumfrau, nicht real, aber er würde nehmen, was er kriegen konnte, denn sie war ein verdammt sexy Produkt seiner Einbildungskraft. Die

Tatsache, dass diese Frau auf einer realen Person basierte, gehörte ebenfalls zu den Gedanken, die er sich versagte, denn er wollte, dass dieser Teil seines Morgens weiterging.

Seine Blondine leckte über seinen Schaft; ihre Zunge war magisch und warm und alles, was in ihm den Drang erweckte, genau in diesem Augenblick zu kommen. Aber er hielt sich zurück – so gerade eben. Sie saugte langsam an der Spitze seines Schwanzes, wobei sie mit der Zungenspitze mit dem Schlitz spielte. Er verdrehte im Geiste die Augen und zitterte sowohl im Traum als auch in der Realität am ganzen Körper.

Sie war so verdammt sexy, ganz Kurven und Weichheit. Sie hatte auch etwas Starkes an sich. Etwas, das ihn unbändig angemacht hatte, als sie das einzige Mal außerhalb seiner Träume Sex miteinander gehabt hatten, aber auch daran würde er nicht denken. Stattdessen stellte er sich vor, wie sie vor ihm auf dem Bett kniete, während er sich zurücklehnte, um sich von ihr einen blasen zu lassen. Sie warf den Kopf zurück und blickte ihm in die Augen, während sie ihn ganz in ihren Mund aufnahm.

Er streckte nicht die Hand aus, um sie zu berühren, und hütete sich davor, mit den Händen den Kurven ihrer weichen Haut zu folgen. Denn er wusste, wenn er das täte, würde er sofort aufwachen. So war es immer. Er würde sie nie berühren können. Es war, als würde sein Gehirn ihm nicht erlauben, sich genau daran zu erinnern, wie perfekt sie sich in seinen Armen anfühlte – auch wenn diese Erinnerungen in einen Whiskey-geschwängerten Nebel gehüllt waren.

Als seine Blondine seinen Schwanz drückte, verdrehte er die Augen und seine Hüften hoben sich vom Bett. Er rief ihren Namen, aber nur den Vornamen, da sie sich geweigert hatte, ihm ihren Nachnamen zu nennen, und fand sich wach in seinem Bett wieder. Sein Bauch war klebrig und seine eigene Hand umfasste den Ansatz seines Schwanzes.

Er war allein, einigermaßen befriedigt, und als er auf die Uhr auf seinem Nachttisch blickte, stellte er fest … dass er spät dran war.

»Nun, Melody, es scheint, als könnte ich dich einfach nicht aufgeben.« Seine Stimme klang laut in der Leere seines Zimmers und er stieß einen Seufzer aus. Offensichtlich war Fox nicht gerade der Beste, was One-Night-Stands anbelangte – obwohl er es versucht hatte. Und jetzt verfolgte die Blondine aus der einzigen Nacht, in der er mit Whiskey und seinem Schicksal gespielt hatte, seine Träume und seinen Schwanz.

Er musste lächeln. Ein verfolgter Schwanz? Es könnte Spaß machen, eine solche Geschichte zu schreiben. Er mochte zwar der Besitzer und Herausgeber der Zeitung *Whiskey Chronicles* sein, aber er könnte sich einen Nachmittag Zeit nehmen und eine Kurzgeschichte schreiben, nur zum Spaß. Das würde seine Fähigkeiten schärfen, und ehrlich gesagt konnte er etwas Spaß gebrauchen. Er hatte ein paar lange Monate mit einem Abgabetermin nach dem anderen hinter sich und seine Traumfrau drang immer wieder in sein Unterbewusstsein ein. Das ging so weit, dass er nicht annähernd genug Schlaf bekam.

Der Wecker seines Handys meldete sich zum zweiten Mal und er seufzte. Er hatte sich während des ersten Weckens im Schlaf einen runtergeholt, und das bedeutete, dass er keine Zeit mehr hatte, unter seiner verschwitzten Decke zu bleiben und zu grübeln. Außerdem war er nicht der grüblerische Bruder, diesen Titel hatte er Lochlan überlassen – und vielleicht sogar Dare, bevor dieser Kenzie kennengelernt hatte.

Und jetzt dachte er über seine Brüder und seine zukünftige Schwägerin nach, während er nackt im Bett lag, weil er nicht aufstehen und zur Arbeit gehen wollte.

Er hatte wirklich einen Tiefpunkt erreicht.

Fox rollte sich aus dem Bett, wobei er darauf achtete, seinen Schwanz dicht am Bauch zu halten, um nicht noch mehr zu beschmutzen, und machte sich auf den Weg, um sich wenigstens ein bisschen sauber zu machen. Noch bevor er duschte, kehrte er in sein Schlafzimmer zurück und zog das Bett ab. Er war nun schon zum zweiten Mal in dieser Woche mit einem solchen Traum aufgewacht und das Waschen bereits leid.

Da er wusste, dass er einen Kaffee brauchte, bevor er irgendetwas anderes tat, schlenderte er nackt in die Küche und bereitete sich eine Tasse zu, während er seine E-Mails überprüfte und die Nachrichten auf seinem Handy durchsah. Später würde er auch die gedruckten Ausgaben durchlesen, da er in der Zeitungsbranche tätig war und versuchte, mit beiden Formaten Schritt zu halten, aber vorerst wollte er nur die Schlagzeilen überprüfen. Und so wie die Welt im Augenblick aussah, schien es, als gäbe es im Moment beinahe stündlich Sondermeldungen.

Das war ein Grund, warum er gern in Whiskey lebte und arbeitete. Es war nicht nur seine Heimatstadt, in der er jeden einzelnen Bürger kannte – abgesehen von den Touristen natürlich –, sondern es war auch an den meisten Tagen ruhig genug, um zum Herzen der Stadt mit ihren Neuigkeiten durchzudringen, anstatt tagein, tagaus Horrorgeschichten zu lesen. Es mochte zwar in seinem Leben einen Zeitpunkt gegeben haben, an dem er gern der knallharte Reporter gewesen wäre, der bis in die frühen Morgenstunden an erschreckenden und herzzerreißenden Nachrichten arbeitete, aber er hatte schon vor langer Zeit gelernt, dass er ein Gleichgewicht in seinem Leben brauchte, um seinem Schreiben Bedeutung zu verleihen.

Zwischen all den grauenvollen Meldungen musste es auch bedeutungsvolle gute Nachrichten geben und er empfand es als seinen persönlichen Jonglierakt, einen Weg zu finden, diese an die Menschen zu vermitteln, ohne dass es so aussah, als wären es nur seltene, unbedeutende gute Nachrichten.

»Und jetzt werde ich nach einer halben Tasse Kaffee viel zu philosophisch. Ganz zu schweigen davon, dass ich mit mir selbst rede.« Er leerte den Rest seiner Tasse und stellte sie unter den Auslauf der Kaffeemaschine, damit er seine zweite Tasse trinken konnte, wenn er aus der Dusche käme. Er hielt sich an die Drei-Tassen-Regel und wechselte nach der dritten Tasse zu Wasser, aber er neigte dazu, alle drei schnell hintereinander zu trinken. Wahrscheinlich war das nicht gerade das, was sein Arzt wollte, aber es sah nicht so aus, als würde er seine Gewohnheiten in absehbarer Zeit ändern.

Fox straffte die Schultern und machte sich, immer noch nackt, auf den Weg zurück ins Bad, um zu duschen und sich für den Tag fertig zu machen. Für einen Mann, der schon spät dran war, ließ er sich überraschend viel Zeit. Aber da die Zeitung ihm gehörte, konnte er natürlich kommen und gehen, wie es ihm gefiel, aber er mochte es nicht, nach seinen Mitarbeitern im Verlag einzutreffen. Er musste zumindest ein bisschen Verantwortung zeigen.

Gedanken an seine Traumblondine schossen ihm durch den Kopf und wieder einmal bekam er einen Ständer. Niedergeschlagen sah er auf seinen steif werdenden Schwanz hinunter und runzelte die Stirn.

»Verräter.«

Er lebte nicht von seinem Schwanz und musste daher zur Arbeit, also würde er die Dusche mit kaltem Wasser beenden müssen. Schon wieder.

Verflucht.

KAPITEL ZWEI

»Mein Text ist achtundzwanzig Zentimeter lang, aber ich muss ihn auf fünfundzwanzig reduzieren«, sagte Nancy, seine Sportjournalistin, während sie stirnrunzelnd auf ihre Arbeit hinunterblickte. »Es sind verdammt gute achtundzwanzig.«

Fox widerstand dem Drang, die Augen zu verdrehen, denn es war nicht das erste Mal, dass Nancy in sein Büro kam und mehr Platz für ihre Arbeit verlangte. Er hielt seinen Blick auf die Bälle vor sich gerichtet und jonglierte mit ihnen, damit er sich auf seine Aufgabe konzentrieren konnte, anstatt sich mit den Millionen von Dingen zu beschäftigen, die er erledigen musste, bevor die Zeitung am Morgen herauskam, ganz zu schweigen von den zahllosen Berichten, die während der Woche für die Online-Ausgaben geschrieben werden mussten.

»Ich bin sicher, dass sie gut sind. Aber Sie haben nur fünfundzwanzig Zentimeter Platz, also kürzen Sie.« Er legte einen der Bälle auf den Schreibtisch und fing die beiden anderen mit einer Hand auf. Er hatte Jahre gebraucht, um diesen Trick zu beherrschen, versagte sich aber in diesem Augenblick ein zufriedenes Lächeln, da er den Chef heraushängen lassen musste. Normalerweise jonglierte er nicht, während seine Reporter mit ihm sprachen, aber Nancy war unangekündigt in sein Büro gekommen und er hatte es nicht für nötig gehalten, seine Beschäftigung zu unterbrechen. Wenn er über seine Arbeit nachdenken musste und nicht in die richtige Stimmung kam, jonglierte er, und Nancy hatte ihn dabei unterbrochen. Wieder einmal. Aber dies war sein Job, also schimpfte er nicht, wie er es sonst vielleicht getan hätte.

»Aber ich habe achtundzwanzig.« Sie reckte das Kinn in die Höhe und er unterdrückte einen Seufzer. »Lesen Sie es doch wenigstens und dann sagen Sie mir, was Sie davon halten.«

Er nickte. »Schicken Sie es mir.« Um ehrlich zu sein, waren die achtundzwanzig Zentimeter Text wahrscheinlich besser als großartig, aber er hatte keinen Platz für die drei zusätzlichen Zentimeter. Sie hätten es zwar durchaus geschafft, falls es nötig gewesen wäre, aber das war nicht der Punkt.

Nancy strahlte. »Danke.« Sie tippte auf eine Stelle

auf ihrem Tablet und kurz darauf piepste sein Computer, um den Eingang einer E-Mail zu melden. »Ich werde draußen sein und an meiner nächsten Reportage arbeiten.« Sie nickte ihm zu, bevor sie ihn allein in seinem Büro zurückließ. Glücklicherweise schloss sie die Tür hinter sich, sodass er seine Gedanken ordnen konnte.

Zurzeit arbeitete er an zwei großen Artikeln, deren Fertigstellung einige Tage in Anspruch nehmen würde, sowie an einem bevorstehenden Leitartikel, auf den er sich schon seit einigen Monaten freute. Er musste Interviews terminieren, die eintreffenden Artikelserien durchsehen und noch ein paar Verwaltungsaufgaben erledigen, bevor er Feierabend machen konnte, aber er schaffte es – obwohl er immer noch erschöpft war, weil er nicht genug geschlafen hatte. Er konnte seiner imaginären Blondine die Schuld geben, so viel er wollte, aber er wusste, dass es nicht nur an ihr lag. Diesmal nicht. Immerhin war er derjenige, der von ihr träumte. Er musste sie aus seinem Kopf und aus seinen Träumen bekommen.

Er hatte sie einmal in der Kneipe seines Bruders getroffen. Er hatte viel zu viel Whiskey getrunken und sie mit nach Hause genommen, wo er den besten Sex seines Lebens gehabt hatte. Am nächsten Morgen war sie weg gewesen und hatte lediglich einen Zettel hinterlassen, auf dem »*Danke*« stand. Das war alles. Keine

Nummer, keine Versprechen, nur die Erinnerung an ihren Geschmack und ihr zerrissenes Höschen auf seinem Fußboden.

Sicher, jetzt dachte er an die Tatsache, dass sie sein Haus in einem Kleid und ohne Höschen verlassen hatte, und er musste sich zwingen, an Eishockeystatistiken zu denken, damit er seine Erektion unter Kontrolle halten konnte. Er war auf der Arbeit, um Himmels willen.

Er blickte auf die Uhr seines Computers und schüttelte den Kopf. Heute schaffte er nicht wirklich etwas in seinem Büro, also würde er seine Arbeit einfach mit zu seinem Bruder nehmen und das Stimmengewirr der Touristen und die Stadt auf sich einwirken lassen. Falls jemand aus dem Büro ihn brauchte, so wussten sie, wie sie ihn erreichen konnten und wo er zu finden war. Die meisten von ihnen arbeiteten ein paarmal pro Woche außerhalb des Büros, da es dem Schreiben nicht immer zuträglich war, zu lange an einem Ort zu sitzen.

Er ließ die anderen wissen, wohin er ging, packte seinen Laptop, sein Tablet und die anderen Dinge ein, die er für seine Arbeit brauchte, und machte sich auf den Weg die Straße hinunter zum *Old Whiskey Restaurant and Bar* mit dem *Old Whiskey Inn* in der oberen Etage. Er wusste nicht, wie sein Bruder das alles allein schaffte. Nun, er schaffte es, weil Kenzie die

Herberge leitete und Dare im Restaurantteil ein ganzes Team beschäftigte, aber letztendlich machte Dare die meiste Arbeit, insbesondere seitdem ihre Eltern sich zur Ruhe gesetzt hatten. Oft half Fox an den Wochenenden hinter der Theke aus, weil man das als Familienangehöriger eben tat, aber Dare hätte es auch ohne ihn geschafft. Sein Bruder, ehemals Polizist, war mehr als fähig. Und jetzt, da er Kenzie in seinem Leben hatte, hatte Fox das Gefühl, dass Dare sogar noch besser darin wurde, alle Aspekte seines Lebens unter einen Hut zu bringen.

Verdammt, er schaffte es, Vater zu sein und all die vielen Stunden zu arbeiten. Und sein anderer Bruder, Lochlan, tat das Gleiche mit seiner Tochter Misty – obwohl bei Lochlan nicht einmal die Mutter des Mädchens in Erscheinung trat, wie es in Dares Fall Nates Mutter tat. Seine Schwester Tabby war frisch verheiratet und lebte in Denver. Sie managte sowohl ein ganzes Unternehmen als auch die Karriere ihres Mannes Alex als Fotograf, weil sie einfach so verdammt gut planen konnte. Irgendwie fühlte sich Fox wie der Faulpelz in der Runde, ohne Kinder und mit nur einem Job, aber er arbeitete wirklich viel.

Vielleicht brauchte Fox ein neues Hobby oder etwas anderes, um mit seinen Geschwistern mitzuhalten. Dann erinnerte er sich daran, dass er bereits Abendkurse besuchte und Eigentümer des *Whiskey*

Chronicles war. Es ging ihm gut, und das durfte er nicht vergessen. Fox fuhr sich mit der Hand über das Gesicht und dachte, es wäre vielleicht nicht zu früh für einen Drink. Natürlich kam ihm der Gedanke in den Sinn, was geschehen war, als er das letzte Mal ein Glas Whiskey getrunken hatte, und hastig schob er ihn beiseite. Es hatte keinen Sinn, vor seiner Familie einen Ständer zu bekommen und sich zu ärgern.

Fox ging am Empfangstresen der Kneipe vorbei und nickte Claire, Dares Herbergsleiterin zu. Sie lächelte, und Fox konnte nicht anders, als das Lächeln zu erwidern. Ihre tadellose weiße Bluse betonte den Glanz ihrer dunklen Haut, und jedes Mal, wenn er zum Abendessen kam, kümmerte sie sich selbst um ihn. Sie fühlten sich nicht zueinander hingezogen, aber sie waren Freunde, die sich um seinen Bruder kümmerten. Aus dem Augenwinkel sah er, wie Kenzie auf ihren himmelhohen Absätzen schnell die Treppe hinaufging. Da sich die Herberge über der Kneipe und dem Restaurant befand, bewegte sie sich ständig zwischen den Stockwerken hin und her, und da sie im Arbeitsmodus zu sein schien – in den er auch bald kommen musste –, störte er sie nicht.

Dare stand hinter dem Tresen und putzte die Gläser wie jeder andere gute Wirt, als Fox die linke Seite des Gebäudes betrat, wo sich die Kneipe befand. In beiden Hälften des Gasthauses wurden Speisen und

Getränke serviert, aber Fox gefiel die linke Seite besser, weil es dort nicht so förmlich zuging und er sich mit seiner Familie treffen konnte. Außerdem war die andere Seite noch nicht geöffnet, da er in die seltsame Zeit zwischen Mittag- und Abendessen geraten war, in der sich das Restaurant auf Letzteres vorbereitete.

»Hey, ich dachte, du müsstest arbeiten.« Dare ging zum Zapfhahn und sah zu ihm auf. »Aber wahrscheinlich willst du hier arbeiten, oder?« Fox nickte. »Also kein Alkohol. Mineralwasser oder bist du heute hart drauf und willst etwas mit viel Zucker und Koffein?«

Fox grinste und nahm vor ihm auf dem Barhocker Platz. »Mineralwasser mit Limette. So schlimm ist der Tag nun auch nicht.« Und das war er wirklich nicht. Er war nur gezwungen gewesen, eine Menge Verwaltungsarbeit und andere Dinge zu erledigen, was in seiner Zeit als Reporter nicht zu seinen Aufgaben gehört hatte. Der Besitzer einer Zeitung zu sein war etwas ganz anderes, als einfach nur bei einer Zeitung zu arbeiten, und mit jedem Tag, jedem Monat und jedem Jahr, die vergingen, wurde ihm diese Tatsache mehr und mehr bewusst.

»Also dann, ein Mineralwasser mit Limette, kommt sofort.« Dare ließ das Glas die Theke hinunterschlittern, wie in den alten Filmen, die ihre Mutter sie hatte sehen lassen, und Fox fing es auf, dankbar, dass seine Reflexe so gut waren. Er hätte es nicht überlebt, wenn er das Glas nicht aufgefangen hätte. Lochlan und Dare waren die sportlicheren der vier Geschwister und Tabby kam nun knapp dahinter an dritter Stelle, weil sie von ihrem Mann Boxunterricht bekam. Fox konnte zwar seinen Mann stehen, aber er war doch immer noch eher der Typ, der meist mit dem Kopf in seinen Büchern und in den Wolken steckte. Es machte ihm nichts aus, aber andererseits wollte er auch nicht derjenige sein, der in Dares Kneipe ein Glas zerbrach. Er hatte schließlich Prinzipien.

»Danke.« Fox hob sein Glas, dann trank er einen Schluck. Dies war zwar nicht sein liebstes Getränk auf der Welt, aber er hatte sich bemüht, exzessiven Koffein- und Zuckergenuss aus seinem Tag zu verbannen. Seine drei Tassen Kaffee pro Tag betrachtete er jedoch nicht als übermäßigen Genuss.

»Also, woran arbeitest du?« Dare machte sich wieder ans Säubern und das Durchsehen der Tresenausstattung, denn jetzt war die ruhigste Zeit des Tages, und Fox und ein Paar waren die einzigen Gäste in der Kneipe.

»Ich muss noch ein paar Verwaltungsaufgaben erledigen, aber die Druckfahne für morgen ist fertig. Danach komme ich endlich dazu, ein paar Notizen für mein nächstes Projekt zu machen.« Er konnte sich ein Grinsen nicht verkneifen. Er wartete auf dieses Interview und diesen Artikel schon, seitdem ihm dieses Projekt zum ersten Mal für seine kleine Stadt in den Sinn gekommen war, und obwohl es weder eine bahnbrechende Neuigkeit war noch die Welt verändern würde, hatte die betreffende Person Whiskeys Welt durch ihre bloße Anwesenheit verändert. Und daher war er begeistert.

Dares Augen leuchteten auf. »Du wirst also endlich Miss Pearl kennenlernen?«

Fox nickte. »Ja. Es wird Zeit, dass Whiskey seine Miss Pearl kennenlernt.«

Miss Pearl war praktisch eine historische Figur in ihrer ohnehin schon historischen Stadt. Die örtliche Legende besagte, dass sie ein Showgirl in Vegas gewesen war, bevor sie sich in Whiskey, Pennsylvania niederließ. Sie war mit dem *Rat Pack* befreundet – oder zumindest bekannt – und Fox war sich ziemlich sicher, dass sie noch mehr Geschichten zu erzählen hatte. Whiskey war unter dem Prohibitionsgesetz gegründet worden und hatte in dieser Hinsicht besondere Geschichten für die Touristen zu erzählen. Als Miss Pearl auftauchte, hatte sie sich direkt in das kulturelle Umfeld eingepasst. Natürlich gab es bei Miss Pearl nichts, was man *angepasst* nennen konnte. Er wusste nicht, ob all die Geschichten wahr waren, die man ihm im Laufe der Jahre erzählt hatte, aber jetzt hatte er endlich die Chance, es von der Frau selbst zu erfahren.

Er kam nicht immer dazu, Leitartikel über wichtige Persönlichkeiten der Stadt zu schreiben, die Teil seiner Seele war, aber jetzt würde er etwas tun können, was er schon immer hatte tun wollen. Nein, es würde die Welt nicht verändern, aber vielleicht, nur vielleicht, könnte es Whiskey verändern.

»Klingt, als hättest du mit Miss Pearl alle Hände voll zu tun.« Dare grinste und machte sich dann daran, eine Bestellung von jemandem aufzunehmen, der an die Theke gekommen war. Fox war noch nicht allzu lange da und schon wurde es betriebsamer. Es gab niemals wirklich Pausen in dieser Stadt, wenn es ums Essen und Trinken ging.

Anstatt sich durch das Kommen und Gehen der Leute um ihn herum ablenken zu lassen, nahm er einen weiteren Schluck seines Wassers und öffnete seinen Computer, um seine Verwaltungsarbeit für den Tag zu beenden. Er musste noch den achtundzwanzig Zentimeter langen Text von Nancy lesen und er hatte das Gefühl, dass er, sobald er ihn durchgelesen hatte, seine Abteilung anrufen musste, um zu sehen, was sich wegen der zusätzlichen Zentimeter machen ließ. Bei einer Kleinstadtzeitung war das nichts Neues, aber es bereitete ihm Kopfschmerzen nach einem langen Tag, an dem er nicht geschrieben hatte.

Er wusste, dass er es wahrscheinlich schaffen würde, die Arbeit von zumindest einer Stunde zu erledigen, während Dare um ihn herumwuselte. Am Ende würde Kenzie neben Fox an der Theke sitzen und dann käme er überhaupt nicht mehr zum Arbeiten. Er schenkte seiner zukünftigen Schwägerin stets seine Aufmerksamkeit, weil er sich gern mit ihr unterhielt. Es machte ihm nichts aus. Die beiden waren Freunde geworden, und er mochte es, dass Kenzie auch zu seinem Leben gehörte. Sie hatte die Welt seines Bruders verändert und dafür würde er ihr ewig dankbar sein.

Und jetzt, da er darüber nachdachte, welcher Tag heute war, würden seine Eltern wahrscheinlich auch bald auftauchen, um einen Happen zu essen. Mindestens einmal im Monat gab es ein Essen im Haus seiner Eltern. Dann fand stets ein großes Treffen statt, mit vielen Speisen, vielen Gesprächen und einfach guten Leuten. Aber seitdem das Ehepaar im Ruhestand war, aßen sie einmal pro Woche entweder in der Kneipe oder im Restaurant. Wenn er bedachte, dass sie früher in demselben Gebäude gearbeitet hatten, das Dare jetzt besaß, wusste Fox, dass es wahrscheinlich mehr die Familie war als das Essen, das sie jede Woche wiederkehren ließ. Aber natürlich war das Essen auch wirklich gut.

Da seine Eltern höchstwahrscheinlich bald zum Abendessen auftauchen würden, bedeutete das, dass auch Lochlan mit seiner Tochter erscheinen würde.

Und wo seine Tochter war, war Lochlans beste Freundin Ainsley meist nicht weit.

All das bedeutete, dass Fox sich in der nächsten Stunde wirklich konzentrieren musste, um so viel Arbeit wie möglich zu erledigen, bis die Horde eintreffen würde. Wenn er nach dem lockeren Treffen nach Hause zurückkehren würde, würde er noch etwas arbeiten können. Er hatte keinen Achtstundentag, und es machte ihm nichts aus. Aber manchmal dachte er, es wäre schön, keine Arbeit mit nach Hause zu bringen. Natürlich kannte er solche Arbeitszeiten nicht, aber es war immer schön zu träumen.

Er war erst zwanzig Minuten bei der Arbeit, als er aus dem Augenwinkel heraus jemanden bemerkte, den er nie wiederzusehen geglaubt hatte. Er drehte sich herum und seine Aufmerksamkeit wurde von einer Frau gefesselt, die eine Bestellung zum Mitnehmen abholte.

Ihr langes, blondes Haar fiel ihr in Wellen über die Schultern. Sie trug eng anliegende Jeans, die ihre üppigen Kurven zur Geltung brachten, dazu ein ellbogenlanges T-Shirt, das sich eng um ihren Brustkorb schloss und ihn daran erinnerte, wie sie unter der Kleidung aussah. Er hatte jeden Zentimeter von ihr gekostet, jede Kurve berührt. Es war in einem Whiskeygeschwängerten Dunst gewesen, aber das hatte ihn nicht im Geringsten gestört. Er konnte sich noch an jeden einzelnen Augenblick erinnern. Auch an die Tatsache, dass sie ihn am nächsten Morgen allein im Bett zurückgelassen hatte.

»Melody.« Das Wort war aus seinem Mund gedrungen und hallte in dem lauten Raum wider, bevor er überhaupt wusste, dass er es ausgesprochen hatte.

Sie drehte sich herum und ihre Augen weiteten sich für einen Moment, bevor sie ihre Gesichtszüge zu einem freundlichen Lächeln formte.

»Fox. Ich hätte wissen müssen, dass ich dich in dieser Kneipe wiedersehen würde.« Sie hielt ihre Tüte mit dem Essen in einer Hand und Fox ignorierte geflissentlich den Blick, den sein Bruder ihm zuwarf.

»Ich komme oft hierher. Mein Bruder ist der Besitzer. Erinnerst du dich?«

Sie schenkte ihm wieder eines dieser süßen Lächeln, die in keiner Weise den wollüstigen ähnelten, die sie ihm an jenem Abend geschenkt hatte. »Natürlich erinnere ich mich. Nun, es war schön, dich zu sehen, Fox. Wie du sehen kannst, bin ich gekommen, um mir ein Abendessen zu holen. Ich sollte mein Essen nicht kalt werden lassen. Ich wünsche dir noch einen schönen Abend.« Sie machte auf dem Absatz kehrt und verließ die Kneipe, als wäre sie nicht gerade nach drei Monaten aus dem Nichts aufgetaucht. Er hatte nicht einmal gewusst, dass sie wieder in der Stadt war, geschweige denn hätte er erwartet, sie in Dares Kneipe zu sehen. Sie hatten sich gegenseitig nichts versprochen. Es gab keine Nachnamen, keine Vorwürfe, keine Vorgeschichten. Aber er kannte fast jeden einzelnen Menschen in seiner Stadt, der kein Tourist war, und Melody gehörte nicht dazu. Und doch war sie wieder da und bestellte etwas zu essen, als wäre sie schon immer hier gewesen. Wieder einmal ignorierte er den Blick seines Bruders und packte seine Sachen zusammen. Er hatte nicht vor, ihr zu folgen, aber er würde nach Hause fahren und sich etwas Zeit für sich nehmen. Er war nicht in der Stimmung für Fragen, hatte keine Lust auf wissende Blicke und Lächeln. Denn die beste Nacht seines Lebens war gerade zur Tür hinausgegangen. Schon wieder. Und er kannte immer noch nur ihren Vornamen.

Und nach dem zu urteilen, was er gerade gesehen hatte, hatte ihre gemeinsame Nacht nicht den gleichen Eindruck bei ihr hinterlassen.

Wer hätte gedacht, dass ein Abend ohne Whiskey solche Enthüllungen bringen konnte. So aufschlussreich sein konnte.

Kapitel Drei

Melody Waters lehnte den Kopf gegen die geschlossene Tür und zwang sich, tief Luft zu holen. Sie hatte nicht vorgehabt, ihr neues Leben so drastisch zu beginnen, wie es nun geschehen war, aber offensichtlich erlaubte das Blut in ihren Adern nichts anderes. Sie konnte einfach nicht normal und unauffällig sein. War sie doch die Tochter ihrer Eltern und die Enkelin ihrer Großmutter. Wenn sie wirklich darüber nachdachte, so war sie das allerdings auch schon gewesen, bevor sie nach Whiskey gekommen war.

Sie war erst seit einer Woche in der Stadt, oder besser gesagt wieder in der Stadt, und schon lief sie vor Situationen davon, die ihr viel zu peinlich waren, als dass sie sich ihnen hätte stellen wollen. Ehrlich, sie konnte es kaum glauben, dass sie es eine ganze Woche ausgehalten hatte, ohne Fox zu sehen. Sie hatte gedacht, ihre Reaktion auf das Wiedersehen gut verborgen zu haben, aber soweit sie es beurteilen konnte, hatte er geradewegs durch die Maske geschaut, die sie sich gezwungen hatte aufzusetzen. Nun, er hatte jeden anderen Teil von ihr gesehen, warum sollte er nicht auch ihre Fassade durchschauen?

Aber Fox war nicht der Grund, warum sie umgezogen war. Er war lediglich der Fehler einer Nacht, der zufällig der köstlichste Fehler in einer langen Reihe von Fehlern gewesen war. Und wenn sie das Wort *Fehler* heute Abend noch einmal denken würde, so würde sie ein Glas Whiskey trinken.

Sie unterdrückte ein Schaudern, als sie daran dachte, Whiskey zu trinken, denn als sie dies das letzte Mal getan hatte, hatte sie ihn von Fox' Lippen geleckt. Sie waren weich und rauchig gewesen und hatten nach ihm geschmeckt. Nicht dass sie ihm das jemals erzählen oder gar noch einmal daran denken würde. Denn diese Phase ihres Lebens hatte sie überwunden. Für sie würde es weder einen weiteren One-Night-Stand geben, um zu versuchen zu vergessen, noch verpflichtende Beziehungen, vor denen sie davonlief, weil sie solche Angst vor der Person hatte, die sie einst gewesen war.

Melody war in diese kleine Stadt in Pennsylvania gezogen, weil ihre Grandma sie brauchte, aber auch, weil Melody ihre Grandma brauchte. Ihre Großmutter mochte zwar noch viel selbst tun können, aber sie wurde nicht jünger – wie sie immer wieder betonte –, daher war Melody hier, um ihr zu helfen. Und daher würde dies auch für Melody ein neuer Anfang sein. Sie hatte viel zu lange gebraucht, um herauszufinden, wie ein neues Leben für sie aussehen konnte, aber jetzt saß sie in einem Haus, das ihr gehörte.

Sie war keine Mieterin und musste niemandem außer der Bank Rechenschaft ablegen. Mit Hilfe ihres Bauunternehmers, ihrem eigenen Schweiß und höchstwahrscheinlich ihren Tränen würde sie die leeren Räume in ein Tanzstudio verwandeln. Sie war nicht nur zertifiziert, sondern war auch emotional weit besser drauf als damals, als sie zum ersten Mal in die grausame, harte Welt hinausgestoßen worden war.

Wenn irgendjemand ihr vor einem Jahr gesagt hätte, sie würde in einer kleinen Stadt in Pennsylvania ein Tanzstudio eröffnen, hätte sie ihn für verrückt erklärt. Aber hier war sie und tat das Einzige, was sie nie erwartet hatte zu tun, und das Einzige, von dem ihre Grandma glaubte, es wäre das Beste für sie. Aber Melody war immer noch unsicher.

Whiskey schien innerhalb ihrer Stadtgrenzen ein bisschen von allem zu beherbergen und die Touristen halfen, sie zu dem zu machen, was sie war. Sie kannte nicht die ganze Geschichte der Stadt, aber sie wusste, ihre Grandma würde sie ihr wahrscheinlich näherbringen. Offensichtlich hatte die Stadt in den Tagen der Prohibition, des Alkoholverbots, ihre Finger im Schwarzmarkthandel mit Whiskey gehabt – so sagte man jedenfalls. Sie wusste nicht, ob dies tatsächlich der Wahrheit entsprach, aber die Geschichten schienen den Touristen gerecht zu werden, die hier eintrafen und nach ein wenig Geschichte mit einem Hauch von Atmosphäre verlangten. Außerdem war das Städtchen liebenswert und gab einem das Gefühl, zu Hause zu sein, auch wenn man nur auf der Durchreise war.

Zuvor hatte Melody niemals wirklich ein Zuhause besessen. Und obwohl ihre Grandma sie stets eingeladen hatte, sie zu besuchen, hatte sie sich absichtlich ferngehalten. Rückblickend wusste sie nicht, warum sie das getan hatte, außer dass sie kein guter Mensch gewesen war. Sie hatte furchtbare Entscheidungen getroffen und schreckliche Fehler begangen. Und schließlich hatte ihr sorgloses Verhalten sie gezwungen, dafür zu bezahlen.

Aber leider hatten auch andere dafür bezahlt.

Melody schluckte den Schmerz hinunter und schob die traurigen Gedanken beiseite. In ihrem neuen Leben und an diesem neuen Ort war kein Platz für diese Gedankengänge und Erinnerungen. Sie hatte sich ihr Abendessen geholt, einen alten Freund wiedergesehen, der weniger ein Freund als eine süße Versuchung war, und nun würde sie allein in einem leeren Raum die Mahlzeit einnehmen, während sie sich vorstellte, wie er aussehen würde. Das Gebäude war nicht vollkommen leer, da die Handwerker seit mehr als einem Monat darin arbeiteten. Aber in den nächsten Wochen war es ihr Job, es mit Details zu schmücken, die ihre, Melodys, Handschrift trugen. Schon bald wäre sie in der Lage, die große Eröffnung zu feiern.

Und ... sie war so furchtbar nervös, dass sie glaubte, sich übergeben zu müssen, wenn sie nicht tief Luft holte.

Sie hatte die drei letzten Wochen in Whiskey nicht die Hände in den Schoß gelegt. Sie hatte ihren Umzug abgeschlossen, sodass sie bei ihrer Grandma einziehen und im Haus helfen konnte. Außerdem hatte sie für die Eröffnung des Studios einige Laufereien erledigt. Schließlich konnte sie nicht einfach ein Schild aufhängen und dann würden die Leute sich plötzlich darum drängen, ihren Unterricht zu besuchen, oder ihre Kinder schicken. Sie hatte sich in den sozialen Medien präsentieren, Flugblätter drucken und sogar ins Bürgerzentrum gehen müssen, um dafür zu sorgen, dass alle wussten, dass sie das Studio sowohl für Orts-ansässige als auch für Touristen öffnete.

Und obwohl sie zahllose Kurse in Betriebswirt-schaftslehre und Jahre des Lernens in der Tasche hatte, fühlte sie sich immer noch so, als stürzte sie ins kalte Wasser und könnte jeden Moment ertrinken.

Und da war es auch nicht gerade hilfreich, dass sie als Außenseiterin in diese kleine Stadt mit ihrer geschlossenen Gesellschaft zog und ein Studio eröffnete, das es hier noch nicht gegeben hatte. Außerdem war sie die lang verlorene Enkelin der verrückten Dame von Whiskey, Pennsylvania.

Okay, das war nicht fair. Grandma Pearl war nicht verrückt, aber sie kleidete sich in eine geheimnisvolle Aura und hatte einen Sinn für Grandiosität. Offensichtlich wussten nur wenige Leute wirklich etwas über sie – und dass auch nur, weil Miss Pearl es so wollte.

Für Melody war ihre Großmutter jedoch niemals diese Person gewesen, sondern stets Grandma Pearl mit den leckeren Süßigkeiten, den hübschen Federn und den lustigen Geschichten, die sie zum Lachen und zum Träumen über das Tanzen brachten.

Melody legte sich eine Hand auf den Bauch und versuchte, ihren Atem zu beruhigen. Für jemanden, der anderen die Kunst des Tanzens und die Ernsthaftigkeit und den eisernen Willen, der damit einherging, beibringen wollte, gab sie selbst darin kein so gutes Bild ab.

»Okay, du schaffst es. Iss dein Abendessen und nimm die Atmosphäre in dir auf, sodass du bereit bist, die beste Lehrerin zu werden, die Whiskey jemals gesehen hat. Es spielt keine Rolle, dass du die einzige Tanzlehrerin bist, die Whiskey seit mehr als zehn Jahren gesehen hat. Und ... jetzt sitze ich hier in einem spärlich erleuchteten Raum voller Spiegel und rede mit mir selbst. Wir brauchen nur noch einen Clown, um den Albtraum zu vervollständigen, und mich nackt vor den Schülern. Weil das natürlich geschehen wird. Ich werde kein Tutu und keine Ballettschuhe tragen, nein, ich werde schreiend vor Angst davonlaufen. Und jetzt muss ich einfach den Mund halten.«

Sie ließ sich in einen Plié sinken, wobei sie kaum von ihrer engen Jeans behindert wurde, um sich dann mit ihrer Mahlzeit vollkommen zu Boden gleiten zu lassen. Nach ihrem geistigen Streifzug geisterten Kettensägen schwingende Clowns in ihrem Kopf herum, also zwang sie sich, nicht in den Spiegel zu schauen. Sie würde ihren ersten ganzen Abend in ihrer neuen Stadt an einem Ort verbringen, der ihr gehörte, und verspeisen, was total schlecht für sie war. Da sie zwanzig Jahre ihres Lebens nicht das hatte essen können, was sie wollte, hatte sie vor, ihre Zwiebelringe in Frieden zu genießen. Clowns im Spiegel hin oder her.

Und da ihre Grandma mit ihrem Bridgeclub ausgegangen war, wusste Melody, dass sie zu Hause nicht gebraucht wurde. Eigentlich war es peinlich, dass sie als Erwachsene in das Haus ihrer alten Großmutter zog, aber diese hatte es so gewollt und offen gesagt brauchte Melody ihre Gesellschaft. Mit der Zeit würde sie ihr eigenes Zuhause finden, sobald sie wissen würde, dass ihre Grandma stabil wäre. Melody hatte allerdings das Gefühl, dass Pearl sie eigentlich überhaupt nicht wirklich brauchte und sie tatsächlich nur zu Melodys Gunsten zum Bleiben eingeladen hatte. Aber sie würde nicht dagegen ankämpfen. Nicht mehr. Sie hatte lange genug gekämpft. Jetzt war sie zu Hause. Wo immer dieses neue Zuhause auch sein mochte.

Jetzt, da sie dort saß und ihre sehr fetten, aber großartigen Zwiebelringe verspeiste, konnte sie ein bestimmtes Gesicht nicht mehr aus dem Kopf bekommen. Und das hatte weder mit ihrer Grandma noch mit dem Tanzen zu tun.

Als sie angekommen war, um ihre Grandma zu besuchen, und sich das Gebäude angesehen hatte, das Pearl für sie ausgesucht hatte, war sie ein wenig überwältigt gewesen angesichts all der Entscheidungen, die sie zu treffen hatte. Ihre Grandma hatte sie weggeschickt, damit sie ein wenig Spaß hätte – aber nicht zu viel. Davon hatte Melody genügend gehabt, bevor sich alles verändert hatte. Sicher, ihr war weder bewusst gewesen, wie schnell Whiskey ihr unter die Haut gehen konnte, woran sie nicht gewöhnt war, noch dass es ihr mit Fox ebenso ergehen konnte.

Er hatte sie angelächelt und sie war verloren gewesen. Es war nicht so, als hätte niemals zuvor ein attraktiver Mann sie angelächelt. Fox war weit davon entfernt, der erste gewesen zu sein, aber in seinen Augen war etwas, das sie innerlich erwärmt hatte. Er hatte ein Glas nach dem anderen mit ihr getrunken und schon bald hatten sie sich angeregt unterhalten, sich näher zueinander gelehnt, ein bisschen zu viel getrunken und schließlich waren sie zu ihm nach Hause gewankt. Glücklicherweise war Whiskey nicht allzu groß und Fox wohnte nahe genug, um zu Fuß zu gehen.

Sie hatten die heißeste Nacht ihres Lebens miteinander verbracht, sich die Knöpfe von den Hemden gerissen, sich gebissen, geleckt und einander die Fingernägel in die Haut gegraben. Sie unterdrückte ein Stöhnen, wenn sie allein daran dachte, obwohl sie wusste, dass sie ihn und seinen Geschmack aus ihren Gedanken verbannen musste. Sie hatte nicht vorgehabt, mit irgendjemandem zu schlafen, als sie zu Besuch gekommen war, aber offensichtlich waren ihr Körper – und ihr Geist, wenn sie ehrlich mit sich sein wollte – nicht in der Lage gewesen, sich bei Fox zurückzuhalten. Bevor er ihr erzählt hatte, dass seinem Bruder die Kneipe gehörte, hatte sie irgendwie gehofft, er wäre nur ein Tourist und sie müsste ihn niemals wiedersehen, wenn sie in die Stadt ziehen würde. Aber all das hatte sie vergessen können, als er erwähnte, wem die Kneipe gehörte. Er hatte ihr sogar seine ganze Familie und seine Freunde gezeigt, obwohl sie viel zu benebelt gewesen war, um sich an jeden einzelnen Namen und die Gesichter zu erinnern.

Er hatte sie jedoch nicht ausgenutzt. Er war ebenso berauscht gewesen und wenn überhaupt, hatten sie sich gegenseitig ausgenutzt. Und sie waren auf Nummer sicher gegangen und hatten jedes Mal ein Kondom benutzt, um keine Überraschungen zu erleben. Es war hilfreich gewesen, dass sie auch verhütete, obwohl sie ihm das nicht gesagt hatte, weil sie nicht mit ihm über das Thema Kondom hatte diskutieren wollen. Sie wusste eigentlich nicht, ob Fox sich gegen ein Kondom gewehrt hätte, aber andere Männer hatten das in der Vergangenheit getan und sie wusste sich selbst zu schützen. Wie auch immer, sie hatten sich geliebt, sich begehrt und waren verschwitzt und Arm in Arm eingeschlafen. Und als sie am nächsten Morgen aufgewacht war, hatte sie still und heimlich eins seiner Hemden gestohlen, sich in ihre Jeans gezwängt und sich aus dem Haus geschlichen, jedoch nicht, ohne eine Nachricht zu hinterlassen. Sie hatte sich bemüht, sich einigermaßen herzurichten, aber sie wusste, die anderen erkannten eine Flucht nach einem One-Night-Stand. Sie hoffte nur, dass niemand sie wiedererkannte.

Sie hatte einen Neuanfang gebraucht und jetzt befürchtete sie, ihn vermasselt zu haben, durch eine einzige intensive Nacht mit dem süßesten Mann, den sie je getroffen hatte.

Sie hatte einen anständigen Job hingelegt, indem sie sich so klammheimlich verdrückt hatte, dachte sie, aber wenn sie in dieser neuen Stadt bleiben wollte, würde sie mit Fox wie mit einem vernünftigen Menschen reden müssen.

Sie hoffte nur, es würde nicht so peinlich werden, wie es sich bereits anfühlte.

KAPITEL VIER

Am nächsten Morgen stand Melody in der Küche ihrer Grandma, eine Tasse Kaffee in der Hand, und versuchte, ihre Augen ganz zu öffnen. Als sie damals noch vor dem Morgengrauen Tanzübungen und hartes Training hatte absolvieren müssen, hatte sie leicht aufwachen können. Oder zumindest viel leichter als jetzt, da es sie über eine Stunde kostete, in der sie Kaffee trank, duschte und für ihren Geschmack viel zu oft gähnte, bis sie sich wie ein Mensch fühlte.

Am Abend zuvor war sie sehr lange im Studio geblieben, nachdem sie ihr Abendessen beendet hatte. Abgesehen von den Clown-Albträumen hatte sie in den Räumen, die die Handwerker fertiggestellt hatten, viel erledigt, um ihnen ihre eigene Handschrift zu geben. Am Ende hatte sie sich so darin vertieft, dass sie länger geblieben war als ursprünglich geplant. Als sie dann schließlich nach Hause zurückgekehrt war, war ihre Grandma bereits da und im Bett. Sie hatte Melody einen Zettel hingelegt, aber Melody fühlte sich wie ein Arschloch, weil sie nicht für ihre Grandma da gewesen war. War das nicht einer der Hauptgründe gewesen, warum sie sich Whiskey als Zuhause ausgesucht hatte? Und jetzt hatte sie das Gefühl, bereits versagt zu haben.

Melody hatte in den ersten Jahren ihres Lebens niemals versagt und stets hart gearbeitet, um Erfolg zu haben. Heutzutage hingegen schien sie niemals hart genug arbeiten zu können, um nicht zu versagen.

»Dafür brauche ich mehr Kaffee«, murmelte sie. Sie dachte viel zu intensiv nach, mit nur einer Tasse Koffein. Ihre Grandma würde jede Minute nach unten kommen, um zu frühstücken, daher ging Melody zum Kühlschrank und bereitete zumindest so viel vor, wie sie konnte. Grandma Pearl aß gern einen Becher Joghurt und eine halbe Grapefruit am Morgen, ohne Ausnahme. Manchmal fügte sie dem Joghurt zur Abwechslung einen Löffel Müsli hinzu. Aber ansonsten war ihre Grandma seit den Achtzigern bei demselben Frühstück geblieben.

Melody unterdrückte ein Schaudern. Vor Jahren hatte sie etwas Ähnliches als erste Mahlzeit des Tages gegessen, als ihre Eltern und ihr Trainer ihr noch erlaubt hatten, Milchprodukte zu verspeisen. Danach hatten sie sie auf die neueste Diät gesetzt, um ihr

Gewicht zu halten, während sie tanzte. Sie hätte so früh am Morgen auf keinen Fall einen Joghurt in ihren Magen bekommen und vielleicht auch zu keiner anderen Tageszeit, denn allein bei dem Gedanken an die Konsistenz des Milchproduktes in ihrem Mund hätte sie sich übergeben können.

Mit dieser netten Erinnerung hatte sie das Frühstück ihrer Grandma zusammengestellt und begab sich mit ihrer zweiten Tasse Kaffee ins Wohnzimmer, um an ihrem Laptop zu arbeiten. Sie musste täglich ein paar Dinge in den sozialen Medien erledigen, um sicherzustellen, dass ihr Auftritt dort auf dem neuesten Stand war, denn obwohl einige ihrer Beiträge nach einem Zeitplan automatisch veröffentlicht wurden, konnte sie sie nicht alle auf diese Weise erledigen. Außerdem wartete sie auf ein paar E-Mails von den Verantwortlichen des Gemeindezentrums und des Büros des Bürgermeisters, denn diese nahmen Einfluss auf alles, was die Bürger taten. Melody störte das nicht, denn die Leute, mit denen sie Kontakt gehabt hatte, waren wirklich hilfreich gewesen bei der Organisation ihrer Geschäftsidee. Sie hoffte nur, dass sie sie auch weiterhin mochten, wenn die Türen erst einmal geöffnet wären und der Unterricht begänne. Sie las sich ein paar E-Mails sorgfältig durch und schluckte heftig, als sie eine vom Bürgermeister studierte, die gute – wenn auch ein bisschen stressige

– Nachrichten enthielt. Den Rest ignorierte sie. Zumindest vorerst.

Sie trank einen weiteren Schluck Kaffee, da er inzwischen genügend abgekühlt war, und öffnete ihre Webseite so, dass sie sie bearbeiten konnte. Heute war der Tag, an dem sie offiziell die Einschreibeliste für die Tanzkurse freigab. Sie hatte vor, eine Vielzahl unterschiedlichster Leistungsebenen anzubieten, deren Kurse wöchentlich und in einigen Fällen täglich stattfinden sollten. Und jetzt brauchte sie Menschen, die sich einschrieben. Sie hatte auf das Okay vom Bürgermeister gewartet, um die Liste zur Einschreibung freizugeben, und nun, da sie diese E-Mail im Posteingang hatte, konnte sie ihr Geschäft offiziell beginnen – zumindest online.

Und vielleicht ... würde sie sich nicht übergeben.

Vielleicht.

Schnell klickte sie die Befehle auf ihrer Webseite an, um die Formulare öffnen zu können. Sie besaß keine umfassenden Kenntnisse in der Gestaltung von Webseiten, aber zumindest für den Anfang konnte sie die kleinen Dinge erledigen. Falls und wenn ihr Geschäft dann tatsächlich beginnen würde, würde sie jemanden einstellen, der die Seite ein wenig professioneller gestalten würde. Aber fürs Erste hatten sich ihre schlaflosen Nächte und die Kurse in Webseitengestaltung bezahlt gemacht und sie war in der Lage, zumindest irgendeine Form von Produkt herauszubringen. Sie wusste wirklich nicht, wie sie von ihrem Wunsch, professionell zu tanzen, und ihren Träumen, eine Primaballerina zu werden, dazu gekommen war, ihr eigenes Studio zu eröffnen und sich mit all den geschäftlichen Dingen und Rechnereien abzugeben, die damit einhergingen. Wieder einmal schluckte sie heftig, als sie sich daran erinnerte, dass es tatsächlich ihre eigene Entscheidung gewesen war, diesen Weg zu gehen. Und jetzt musste sie mit den Folgen klarkommen. So wie sie es in den letzten Jahren immer getan hatte. Aber zumindest ging es ihr besser als zuvor.

Sie klickte auf *Speichern*, um dann zu sehen, wie sich ihre Änderungen live auf ihrer Webseite darstellten. Es war alles da, das Formular war geöffnet und bereit für Anmeldungen. Sie würde ebenfalls Aufnahmeanträge in Papierform sowohl im Gemeindezentrum als auch in ihrem Studio auslegen. Sie hatte vor, dessen Tür geöffnet zu lassen, während sie an der Einrichtung arbeitete. Hoffentlich würde die Mundpropaganda ein Übriges tun und sie würde nicht allein auf den Spiegel und den Ballettbarren starren. Oh Gott, wie sie es hoffte!

Sie kehrte zu ihren E-Mails zurück und sandte den Link für ihre Webseite noch einmal an das Gemeindezentrum und den Bürgermeister, nur für den Fall. Sie hatten den Link zwar bereits, aber jetzt, da sie sagen konnte, dass die Aufnahmeformulare freigegeben waren, konnten sie ihr vielleicht helfen.

Als sie gerade den Browser schließen wollte, ließ eine eintreffende E-Mail sie innehalten. Stirnrunzelnd betrachtete sie den Betreff, der nur *Du* hieß und sonst nichts. Der Absender war ihr nicht vertraut, aber anstatt sie zu löschen, wie sie es wahrscheinlich hätte tun sollen, öffnete sie sie. Und erstarrte.

Ich weiß, was du getan hast.

Sie blinzelte einmal, zweimal, dann schloss sie den Browser und fuhr den Computer herunter. Sie konnte ihr Herz in den Ohren schlagen hören, als sie sich bemühte, ihren Atem zu kontrollieren. Es war nichts. Nur Spam, den sie hätte löschen sollen, bevor sie die E-Mail überhaupt geöffnet hatte. Aber etwas in ihrem Hinterkopf sagte ihr, dass es sich nicht einfach nur um einen Scherz handelte, nicht einfach eine falsche E-Mail war.

Immerhin gab es einen Grund, warum sie all die Zeit auf der Flucht gewesen war.

Und während sie sich nicht mehr länger versteckte, betete sie, dass ihre Vergangenheit sie nicht schon wieder eingeholt hätte. Und jetzt machte sie sich einfach nur verrückt wegen einer merkwürdigen Spam-E-Mail, die nichts mit ihr zu tun hatte.

»Melody, Liebling, vielen Dank für das Frühstück. Möchtest du, dass ich dir auch etwas zubereite?«

Bei dem Klang der Stimme ihrer Grandma drehte Melody sich herum und lächelte. Ihre Grandma war größer als das Leben, wenn man es in eine kaum einen Meter und zweiundfünfzig große, erstaunliche Frau packte. Sie erschien jünger, als sie war – obwohl Melody sich nicht sicher war, wie viele Jahre sie zählte. Sie wusste, dass ihre Großmutter ihre Mutter erst spät in ihrem Leben geboren hatte. Und sie war alt genug, um zumindest das *Rat Pack* zu kennen – zumindest behauptete das sowohl die örtliche als auch die familiäre Legende. Aber außer diesen Anhaltspunkten wusste sie nicht, wie alt die Frau war. Nicht dass es eine Rolle spielte, denn am Ende war ihre Großmutter die einzige Familie, die ihr geblieben war, was bedeutete, dass sie die Zeit, die ihr mit ihr zusammen vergönnt war, auf jeden Fall zu schätzen wusste. Denn auch wenn Grandma Pearl so aussah, als könnte sie es mit ihren Kurven und ihrem Grinsen mit einer ganzen Armee aufnehmen, so gab es immerhin Gründe, warum Melody nach Whiskey gekommen war, und die betrafen nicht nur ihre eigenen Probleme und Angelegenheiten.

»Vorerst genügt mir der Kaffee, Grandma. Danke.« Melody stellte ihre Tasse und den Laptop auf dem Kaffeetisch ab, um ihre Großmutter in den Arm zu nehmen. Sie waren ungefähr gleich groß, aber Pearl schien viel zerbrechlicher als noch vor drei Monaten.

Obwohl das alles vielleicht nur in Melodys Kopf so war, weil sie sich Sorgen machte und sich gebraucht fühlen musste – so egoistisch wie sie war.

»Du brauchst mehr als Kaffee«, erwiderte Pearl mit hochgezogener Braue. Eine Braue, die bereits mit perfekter Präzision nachgezogen war. Melody wusste, dass es jahrelange Übung gebraucht hatte, um das so hinzubekommen.

»Oh, ich weiß, und ich werde etwas Obst und vielleicht Haferflocken oder so essen. Oder vielleicht ein Eiweiß, da ich nicht weiß, ob mein Magen im Augenblick Haferflocken verträgt.« Vielleicht waren es nur die Nerven, aber ihr Magen rebellierte seit ungefähr einem Monat. Sie hoffte inständig, dass ihr Magen sich endlich beruhigen würde, wenn ihr Studio erst einmal geöffnet wäre und Leute ein und aus gingen. Aber da sie das Blut kannte, das in ihren Adern floss, würde das wahrscheinlich niemals geschehen.

Pearl tätschelte ihr lächelnd die Wange. »Okay, Süße, solange du dich so gut um dich selbst kümmerst wie um mich. Ich bin so froh, dass du hier bist. Es ist lange her, dass jemand anderes durch diese Hallen gewandelt ist, der nicht hier gewesen wäre, um mir zu helfen, sie zu putzen. Denn Melody, wie oft ich auch sagen mag, ich könnte dieses Monstrum von einem Haus allein putzen, weiß ich, dass ich am Ende ein wenig Hilfe brauche. Warum soll ich meine Tage verschwenden, indem ich die Toiletten selbst schrubbe, wenn ich um ein wenig Hilfe bitten und später die Sonne auf meinem Gesicht genießen kann. Ich verdiene es, oder etwa nicht?«

»Sicher verdienst du das.« Ihre Grandma hatte bis vor wenigen Jahren gearbeitet. Ja, sie hatte als Showgirl bereits vor vielen Jahren abgedankt, aber trotzdem stets einen Job gehabt, und sogar jetzt arbeitete sie noch ehrenamtlich. Die Familie besaß Geld und daher hatte Pearl sich auch dieses Haus leisten können, aber Melody hatte von ihrer Grandma gelernt, dass man, auch wenn man alles Geld der Welt besitzt, lernen muss, was dieses Geld bedeutet. Ihre Eltern, die auf ihre Art liebenswert gewesen waren, hatten ihr das nicht beigebracht. Stattdessen hatten sie all ihre Energie in ihr Tanzen gesteckt und als diese Berufswahl nicht nach den Wünschen aller verlief, hatte sich alles verändert. Und dann war keine Zeit mehr geblieben, die Probleme zu lösen.

Schnell schob sie diese Gedanken beiseite, denn sie wusste, jetzt war nicht der Zeitpunkt, diesem Pfad zu folgen. Sie hatte gewusst, dass diese Erinnerungen mit voller Wucht zurückkehren würden, sobald sie das Studio eröffnete beziehungsweise mit den Vorbereitungen begann, aber sie war nicht bereit, sich ihnen zu stellen. Und das bedeutete, alles unterdrücken zu müssen. Ihr Psychiater würde sich freuen, wenn sie endlich einen weiteren Termin vereinbaren würde, aber vorerst würde sie sich auf ihre Großmutter, ihr neues Geschäft und diese neue Stadt konzentrieren.

Sie half ihrer Grandma ein wenig im Haus und sorgte dafür, dass diese mit einer netten Tasse Tee und einem Buch draußen saß, um den Rest des Morgens in der Natur verbringen zu können, wie sie es sich gewünscht hatte. Dann machte Melody sich hastig fertig für den Tag. Da sie in einem sehr staubigen Studio arbeiten würde, während die Handwerker alles für die Eröffnung fertigstellten, verzichtete sie darauf, etwas allzu Hübsches anzuziehen. Nur eine alte, figurbetonte Jeans und ein geblümtes Oberteil, das zwar nicht zu ihren Lieblingsteilen gehörte, aber dem Zweck genügte.

Als sie schließlich an ihrem Studio eintraf, hatten ihre Nerven sich beruhigt, aber sie war wirklich bereit, sich bis zu den Ellbogen in die Arbeit zu stürzen, damit sie sich darauf konzentrieren konnte, anstatt auf ihre Erinnerungen und die E-Mail von zuvor, die ihr nicht aus dem Kopf gehen wollte.

Bevor sie jedoch ihre Tür öffnen konnte, stand ein großer Mann mit noch größeren Muskeln und grüblerischer Miene vor ihrem Gebäude. Beinahe hätte sie nach ihren Schlüsseln gegriffen, um ihm die Augen auszustechen, falls er sie angreifen sollte, aber sie hielt inne, als sie für einen kurzen Augenblick ein vertrautes Grinsen auf seinen Lippen sah.

Sie hatte dieses Lächeln schon einmal gesehen, allerdings auf einem anderen Gesicht, und ihr wurde klar, dass sie diesen Mann tatsächlich auch schon einmal gesehen hatte. Fox hatte sie in jener verhängnisvollen Nacht in der Kneipe auf ihn aufmerksam gemacht. Es war Lochlan, sein Bruder. Sie konnte sich nicht mehr genau daran erinnern, ob er älter oder jünger als Fox war, aber jetzt, da sie näher an ihn herantrat, sah sie die Ähnlichkeiten ihrer Gesichtszüge. Fox besaß dunkleres Haar und war etwas schlanker gebaut. Außerdem trug Fox niemals wirklich eine grüblerische Miene zur Schau, zumindest nicht soweit sie es in der viel zu kurzen Zeit, die sie zusammen verbracht hatten, hatte bemerken können.

»Hallo? Kann ich Ihnen helfen?« Sie tat so, als wüsste sie nicht, wer er war, weil sie sich ehrlich nicht sicher war, wie Fox und sie mit ihrer Geschichte umgehen würden. Sie war nicht gut im Täuschen, daher würde sie wahrscheinlich einen Fehler begehen und am Ende seinem Bruder alles erzählen, aber vielleicht konnte sie zumindest versuchen, sich nicht bereits, während sie sich einander vorstellten, in Verlegenheit zu bringen.

»Melody, richtig? Die Besitzerin des neuen

Studios? Ich bin Lochlan. Mir gehören die Sicherheitsfirma und das Fitnessstudio nebenan.«

»Die Sicherheitsfirma und das Fitnessstudio?
Wann schlafen Sie, wenn Ihnen beides gehört?« Er
starrte sie nur an und sie blinzelte. »Ich meine, hallo
Lochlan. Ja, ich bin Melody. Und Sie stehen vor der
Fassade dessen, was in Zukunft mein Tanzstudio sein
wird.«

Er nickte ihr zu und musterte ihr Gesicht, als
wollte er sich jedes Detail einprägen. Fox hatte das
Gleiche getan, aber sie wusste sicher, dass Letzterer es
mit einer sehr unterschiedlichen Absicht getan hatte.
Da Lochlan in der sogenannten Sicherheitsbranche
tätig war, sorgte er wahrscheinlich gerade dafür, dass er
sie bei einer Gegenüberstellung identifizieren konnte.
Und bei diesem erniedrigenden Gedanken stieß sie den
Atem aus.

»Nett, Sie kennenzulernen. Das Fitnessstudio
betreibe ich hauptberuflich, ich biete Selbstverteidi-
gungskurse und andere Kurse an, von denen ich
dachte, dass die Stadt sie mit der Zeit gebrauchen
könnte. Und da wir so eine kleine Gemeinde sind, bin
ich im Moment der Einzige, der qualifiziert ist, Sicherheitssysteme und ähnliche Dinge einzubauen. Wenn
Sie also etwas für Ihr Studio brauchen, lassen Sie es
mich wissen. Ich weiß, dass die Hendersons bei Ihnen
als Bauunternehmer arbeiten. Sie sind die Besten der

Besten, Sie haben also eine gute Wahl getroffen. Aber wenn Sie einen Handwerker brauchen und bei den Hendersons keinen Termin bekommen können, rufen Sie mich. Ich bin gleich nebenan.«

Melodys Augen weiteten sich. »Das alles tun Sie? Sie sind wirklich ein Tausendsassa.«

Lochlan lächelte und diesmal erreichte das Lächeln seine Augen. Dadurch sah er gleich viel heißer aus, wenn auch immer noch nicht so sexy wie Fox. Und sie musste aufhören, so zu denken.

»Ich habe vor Jahren mit dem Sicherheitsdienst angefangen, bevor ich zurück in die Stadt gezogen bin. Ich habe das Fitnessstudio eröffnet, weil ich einen Job brauchte. Zum Handwerker habe ich mich entwickelt, weil meine Geschwister und ich als Kinder ständig etwas kaputt gemacht haben. Jemand musste lernen, wie man das alles repariert, damit unsere Mutter uns nicht den Hals umdrehte. Ich bin aber nicht hergekommen, um für meine Geschäfte zu werben, wie ich es gerade getan habe. Ich kann scheinbar einfach nicht anders.«

»Warum sind Sie dann hergekommen?« Es schien ihr, dass Lochlan viele Schichten hatte, und wenn sie in der Lage gewesen wäre, damit umzugehen – und nicht bereits mit seinem Bruder geschlafen hätte und versuchen würde, diese Verbindung zu ignorieren –, hätte sie vielleicht herausfinden wollen, wie sie diese

Schichten nach und nach von ihm hätte ablösen können. Aber so wie die Dinge nun einmal standen, war er nichts für sie.

»Hauptsächlich, um Sie in Whiskey willkommen zu heißen. Und um zu sagen, dass ich nicht weiß, auf welche Art Sie vorhaben, Kunden in Ihr Studio zu locken – obwohl ich annehme, dass Sie wahrscheinlich bereits einen detaillierten Plan haben, so kurz vor der Eröffnung –, aber wenn Sie mehr Kunden brauchen: In meinem Fitnessstudio gehen ständig Leute ein und aus. Ich dachte mir, da wir beide ungefähr in der gleichen Branche arbeiten, könnten wir versuchen zusammenzuarbeiten. Ich biete im Fitnessstudio Tanzen weder als Sport noch als Kunstform an, da ich nicht qualifiziert bin und zwei linke Füße habe, aber wenn Sie wollen, können wir zusammenarbeiten und versuchen, den Bürgern von Whiskey und uns gegenseitig zu helfen.«

Das hatte sie nicht erwartet und sie konnte sich des warmen Gefühls nicht erwehren, das sich angesichts eines solchen Willkommens in ihr ausbreitete. Bis jetzt hatte sich ihr kein einziger Mensch in den Weg gestellt und jetzt breiteten sie buchstäblich ihre Arme aus und versuchten, ihr zu helfen. Sie schluckte den Kloß aus Gefühlen in ihrer Kehle hinunter und versuchte zu lächeln, als gingen ihr in diesem Moment nicht hundert verschiedene Dinge durch den Kopf.

»Ich danke Ihnen sehr. Ich habe meine Anmelde-
formulare eigentlich erst heute freigegeben. Ich habe
noch nicht geprüft, ob sich jemand angemeldet hat,
weil ich ein bisschen zu nervös war, um nachzusehen
und dann vielleicht zu merken, dass sich noch
niemand eingetragen hat. Aber ich habe auch im Büro
des Bürgermeisters und im Gemeindezentrum Flyer
aufgehängt. Wenn es Ihnen recht ist, gebe ich Ihnen
auch einen Stapel für das Fitnessstudio mit. Ich weiß
nicht, wie ich mich revanchieren kann, aber ich werde
einen Weg finden.«

»Das kriegen wir schon hin. Die Räume, die jetzt
Ihr Studio sind, haben im Laufe der Jahre die unter-
schiedlichsten Geschäfte beherbergt. Es würde mir
wirklich gefallen, wenn Ihr Studio bestehen bliebe und
die Stadt es brauchen würde.«

Sie unterhielten sich noch ein paar Minuten und
dann ging sie schließlich in ihr Studio, nachdem sie
sich verabschiedet hatte. Und jetzt waren ihre Nerven
noch angespannter als normalerweise. Scheinbar
redeten die Leute über ihr neues Tanzstudio und sie
hatte keine Ahnung, was das bedeutete. Wenn Lochlan
wollte, dass sie Erfolg hatte, konnte das bedeuten, dass
andere das auch wollten? Oder warteten sie nur darauf,
sie scheitern zu sehen, so wie sie schon bei so vielen
anderen Dingen gescheitert war?

Bei diesem Gedanken war sie schließlich mit den

Nerven am Ende und lief in ihr jüngst fertiggestelltes Badezimmer, wobei sie die Blicke der Jungs ignorierte, die in einem Bereich ihres Studios arbeiteten, und übergab sich in ihre makellose Toilette.

Zumindest hatte sie sie jetzt selbst eingeweiht, dank ihrer Nerven und dem, was auch immer seit einem Monat mit ihrem Magen nicht stimmte. Sie war in die Stadt gezogen, um zu versuchen, ihr Leben zu verändern, und wenn ihr Körper es zuließ, würde es vielleicht klappen. Zumindest hoffte sie das.

Kapitel Fünf

Fox liebte seine Arbeit, liebte die Tage, an denen er sich auf seine eigenen Projekte konzentrieren konnte, anstatt sich mit den Manuskripten anderer Autoren abgeben zu müssen. Und er hatte das Gefühl, heute würde einer jener Tage sein, an die er sich erinnern würde. Immer. Zumindest hoffte er das. Er arbeitete inzwischen seit ein paar Tagen an der Recherche über Miss Pearl und der Reportage, die er über sie schreiben wollte, obwohl ihm die Idee für die Story bereits vor ein paar Jahren gekommen war. Er hatte darauf gewartet, dass die Zeit reif und Miss Pearl bereit wäre, ihre Geschichte preiszugeben. Er hatte die beiden anderen Beiträge fertiggestellt, die in den nächsten zwei Wochen gedruckt würden, denn er schrieb nicht immer volle Artikel so wie jetzt. Tatsächlich würde dies eine seiner längsten Reportagen werden, wenn es nach ihm ginge. Sein Ziel war es, sie in Form einer Serie über zwei oder sogar vier Wochen während der nächsten Monate herauszugeben. Angesichts dessen, was er über diese Frau mit ihrer reichen Hintergrundgeschichte herausgefunden hatte, könnte er ein ganzes Buch allein über sie schreiben, wenn sie es zuließe. Allerdings schrieb Fox keine Romane, also würde er die Story vielleicht als Serie bringen, die die Leser verfolgen konnten.

Natürlich existierte all dies allein in seinem Kopf, bis er die Story direkt aus ihrem Mund gehört hätte. Bis dahin würde er nicht wirklich wissen, was er hatte, das über eine kurze Biografie hinausging.

Seine Nervosität war nicht gerade förderlich und er hatte nicht gut geschlafen, seitdem er vor ein paar Tagen Melody abends in der Kneipe getroffen hatte. Er war furchtbar schockiert gewesen, dass sie nicht nur wieder in der Stadt war, sondern laut Lochlan auch dauerhaft hier leben wollte. Offensichtlich eröffnete sie eine Tanzschule neben dem Fitnessstudio seines Bruders. Er wusste nicht, wann sie diese Entscheidung getroffen hatte, aber er hätte vielleicht mehr Fragen stellen sollen. Allerdings war er zu dem Zeitpunkt damit beschäftigt gewesen, sich jede einzelne Kurve von Melodys Körper einzuprägen.

Mein Gott, er musste sich wirklich zusammenreißen und sich auf seine Arbeit konzentrieren. Nur weil sie in die Stadt zog, bedeutete das nicht, dass sie etwas mit ihm zu tun haben wollte. Und offen gesagt war er sich auch nicht sicher, was er wollte, falls er die Wahl hätte. Ihr gemeinsamer Abend war lediglich eine Whiskey-geschwängerte Nacht gewesen. Und doch konnte er sie nicht aus dem Kopf bekommen. Und jetzt war sie dauerhaft in seiner Stadt und vielleicht in seinem Leben. Sie würde gleich nebenan von seinem Bruder arbeiten. In demselben verdammten Haus, in das er viermal pro Woche ging, um zu trainieren. Er war nicht gerade eine Sportskanone und ehrlich gesagt nicht so stark wie seine Brüder, aber er hasste es, hinter ihnen zurückzustehen. Und dank ihres Ehemanns trainierte seine Schwester sogar mehr als er. Langsam, aber sicher fiel er im sportlichen Bereich hinter seinen Geschwistern zurück, was allerdings nichts Neues war. War er doch stets derjenige gewesen, der seine Nase in die Bücher gesteckt und sich mit Worten beschäftigt hatte, während er versucht hatte, mit seinen Geschwistern mitzuhalten, trotz seiner schlaksigen Arme und Beine, die sich erst jetzt zu formen begannen, wie er meinte.

Und jetzt erlaubte er seinen Gedanken schon wieder, in alle möglichen Richtungen zu wandern, außer zu dem, was wichtig war: seine Arbeit. Er war auf dem Weg zu Miss Pearls Haus, wo sie ihn hoffentlich mit Geschichten aus ihrer Vergangenheit und dem reichen Leben erfreuen würde, das sie geführt hatte, wie er wusste. Und das sie noch führte, wenn er ehrlich war. Er wollte nicht, dass die Story reduziert wurde zu einer reinen Auflistung von Leuten, die sie kennengelernt, oder Orten, an denen sie getanzt hatte, bevor sie in ihre kleine Stadt in Pennsylvania gekommen war. Er wollte die Veränderungen in ihrer Stimme hören und das Licht in ihren Augen sehen, wenn sie darüber sprach, sodass jeder später hören und sehen konnte, wer sie gewesen war, als sie ihr Leben lebte.

Er wollte die Wahrheit aufbrechen und mehr über diese äußerst interessante Frau herausfinden. Und obwohl es als Journalist sein Job war, manchmal unter dem äußeren Anschein nachzuforschen und die hässliche Wahrheit herauszufinden, wollte er bei dieser Story nicht so vorgehen. Er hatte nicht die Angewohnheit, diejenigen zu verletzen, über die er schrieb, und sie dazu zu bringen, sich Dingen zu stellen, mit denen sie lieber nicht noch einmal konfrontiert werden wollten.

Im Laufe der Zeit hatte er seine Begabung verfeinert, ein empfindliches Gleichgewicht zu finden. Und er glaubte, es darin vielleicht eines Tages zur Meisterschaft bringen zu können. Er würde also die Geschichte dieser Frau erzählen und der Welt zeigen, dass an einem Nachbarn mehr dran war, als es der erste Augenschein verriet. Und währenddessen würde er dafür sorgen, dass sie wusste, dass er ihre Zeit und ihr Leben wertschätzte und sich bemühen würde, das Vertrauen zu ehren, das sie in ihn setzte. Es hatten schon andere versucht, sie zu interviewen, und sie hatte abgelehnt. Aber aus irgendeinem Grund war sie mit ihrer Story zu ihm gekommen, wobei er allerdings bereits vorher darüber nachgedacht hatte. Er würde sein Bestes tun, um ihr zu zeigen, wie dankbar er war.

Und mit diesen Gedanken fand er sich in seinem Auto sitzend in ihrer Auffahrt wieder. Er machte sich Notizen und blickte auf das weitläufige Haus, das an einer der Verbindungsstraßen zur Hauptstraße lag. Whiskey besaß nur eine Hauptverkehrsstraße, an der die meisten Geschäfte und Restaurants lagen. Das erleichterte es den Touristen, von einem Geschäft zum anderen zu spazieren, einzukaufen und zu essen und zu trinken, um die Kassen der Stadt zu füllen. Die Stadt lebte vom Tourismus, was er niemals als selbstverständlich betrachten würde. Die Kneipe seines Bruders befand sich direkt an der Hauptstraße, während sich Lochlans und Melodys Studios, ebenso wie seine Zeitung, in Nebenstraßen befanden, die man leicht von verschiedenen Richtungen von der Hauptstraße aus einsehen konnte. Die Gründungsväter von Whiskey hatten die Nebenstraßen diagonal zur Hauptstraße angelegt, sodass man leicht die Gebäude sehen konnte, die in direkter Linie zur Hauptstraße lagen.

Das bedeutete allerdings, dass es ein wenig schwieriger war, als es hätte sein sollen, Richtungen wie Nord und Süd oder Ost und West anzugeben.

Fox lebte in einem kleinen Haus einige Straßen von der Hauptstraße entfernt. Das bedeutete, dass er die meisten Geschäfte und seine Arbeitsstelle zu Fuß erreichen konnte. Auch heute hätte er laufen können, aber er hatte sich entschieden zu fahren, da Regen angesagt war und er wirklich nicht wollte, dass seine Notizen oder sein Computer nass wurden.

Miss Pearls Haus war eines der originalen Gebäude aus der Zeit vor der Prohibition, als der Alkohol verboten wurde. Die Architektur in sich selbst war reine Kunst, die ihm den Atem raubte. Lochlan hätte wahrscheinlich mehr zur Bauzeit und zu jedem einzelnen Ziegelstein und Türmchen sagen können, aber Fox wusste immerhin die Schönheit und die Geschichte des Gebäudes zu würdigen. Miss Pearls Familie war nicht der ursprüngliche Eigentümer; sie hatte das Haus von dem Ururururenkel des ursprünglichen Besitzers gekauft. Aber jetzt war sie selbst zur Geschichte in der geschichtsträchtigen Kleinstadt geworden und das war einer der Aspekte, die er in seiner Reportage so gut wie möglich porträtieren wollte.

Er machte keine Fotos, da er zuerst mit ihr sprechen und die Grundregeln festlegen wollte, bevor er seinen Artikel begann. Aber er hatte das Gefühl, dass aktuelle und alte Fotos der außergewöhnlichen Frau nicht die alleinigen Höhepunkte werden würden. Denn ihr Zuhause war ebenso exzentrisch und elegant wie die Frau selbst.

Er ging zur Eingangstür und klingelte. Als laut der Klang eines Gongs erschallte, musste er lächeln. Sicher, ein Haus wie dieses musste ja eine außergewöhnliche Klingel haben.

Miss Pearl öffnete selbst, was ihn überraschte. Angesichts ihrer geheimnisvollen Art und Aura hatte er angenommen, sie besäße Personal, das dies für sie erledigte. Stattdessen stand die Frau selbst vor ihm, das Objekt seiner Reportage, ihre ganzen ein Meter zweiundfünfzig wirkten, als könnte sie es trotz ihres unbekannten Alters mit der ganzen Welt aufnehmen. Eines der Dinge, nach der Fox sie nicht fragen wollte, war ihr Alter. Er hatte nicht nur gelernt, dies niemals zu tun, sondern seine Mutter hätte ihn auch verprügelt, wenn er es auch nur in Erwägung gezogen hätte. Außerdem wollte er, dass Pearl etwas von ihrer geheimnisvollen Ausstrahlung behielt, auch wenn sie ihm viele ihrer Geheimnisse verraten würde, die er an die Welt weitergeben konnte. Es gefiel ihm, dass niemand ihr genaues Alter kannte und dass sie in jedem Jahrhundert, jedem Zeitalter hätte leben können und immer ein Star gewesen wäre. Natürlich war da wieder der Geist des

Autors am Werk, aber das war ihm gleichgültig. Er würde das in die Story einbauen und dafür sorgen, dass die Welt erkannte, dass man in jedem Alter etwas bewegen konnte.

»Mr. Collins, ich freue mich, dass Sie hier sind. Und so pünktlich. Das ist wirklich eine Eigenschaft, die ich an einem Mann liebe. Und, mein Junge, ich könnte Ihnen Geschichten erzählen über Männer, die viel mit ihrer Zeit anzufangen wussten.« Sie zwinkerte und er konnte das tief aus seinem Bauch kommende Lachen nicht unterdrücken, als er ihre Worte hörte. Sie stimmte in sein Gelächter ein und trat einen Schritt zurück, wobei sie ihm bedeutete einzutreten.

»Nennen Sie mich Fox.« Er bemühte sich, sie im Geiste Miss Pearl zu nennen, obwohl er sie manchmal unwillkürlich Pearl nannte. Er kannte ihren Nachnamen nicht einmal, denn sie hatte sich so lange vor der Welt als *Miss Pearl* bezeichnet, dass jeder annahm, es handelte sich um ihren Nachnamen. Aber er wusste, dass Pearl ihr Vorname war und dass sie ihren Nachnamen nur ihrer Familie und ihrem Anwalt enthüllt hatte. Nicht dass er allzu viel über ihre Familie gewusst hätte. Dies war eines der Dinge, die sie geheim hielt, und er wollte nicht, dass sie es aufdeckte. Manche Geheimnisse sollten gewahrt werden, diese Lektion hatte er vor langer Zeit gelernt.

»Nun, Fox, willkommen in meinem Heim.«

Angesichts ihrer Worte schaute er sich unwillkürlich um und war hingerissen von dem Haus, das er betrat. Irgendjemand, wahrscheinlich die Frau selbst, hatte keine Mühe gescheut, jeden Zentimeter zu restaurieren. Große, hölzerne Säulen mit Bögen umgaben den Eingang und ließen ihn noch grandioser erscheinen, wenn man unter ihnen hindurchschritt. Die ganze Wand ihm gegenüber wurde von hohen Fenstern eingenommen, die mit schweren Vorhängen versehen waren. Aber diese wirkten weder zu pompös noch zu übertrieben für das Haus. Sie waren zurückgezogen, sodass der Raum mit Licht durchflutet wurde und das Haus noch größer, und doch gleichzeitig anheimelnder wirkte. Er war sich nicht sicher, ob er jemals die Schönheit und Wärme des Hauses, in dem er nun stand, würde beschreiben können. Und während es durchaus Zugeständnisse an die Modernität gab, die er im ganzen Haus bemerkte, so blieb doch bei jedem Stück, das er entdecken konnte, der historische Aspekt erhalten. Seine Mutter hätte wahrscheinlich geweint angesichts der Schönheit des Hauses. Sie hätte sich setzen und etwas über jedes Detail der Geschichte und der Architektur hören wollen. Sie liebte die Shows, wo es ums Häuserbauen und -verkaufen ging, wo darauf zurückgegriffen wurde, alte Häuser zu restaurieren anstatt abzureißen, was heutigen Ansprüchen nicht mehr genügen mochte. Er hatte das Gefühl, die Frau an seiner Seite und seine Mutter hatten manches gemeinsam. Und da er wusste, dass seine Mutter eine Kraft war, mit der man rechnen musste, fürchtete er sich davor, sie jemals mehr miteinander bekannt zu machen, als sie es vielleicht bereits sein mochten. Immerhin war die Stadt klein.

»Ihr Heim ist bezaubernd.«

Sie strahlte ihn an und wirkte jetzt noch jünger, als sie ohnehin erschien. Ehrlich, er hatte keine Ahnung, wie sie so strahlend aussehen konnte für jemanden, der wohl in den späten Siebzigern sein musste, wenn nicht noch älter. Entweder hatte sich ein plastischer Chirurg mit den Fähigkeiten eines Gottes an ihrem Gesicht versucht, oder sie hatte die Lotterie in Pflege und Genen gewonnen.

Um ihre Augen und den Mund herum konnte er jedoch Lachfältchen entdecken. Und dafür verliebte er sich noch ein kleines bisschen mehr in Miss Pearl – was er ihr jedoch niemals verraten hätte.

»Danke«, erwiderte sie und ihr Lachen ließ ihre Augen leuchten. »Ich finde es auch wunderschön. Soll ich Sie herumführen, bevor wir beginnen? Ich kann Ihnen sicher einiges über das Haus erzählen, obwohl mein Anwalt alle Einzelheiten niederge-schrieben hat, falls Sie diese Informationen wünschen. Ich für meinen Geschmack finde das ein wenig zu trocken. Ich bin mir sicher, dass wir, während ich Sie herumführe, darüber sprechen können, was wir beide im Einzelnen in nächster Zeit tun werden.« Sie ergriff seinen ausgestreckten Arm und tätschelte seinen Bizeps.

Sie ließ ihre Worte keineswegs sexuell klingen, aber in ihrem Tonfall hörte er einen beinahe verführerischen Unterton. *Es ist nicht sexuell*, dachte er wieder. Es war eher so, dass die Frau ganz Wärme und Weichheit war, wie Whiskey, wobei sie genau wusste, wer sie war, was sie wollte und wie sie es bekommen konnte. Und dafür bewunderte er sie grenzenlos.

»Ich denke, das lässt sich einrichten. Eine Führung würde mir gefallen. Wissen Sie, in der Stadt gibt es Legenden über dieses Haus und seine Bewohnerin. Die Tatsache, dass sie das Geheimnis gut bewahrt haben, hat den Mythos nur bekräftigt.«

Sie warf den Kopf zurück und lachte. »Wissen Sie, ich verbringe den Morgen damit, mir bei einer Tasse Tee auszudenken, wie ich ein Netz des Geheimnisses und der Lügen webe, damit die Stadt etwas hat, worüber sie reden kann. Ich bin tatsächlich eine Femme fatale.«

»Das ist mir bereits zu Ohren gekommen.« Er sagte dies so todernst, dass Miss Pearl unversehens erstarrte und ihm einen Blick zuwarf.

»Wissen Sie, es interessiert mich, welche Geschichten Sie bereits über mich gehört haben, Fox.

Ich bin mir sicher, dass ich sogar noch saftigere Storys für Sie habe. Denn ach, ich bin nur eine alte Frau, die in einem staubigen Anwesen eingeschlossen ist, im Nachtgewand herumwandert und die kleinen Kinder in dieser malerischen Stadt in Pennsylvania verängstigt.«

Fox konnte nicht verhindern, dass ihm ein Schnaufen entwich. »Ich bin mir ziemlich sicher, dass niemand außer den schrägsten Bürgern unserer Stadt so etwas glauben würde, sollte ich das schreiben. Es sei denn, Sie spielen diese Rolle an Halloween.«

Sie zuckte mit den Schultern, als könnte nichts auf der Welt sie aus der Ruhe bringen. »Stimmt genau. Und ich habe nur einmal die gespenstische Frau auf dem Dachboden gespielt. Vielleicht werde ich es dieses Jahr wieder tun, nur um zu sehen, wer bei meiner bloßen Anwesenheit schreit. Also, mal sehen, welche Geschichten haben Sie über mich gehört? Die, in der ich für den König tanzte? Für welchen König? Das muss warten, bis wir uns ein bisschen besser kennengelernt haben. Oder die, in der ich nackt den Strip in Las Vegas hinunterlief, die Mafia auf den Fersen – gewissermaßen –, während ich zwei Taschen mit Geld in der Hand hielt, auf deren Vorderseite große Dollarzeichen aufgedruckt waren? Damals hatte ich nicht den Clyde zur Bonnie, es sei denn, Sie hören die falschen Geschichten.«

Fox schüttelte den Kopf. Ihm war bewusst, dass sie mit ihm spielte und versuchte herauszufinden, wie dieses Interview verlaufen würde. Es machte ihm nichts aus, er war bestens vorbereitet. Hatte er doch schon öfter schwierige Interviews geführt.

»Ich nehme an, dass nur ein Teil davon der Wahrheit entspricht, obwohl ich beide Geschichten gehört habe. Wenn unsere Stadt nicht gerade Whiskey trinkt und die Tage der Prohibition und alles, was damit einherging, diskutiert, dann redet sie darüber, was genau bei Ihnen vorgeht. Oder besser vorgegangen ist.«

»Das und was bei den Collins vor sich geht. Ich höre, dass Glückwünsche angesagt sind, nicht nur für ihre kleine Schwester, sondern auch für Dare. Das habe ich doch richtig gehört, oder? Die kleine Tabby ist verheiratet und hat ein Baby mit jemandem in Denver? Und unser Dare hat sich in seine Herbergsleiterin verliebt.« Sie warf ihm einen betrübten Blick zu, als sie sich herumdrehte, um ihn anzublicken. »Ich will damit sagen, so sehr ich auch darüber scherze, das Zentrum der Aufmerksamkeit in dieser Stadt zu sein, wünsche ich wirklich, die Stadt wäre nicht gezwungen gewesen, sich darauf zu konzentrieren, was Ihnen und der Kneipe widerfahren ist. Aber Dare und Kenzie geht es doch gut? Ich weiß, dass Kenzies Ex-Mann hinter Gittern sitzt, aber er hätte härter bestraft werden müssen dafür, dass er der Kleinen wehgetan hat.«

Dass sie Kenzie ein kleines Mädchen nannte, bekräftigte nur die Tatsache, dass Miss Pearl alterslos war.

Fox ergriff ihre Hand und drückte sie leicht. Sie wirkte so zerbrechlich in seinem Griff, dass er nicht noch fester zudrücken wollte, als er es ohnehin getan hatte. »Kenzie und Dare geht es gut. Sie lieben sich und reden über Heirat und vielleicht noch mehr Babys für unsere Horde. Die Kneipe ist nach dem Vorfall wieder gut in Schuss und das Arschloch – entschuldigen Sie den Ausdruck –, das es gewagt hat zu glauben, es könnte meiner Familie schaden, ist kein Problem mehr.«

Er presste die Lippen aufeinander und zwang sich, sich zu entspannen, denn er befürchtete, die arme Dame zu erschrecken, wenn er wütend wurde nur bei dem Gedanken an den Kerl, der seiner Familie zugesetzt hatte.

»Es freut mich, das zu hören. Jeder verdient sein Happy End, auch wenn es vielleicht nicht das ist, was man sich zu Anfang erhofft hat. Und nun lassen Sie mich Ihnen das Haus zeigen, damit wir besprechen können, welche Art von Geschichten ich erzählen werde. Und obwohl ich gern von all den Ausschmückungen höre, mit denen die Leute mich bedenken, so glaube ich doch, dass es an der Zeit ist, ein wenig Wahrheit zu atmen, anstatt nur die geheimnisvolle Luft, die den Mythos umgibt.«

Er entspannte bei ihren Worten und folgte ihr durchs Haus, während sie ihm etwas von der Geschichte des Gebäudes erzählte und sie darüber sprachen, woran genau sie arbeiten würden. Es würde Zeit brauchen, nahm er an. Dies würde kein Interview sein, das mit einem einmaligen Treffen erledigt wäre, nicht wenn es um diese Frau und ihr Leben ging. Sie verdiente weit mehr als einen einzigen nebensächlichen Artikel über eine Frau, die eine Geschichte zu erzählen hatte. Ihre Worte, dass Wahrheit den Geheimnissen vorzuziehen wäre, hätten ihn nicht glücklicher machen können. Denn so sehr er auch den Gedanken liebte, ihr Mythos bestände über den Tod hinaus, so sehr wünschte er es sich, die Frau hinter dem verschmitzten Lächeln und den Showgirl-Federn kennenzulernen.

Sie hatten den Rundgang gerade beendet, als Miss Pearl in Richtung des Wohnzimmers deutete und das Geräusch von jemandem, der auf der anderen Seite des Hauses herumlief, an Fox' Ohr drang. »Ich sehe, meine Enkelin ist zu Hause. Ich hätte gern, dass Sie sie kennenlernen. Sie ist gerade erst in die Stadt gezogen, um bei mir zu bleiben. Und ich bin so begeistert. Sie ist ein Teil meines Herzens, wissen Sie. Ich fühle mich geehrt, dass sie eine Spanne ihres Lebens opfert, um sie mit einer alten Frau zu verbringen.«

Plötzlich erfüllte eine ihm sehr vertraute Stimme die Luft und er gab sein Bestes, nicht entsprechend zu reagieren. »Ja, weil es ein solches Opfer ist, Zeit mit dem liebsten Menschen auf der Welt zu verbringen. Und ich kann nicht glauben, dass du dich gerade eine alte Frau genannt hast.«

Miss Pearl zwinkerte und streckte den Arm aus. »Fox, ich möchte Ihnen gern meine Enkelin Melody vorstellen. Melody, dies ist Fox, der Journalist, von dem ich dir erzählt habe.«

Fox hatte keine Ahnung, wie Melody mit der Situation umgehen wollte. Wollte sie ihre Großmutter wissen lassen, dass die beiden sich bereits kannten? Niemand anderes musste wissen, wie intim sie einander kannten, aber von Anfang an Geheimnisse zu haben führte nie zu einem guten Ende. Er würde ihr die Entscheidung überlassen, wie sie sich verhalten würden, denn dies war ihre Familie und nicht seine.

»Hey, Fox, schön, dich wiederzusehen.« Sie lächelte, aber aus irgendeinem Grund erreichte das Lächeln nicht ihre Augen. Angesichts der Blässe ihres Gesichts hatte er jedoch das Gefühl, dass es weniger mit ihm als mit dem zu tun hatte, wie sie sich fühlte. War sie krank? Sobald er einen Augenblick allein mit ihr wäre, musste er sie fragen. Er wollte ihre Großmutter nicht aufregen und ihr wahrscheinlich grundlos Sorgen bereiten.

»Ihr beide kennt euch? Wirklich?« Die ältere Frau dehnte das letzte Wort in die Länge und Fox hatte das Gefühl, er könnte Schwierigkeiten bekommen, wenn er nicht aufpasste.

»Ja, Großmutter, wir haben uns in der Kneipe seines Bruders kennengelernt, als ich zum ersten Mal in die Stadt kam, um dich zu besuchen. Und dann haben wir uns noch einmal in derselben Kneipe getroffen, als ich dort mein Abendessen geholt habe. Für Dares Zwiebelringe würde ich sterben.«

»Das stimmt«, pflichtete Fox ihr bei. Er war erleichtert, dass sie bei der Wahrheit blieb, wenn auch nicht bei der ganzen. Er hasste Lügen.

»Obwohl er mir gegenüber nie erwähnt hat, dass er eine Reportage über dich schreiben will.«

Fox hielt beide Hände in die Höhe. »Ich wusste nicht, dass Sie verwandt sind, ansonsten hätte ich es wahrscheinlich zur Sprache gebracht.«

»Oh, ich weiß, dass du das getan hättest. Ich mache mir eher Sorgen über die Tatsache, dass meine Großmutter mir nicht erklärt hat, welche Art von Reportage du schreiben willst. Ich möchte nicht, dass sie verletzt wird, Fox.«

»Melody«, tadelte Miss Pearl sie.

Fox schüttelte den Kopf. »Nein, das ist in

Ordnung. Ich verstehe, warum sie Angst hat. Ich bin weder hier, um deine Großmutter über den Tisch zu ziehen, noch um ihr Geld zu stehlen, noch um Lügen über sie zu verbreiten. Miss Pearl hat mich von sich aus angesprochen und mir angeboten, ein bisschen von ihrer Lebensgeschichte zu erzählen. Ich sage *ein bisschen*, auch wenn sie es nicht so ausgedrückt hat, weil ich das Gefühl habe, dass sie ein paar ihrer Geheimnisse für sich behalten will. Und das ist für mich okay, weil ich im Gegensatz zu manch anderem Journalisten weiß, dass es eine Grenze gibt. Ich werde deine Großmutter nicht verletzen, Melody. Das kann ich dir versprechen. Sie hat ein reiches Leben hinter sich und möchte ein bisschen davon enthüllen. Sie ist ein Wahrzeichen dieser Stadt und ich fühle mich geehrt, dass ich genau darstellen darf, was sie dieser Gemeinde bedeutet – und wahrscheinlich auch, was ihr andersherum unsere Stadt bedeutet.«

Melodys Augen füllten sich mit einem Gefühl, das er nicht deuten konnte, aber dann war es Miss Pearl, die sich die Augen mit einem Taschentuch trocken tupfte.

»Ich weiß, ich habe mir die richtige Person für diesen Job ausgesucht.« Sie tätschelte ihm die Schulter, um dann ihrer Enkelin einen Kuss auf die Wange zu geben. »Und jetzt muss ich ein Nickerchen machen, denn leider bin ich in dem Alter, in dem ich im Laufe des Tages ein paar Nickerchen brauche. Ich tröste mich mit der Tatsache, dass Kinder in einem bestimmten Alter das Gleiche tun. Ich freue mich auf unser nächstes Treffen, Fox. Ich werde meine Leute anweisen, Ihre anzurufen, um einen Termin zu vereinbaren.« Dann ging sie davon und ließ Melody und ihn allein im Wohnzimmer zurück.

Er schob die Hände in die Taschen, unsicher, was er mit sich anfangen sollte. »Ich wusste nicht, dass du hier wohnst. Ehrlich.«

Melody zuckte mit den Schultern. Ihr Gesicht war immer noch so blass wie bei ihrem Eintreten. »Ich glaube dir. Mir wird gerade erst bewusst, wie klein diese Stadt tatsächlich ist.«

Er musterte ihr Gesicht und runzelte die Stirn. »Geht es dir gut? Du siehst blass aus.«

Sie verdrehte die Augen. Ihr Rücken versteifte sich. »Genau das, was eine Frau gern hört. Es geht mir gut, Fox. Ich bin mir sicher, dass meine Großmutter ihre Leute anweisen wird, dich anzurufen ... da sie tatsächlich Leute dafür hat, was ich faszinierend finde. Jetzt weißt du, wo ich wohne, und ich nehme an, da Lochlan weiß, wo ich arbeite, wirst auch du es wissen. Wir müssen uns nicht voreinander verstecken. Ich möchte Whiskey gern zu meinem Zuhause machen, und das will ich nicht vermasseln, okay?«

Er nickte verständnisvoll. Sie wollte es nicht

vermasseln, indem sie mit ihm herummachte. Das verstand er. Ehrlich. Für sie hatte es nur die eine Nacht gegeben. Und jetzt schien es so, als müssten sie gegen die gegenseitige Anziehungskraft ankämpfen, damit es auch bei der einen Nacht blieb. Sie wollte keine Komplikationen, und er offen gesagt auch nicht.

»Ich habe verstanden. Ich wünsche dir noch einen schönen Tag, Melody.«

»Ich dir auch, Fox. Aber, äh, geh behutsam mit meiner Großmutter um, okay?«

Er blickte ihr in die Augen und nickte. »Das werde ich. Ich gehe immer achtsam mit den Menschen um, die mir am Herzen liegen. Und diese Stadt liegt mir am Herzen. Das bedeutet, dass auch du mir am Herzen liegst, Melody. Ich werde es nicht komplizierter machen und mehr als das sagen. Außer dass ich für dich da bin, falls du mich brauchst. Ich hätte gern, dass wir Freunde sind, da wir es scheinbar nicht verhindern können, uns immer wieder über den Weg zu laufen.«

Sie schluckte heftig und er sah, wie die lange Linie ihrer Kehle arbeitete. »Freunde. Ja, das geht. Ich denke, ich könnte einen Freund brauchen.«

Er berührte sie nicht, obwohl etwas tief in ihm es gern getan hätte. Stattdessen verabschiedete er sich und verließ das wunderschöne Haus und die beiden wunderschönen Frauen, die darin wohnten. Diese Story hatte gerade ein wenig mehr Tiefgang bekommen, war ein bisschen komplizierter geworden. Aber dies war sein Job und er würde einen Weg finden, wie es funktionieren konnte. Und er hatte Melody nicht angelogen. Die Menschen in seinem Umfeld lagen ihm am Herzen und diese beiden Frauen gehörten nun dazu. Was das bedeutete, wusste er nicht, aber er war neugierig genug, um es herauszufinden.

KAPITEL SECHS

Melody konnte kaum glauben, wie schnell die Zeit zu vergehen schien. Okay, es war erst einen Tag her, seit sie Fox bei sich zu Hause gesehen hatte, und zwei Tage, seit sie Lochlan vor ihrem Studio getroffen hatte. Trotzdem hatte sie das Gefühl, die Tage gingen viel zu schnell vorbei. Bald schon würde ihr Studio öffnen und sie würde hauptberuflich in Räumen unterrichten, die ihr nicht nur gehörten, sondern in die sie auch buchstäblich ihr Blut, ihren Schweiß und ihre Tränen gesteckt hatte. Okay, sie hatte sich mit einem Papierschneider geschnitten und zählte das als Blut, aber trotzdem zählte es. Und wenn sie jede einzelne Blutblase und jeden Schnitt mitzählte, die sie sich zugezogen hatte, als sie täglich Stunde um Stunde getanzt hatte, um hoffentlich eines Tages eine Primaballerina zu werden, dann waren das in der Tat eine Menge Blut, Schweiß und Tränen.

Ihre Träume, für das New York City Ballett zu tanzen und nicht nur eine Primaballerina, sondern auch Haupttänzerin bei einem Ensemble zu werden, mochten zwar lange verflogen sein, aber sie hegte trotzdem die Hoffnung, das Tanzen könnte zu ihrem Leben gehören. Sie war nicht mehr derselbe Mensch wie damals, bevor sich alles geändert hatte, aber das Tanzen lag ihr immer noch im Blut. Ihre Großmutter war ein berühmtes Showgirl gewesen, das seine Hüften, Federn und Beine benutzte, um eine Geschichte zu erzählen, auch wenn die anderen nicht genau gewusst hatten, was sie erzählte. Auch ihre Mutter war Tänzerin gewesen, hatte jedoch früh aufgegeben, als sie dachte, nicht gut genug zu sein. Melody wusste nicht, ob das der Wahrheit entsprach, und ihre Großmutter wollte es ihr nicht erzählen. Aber Melody hatte das Gefühl, dass sie deshalb Melodys Karriere und Talent so gefördert hatte, weil sie ihre eigenen Träume nicht ausgelebt hatte.

Melody hatte bereits die frühen Jahre ihrer Kindheit mit Tanzunterricht, Konditionstraining und anderem verbracht und keine Kindheit außerhalb dieses Pfades gehabt, auf den sie in einem so frühen Stadium ihres Lebens gesetzt worden war. Und obwohl andere den Weg für sie gewählt hatten, war sie ihn bereitwillig gegangen, als sie ihre Leidenschaft fürs Tanzen gefunden hatte.

Sie hatte für einige der besten Lehrer getanzt, dank ihres Talentes und dem, was ihre Großmutter darstellte. Und diese Unterrichtsstunden und die Ehre würde sie niemals als selbstverständlich betrachten. Als sie beim Juilliard-Konservatorium angenommen wurde, hatte sie geglaubt, ihre Träume würden endlich wahr werden, auch im zarten Alter von achtzehn Jahren. Dann war alles um sie herum zusammengebrochen und sie hatte herausfinden müssen, wer sie war, ohne dass das Tanzen der einzige Grund zu leben war.

An einem bestimmten Punkt hatte sie nicht geglaubt, jemals wieder zu tanzen, und all ihre alten Trainingstrikots und Ballettschuhe aus Wut und falschen Schuldgefühlen weggeworfen. Nein, sie konnte nicht falschliegen, oder? Aber das war eine Gedankenkette, der sie heute nicht folgen wollte. Nicht, solange sie so viel zu tun hatte.

Apropos Arbeit, sie öffnete ihren Laptop und biss sich auf die Lippe. Sie war ein Feigling, denn sie hatte während der letzten beiden Tage, seitdem sie sie freigegeben hatte, ihre Anmeldeliste nicht überprüft. Ihre E-Mails ebenso wenig, außer den wichtigen vom Gemeindezentrum. Diejenigen, die mit der Tanzschule zu tun hatten und dem Anmeldeformular anhingen, gingen zu einer gesonderten E-Mail-Adresse, die sie seit zwei Tagen nicht eingesehen hatte. Die merkwürdige E-Mail, die Spam sein musste, hatte sie in einen besonderen Ordner verschoben, nur für den Fall, aber sie nahm an, dass sie nicht wichtig war. Als Adressat für eine solche E-Mail war sie zu wenig besonders. Jedenfalls inzwischen.

»Wenn du eine Geschäftsfrau und erfolgreich sein willst, musst du den Kopf aus dem Sand ziehen und deine verfluchten E-Mails durchsehen. Sei kein Feigling, Melody Waters.«

Ihr war bewusst, dass sie kurz vor dem Sprung ins kalte Wasser stand, jetzt, da sie schon wieder mit sich selbst sprach, in einem leeren Haus, da ihre Großmutter zum Mittagessen für ein Interview mit Fox ausgegangen war. Die Tatsache, dass sie auch nicht aufhören konnte, an Fox zu denken und wie ... schön es gewesen war, ihn wiederzusehen, half ihr auch nicht weiter.

Wenn sich herausstellte, dass sich niemand für den Unterricht angemeldet hatte, würde sie sich überlegen müssen, was sie mit den Ratenzahlungen für ein leeres Gebäude tun sollte, in das nie wieder jemand einen Fuß setzen würde.

Und natürlich, wenn sie weiter über ihre eigenen Sorgen nachgrübeln würde, würde sie nicht an die Tatsache denken, dass sie heute Morgen Fox nicht hatte sehen können, weil ihre Großmutter sich allein in das Stadtviertel aufgemacht hatte, in dem die Restaurants lagen. Melody hätte ihre Großmutter gern begleitet, aber Miss Pearl war offensichtlich in der Lage, allein etwas zu unternehmen. Melody machte sich trotzdem Sorgen, aber Fox hatte ihr eine SMS geschickt, als ihre Großmutter bei ihm eingetroffen war.

Sie hatte Fox ihre Nummer nicht gegeben. In jener Nacht und bei den Gelegenheiten, bei denen sie ihn seitdem gesehen hatte, war sie sorgsam darauf bedacht gewesen, sie ihm nicht zu geben, aber Großmutter musste sie ihm mitgeteilt haben. Es störte sie nicht, obwohl es das wahrscheinlich hätte tun sollen, aber wenn sie ihn in ihren Kontakten unter seinem Namen und nicht unter einem sexy oder gar gemeinen Spitznamen speicherte, so waren sie doch auf dem besten Weg, Freunde zu werden, so wie sie es besprochen hatten, anstatt etwas Heißeres, wie ihr Unterbewusstsein und ihre weiblichen Körperteile es vielleicht gern gewollt hätten.

Sie holte tief Luft und öffnete die Tabelle, die von ihrem Anmeldeformular gespeist wurde. Überrascht hielt sie inne und blinzelte ein paarmal.

Sie war nicht leer.

Sie war nicht einmal annähernd leer.

Da waren über zwanzig Anmeldungen innerhalb von nur zwei Tagen. Wie zum Teufel war das geschehen? Nun, eigentlich wusste sie genau, wie das geschehen war. Hatte sie nicht tonnenweise Arbeit hineingesteckt, ebenso wie andere Leute um sie herum? Aber sie hatte es nicht für möglich gehalten. Es gab mehr als zwanzig Interessenten, die nicht alle für denselben Kurs infrage kamen, sondern in unterschiedliche Kurse gehörten. Es gab Kinder, die in den Anfängerkurs wollten – Jungen und Mädchen, die in einem gemischten Kurs sein würden. Es gab auch ein paar Schüler des mittleren Levels, die zusätzlich zu ihrem Unterricht außerhalb der Stadt bei einem anderen Lehrer von ihr Unterricht bekommen wollten. Natürlich würde sie alles sorgfältig bedenken und mit deren Trainern reden müssen, um sicherzugehen, dass sie sich nicht nur nicht überforderten, sondern dass sie sich auch einig waren. Als Kind hatte Melody stets mehr als einen Trainer gehabt, was ihr geholfen hatte, ihren Tanz zu verbessern. Aber sie wollte sichergehen, dass sich jeder, mit dem sie arbeitete, auf dem rechten Weg befand.

Und noch erstaunlicher war, dass ein paar Erwachsene die Chance ergreifen wollten, an dem Ballettkurs für erwachsene Anfänger teilzunehmen. In diesem Kurs würde es weder rein um den Stil noch um etwas Ähnliches wie bei den mittleren Leistungsebenen oder den Kindern gehen. Einige Erwachsene wollten einen Kurs, in dem sie die Grundschritte zur Verbesserung ihrer Flexibilität lernen konnten, andere wiederum sahen es eher als eine Fitnessveranstaltung. Beides hatte sie in ihr Angebot aufgenommen und Zeiten festgelegt. Und jetzt sah es so aus, als hätte sie zumindest einige in jedem Kurs. Darüber hinaus gab es zusätzliche Kurse, in denen sich zumindest jeweils zwei Leute eingetragen hatten. Sie war mehr als begeistert. So wie sie ihren Stundenplan aufgeteilt hatte, würde sie zwei oder drei Kurse täglich geben, aber nichts, was körperlich allzu strapaziös für sie wäre. Sie besaß weder die Flexibilität noch die Kraft von einst, insbesondere nach dem Zwischenfall, und es war ihr bewusst, dass sie ihrem Körper nicht so viel zumuten konnte wie früher. Aber auf diese Art würde sie Schüler bekommen, ihr Körper würde die Übung erhalten, die er brauchte, und ihre Seele würde dem Tanzen verhaftet bleiben. Von Letzterem hatte sie nicht gewusst, dass sie es brauchte, bis es ihr so unvermittelt entrissen worden war.

Und weil einige Kurse morgens, einige nachmittags und andere abends stattfinden würden, würde sie stets Raum haben, um zusätzlich Kurse einzubauen, falls benötigt, und sie würde auch die Zeit haben, sich um all die geschäftlichen und administrativen Aufgaben zu kümmern, die mit dem Besitz einer eigenen Tanzschule einhergingen. Und ihre Großmutter würde sich freuen zu hören, dass sie auch Zeit eingeplant hatte, um einfach zu *sein*. Sie hatte noch nicht genau herausgefunden, wer sie war, ohne diesen einzigen Traum ständig vor Augen zu haben, aber sie arbeitete daran. Und in die kleine Stadt zu ziehen und für sich allein eine Tanzschule zu eröffnen war ein Weg, um damit zu beginnen.

Ihre Hände zitterten, als sie schließlich durchgegangen war, was jede einzelne Person ins Formular eingetragen hatte. Sie hatte auch ein paar E-Mails von besorgten Eltern und sogar von einigen erwachsenen Tänzern bekommen, die entweder das Tanzen wieder aufnehmen oder ganz neu beginnen wollten. Sie vertrat die feste Meinung, dass man nie zu alt sein konnte, um die Liebe für den Tanz zu entdecken, auch wenn diese Liebe vielleicht niemals zu einer Tanzkarriere führte.

Sie kontaktierte jeden, stellte selbst Fragen und erfuhr so viel wie möglich, ohne mit ihren zukünftigen Schülern zu sprechen. Was sie als Lehrerin wissen musste, würde sie erfahren, sobald sie sehen würde, wie ein jeder sich bewegte. Dann würde sie die Grenzen und Stärken ihrer Schüler kennenlernen. Eine E-Mail kam von einer besorgten Mutter, die ihre Tochter noch nicht angemeldet hatte, aber mit Melody persönlich darüber reden wollte. Ihre Tochter war autistisch, aber liebte das Tanzen so sehr, dass sie lernen wollte, eine hübsche Ballerina zu sein. Melodys Augen füllten sich angesichts der Liebe und Fürsorge in den Worten der Mutter mit Tränen. Sie wusste, selbst wenn sie einen eigenen Kurs für dieses kleine Mädchen geben und doppelt so hart arbeiten müsste, sie würde dafür sorgen, dass es tanzen konnte. Melody hatte tatsächlich einen Kurs belegt, wie man Kinder mit besonderen Bedürfnissen das Tanzen lehrte, wusste aber, dass sie bei Weitem nicht so weit war, wie sie sein musste, um dem Mädchen alles zu geben, was es brauchte. Das bedeutete, dass Melody noch viel mehr lernen und mit der Mutter und allen anderen Personen im Leben des Kindes sprechen musste, um sicherzustellen, dass sie die richtige Routine fanden und die Bedürfnisse des kleinen Mädchens erfüllten. Sie wusste, dass manche Kinder gut mit anderen in einem Raum in einem Tanzkurs arbeiten konnten, während andere individuelle Aufmerksamkeit brauchten. Melody würde einfach einen Weg finden müssen, um das zu ermöglichen. Im Moment hatte sie nicht das Geld, um einen weiteren Lehrer einzustellen, aber das war im Geschäftsplan für später vorgesehen. Wenn die Zeit gekommen wäre, würde sie herausfinden, was zu tun war.

Melody schickte sofort eine E-Mail zurück und teilte der Frau genau das mit, was sie gerade gedacht hatte. Sie stellte sicher, dass die Mutter wusste, dass Melody sich freute und sich geehrt fühlte angesichts der Möglichkeit, ihre Tochter zu unterrichten. Wieder einmal wischte sie sich die Tränen aus den Augen, nachdem sie die E-Mail gesendet hatte. Sie hatte Glück gehabt, als sie aufgewachsen war, denn sie war in der Lage gewesen, Dinge ohne die Hilfe anderer zu tun. Aber sie hatte beobachtet, wie Trainer diejenigen beschimpften, die es nicht auf Anhieb schafften, und sie weigerte sich, solch ein Mensch zu sein. Jeder verdiente eine Chance, alles zu sein, was er sich wünschte, und sie hatte erst alles verlieren müssen, um zu erkennen, wie viel das bedeutete.

Etwas aus der Fassung gebracht schloss sie das E-Mail-Programm, brachte ihre sozialen Medien auf den neuesten Stand und legte ihren Computer beiseite. Sie musste zurück ins Studio, um abschließend an den Feinheiten zu arbeiten, aber ihr Bauunternehmer hatte gesagt, er bräuchte noch Zeit, um ein paar Anstriche durchzuführen und andere Kleinigkeiten zu erledigen, bei denen sie nur im Weg wäre. Und mit all der neuen Energie, die sie durch die wunderbaren Neuigkeiten und die gewaltigen Aufgaben, die vor ihr lagen, gewonnen hatte, dachte sie sich, dass sie ebenso gut für ihre Kondition sorgen konnte, denn es stand noch eine Menge Tanzen bevor.

Dank des Kennenlernens ihrer neuen Nachbarin wusste sie genau, wo sie trainieren konnte. Hoffentlich würde man ihr erlauben, eine Mitgliedschaft im

Fitnessstudio abzuschließen, denn sie würde auf keinen Fall in Form bleiben, wenn sie nur zu Hause Yoga machte und ab und zu draußen joggte. In ihrem Alter und nach allem, was ihr Körper beim Tanzen und später nach ihrer Verletzung durchgemacht hatte, musste sie Kräftigungsübungen machen, die sie zu Hause nicht machen konnte. Sie wusste, dass ihre Großmutter wahrscheinlich ein ganzes Fitnessstudio in einem der zahlreichen Zimmer des Hauses einrichten würde, wenn sie wüsste, dass Melody es bräuchte, aber sie wollte damit auf keinen Fall ihre Großmutter belästigen. Sie traf eine Entscheidung und räumte auf, was sie liegen gelassen hatte, da sie sich immer noch wie ein Gast im Haus ihrer Großmutter fühlte, und ging nach oben, um ihre Trainingskleidung anzuziehen. Als sie bei Lochlan eintraf, musste sie über das Schild grinsen. Es hieß wörtlich *Lochlans Firma für Sicherheitssysteme und Fitnessstudio*. Der Mann war wirklich ein Tausendsassa. Sie erwartete beinahe ein kleines Zusatzschild, das irgendwie darauf hinwies, dass er auch Handwerker war, aber scheinbar war das nur Mundpropaganda.

Als sie eintrat, saß Lochlan hinter dem Empfangsresen und starrte stirnrunzelnd auf etwas auf seinem Computer. Er blickte auf, als sie nähertrat, und stieß einen Grunzlaut aus. Nicht gerade der netteste Willkommensgruß, aber es hätte schlimmer sein können. Er hätte sie auch hinauswerfen können.

»Komme ich ungelegen? Ich habe mich gefragt, ob ich mich für eine Mitgliedschaft im Fitnessstudio einschreiben kann. Wäre das in Ordnung?«

Lochlan blickte sie prüfend an, dann griff er unter den Tresen und zog einen Stapel Papiere hervor. »Entschuldigen Sie, ich habe Probleme mit dem Computer und werde langsam wütend. Aber das ist nicht Ihr Problem. Und ja, Sie können Mitglied werden. Bei mir gibt es keine jährlichen Gebühren, an die Sie gebunden wären. Die Mitgliedschaft erneuert sich von Monat zu Monat, weil ich weiß, dass manche Leute sich nicht gern für ein Jahr festlegen. Immerhin gehören wir nicht zu einer dieser großen Ketten.«

»Klingt perfekt. Obwohl ich wahrscheinlich das ganze Jahr kommen werde, da ich meine Kondition aufrechterhalten muss, wenn ich nebenan Tanzunterricht gebe. Obwohl ich durch das Tanzen schon recht fit sein werde, so ist mein Training doch besser abgerundet, wenn ich ein komplettes Fitnessprogramm absolviere.«

»Füllen Sie einfach die Papiere aus und dann können Sie heute noch anfangen, wenn Sie wollen.« Er ließ den Blick über ihre Kleidung schweifen und nickte. Sein Blick fühlte sich nicht im Geringsten sexuell an. Sie wusste jedoch, wenn sein Bruder sie so angesehen hätte, so wäre ihr unter seinem Blick ziemlich heiß geworden. »Es sieht so aus, als trügen Sie bereits Ihre Trainingskleidung, daher nehme ich an, dass Sie heute schon anfangen wollen?«

»Wenn es geht. Die Jungs nebenan müssen noch die letzten Arbeiten erledigen, bei denen ich nur im Weg wäre, also kann ich entweder trainieren oder Däumchen drehen, während ich mich mit Papierkram beschäftige und am liebsten den Kopf gegen die Wand schlagen würde.«

»Erzählen Sie mir nichts von Papierkram.« Er grunzte wieder und wandte sich dann ab, damit sie die Formulare ausfüllen konnte. Als sie fertig war, reichte sie sie ihm und er gab ihr eine vorübergehende Mitgliedskarte. Er fotografierte sie und erklärte, die endgültige Karte würde er ihr in den nächsten ein oder zwei Tagen rüberschicken.

Als er sich wieder dem zuwandte, womit auch immer er am Computer beschäftigt sein mochte, fragte sie sich, ob es mit dem Fitnessstudio oder der geheimnisvollen Sicherheitsfirma zu tun hatte, von der sie nicht das Geringste wusste. Vielleicht las sie in letzter Zeit zu viel, weil ihre Gedanken ständig zu Geheimagenten und Spionen wanderten, während es sich wahrscheinlich um einen harmlosen Mann und sein Team handelte, die Sicherheitssysteme und Kameras in Häuser einbauten. Sie musste sich wirklich ein Leben aufbauen, anstatt ihre Fantasie schweifen zu lassen.

Sie war so in Gedanken versunken, dass sie den Mann vor ihr nicht bemerkte und mit seinem sehr verschwitzten, sehr harten Körper zusammenprallte.

Sie ergriff seine Arme. Einer seiner Oberschenkel schob sich geradewegs zwischen ihre Beine, als sie gegen ihn gepresst wurde. Sie blickte zu ihm auf.

»Fox«, hauchte sie mit rasendem Puls. Natürlich stieß sie mit Fox im Studio seines Bruders zusammen. Natürlich klammerte sie sich an ihn und grub ihre Finger in seine Oberarme, wie die Heldin in einem ihrer Lieblingsliebesromane. Und natürlich presste sich sein Oberschenkel so fest gegen ihren Schritt, dass er wahrscheinlich die Hitze spüren konnte, die in ihr pulsierte, allein weil sie sich berührten – nur einen Tag, nachdem sie sich versprochen hatten, nur Freunde zu sein. Denn sie war nun einmal Melody und dies war ihr Leben. Was sonst hätte geschehen können in einer Stadt namens Whiskey mit einem Mann, mit dem sie viel zu viel Whiskey konsumiert hatte?

»Melody.« Es klang eher wie Knurren als wie ein Wort. Er räusperte sich. »Melody, Mist, ich habe dich nicht gesehen. Habe ich dir wehgetan?«

Sie hatte seine Arme nicht losgelassen, aber auch er hatte sich nicht von ihr wegbewegt. Sie war sich der anderen Leute im Fitnessstudio bewusst, aber sie wusste, dass sie sie nicht beachteten. Sie waren auf ihr eigenes Training konzentriert und nicht auf sie beide, wie sie sich aneinanderklammerten, als könnten sie nicht genug bekommen.

Und als ihr dieser Gedanke kam, löste sie sich von ihm und trat zurück. Die Innenseiten ihrer Schenkel vermissten Fox' Berührung sofort, aber sie ignorierte ihre verräterischen Frauenteile und ihre Bedürfnisse und Wünsche.

Verflucht sollten sie sein. Sie brachten sie ständig in Schwierigkeiten.

»Alles in Ordnung und außerdem habe ich *dich* angerempelt.« Sie schluckte heftig und bemühte sich, nicht daran zu denken, wie es sich angefühlt hatte, als er sich so an sie gepresst hatte. Ihre Köper passten viel zu gut zusammen und sie hoffte, dass sie deshalb nicht aufhören konnte, daran zu denken, weil sie sich in Vorfreude auf das Training so aufgeputscht fühlte.

Und was rationale Erklärungen anbelangte hatte sie gerade eine neue Ebene erreicht.

Er runzelte die Stirn. »Wenn du dir da so sicher bist.« Er streckte die Hand aus, als wollte er sie berühren, doch dann ließ er sie wieder sinken. Für zwei Menschen, die sich geschworen hatten zu versuchen, Freunde zu sein, benahmen sie sich viel zu unbeholfen. Ihr Versprechen zeigte also keinerlei Konsequenzen.

»Das bin ich. Also, ich nehme an, dass du oft herkommst?«

Wenn es ein Mauseloch gegeben hätte, in das sie sich hätte verkriechen können, so hätte sie es getan, denn, mein Gott, was war nur los mit ihr?

Fox' Mund verzog sich zu einem Grinsen und Melody konnte nicht verhindern, dass sie im Stillen seufzte. Sie musste nicht genügend Schlaf bekommen haben, wenn dieses Grinsen sie bereits aus der Fassung brachte. Sicher, es konnte auch daran liegen, dass sie immer noch die Hitze seines Körpers auf ihrer Haut spürte.

»Das Studio gehört meinem Bruder und ich versuche, in Form zu bleiben, also komme ich lieber hierher, anstatt draußen zu joggen. Für meinen Geschmack gibt es viel zu viele Hügel in den Nebenstraßen, und während der Touristensaison, die sich hier aus irgendeinem Grund über das ganze Jahr erstreckt, sind viel zu viele Leute unterwegs, als dass Joggen wirklich Spaß machen könnte.«

Und jetzt konnte sie an nichts anderes mehr denken als an ihn, wie er joggte, schwitzte und viel zu attraktiv aussah.

»Melody?« Er glitt mit den Fingern durch eine Haarsträhne, die sich bereits aus dem Pferdeschwanz gelöst hatte, und strich sie ihr hinters Ohr. Sie leckte sich die Lippen, unfähig, bei seiner Berührung auch nur die kleinste Bewegung zu unterdrücken.

»Ich sollte jetzt trainieren gehen. Lochlan hat mir einen Mitgliedsausweis erstellt. Entschuldigung noch einmal, dass ich dich angerempelt habe.« Und bevor er noch etwas sagen und sie vielleicht zu etwas überreden konnte, an das sie sich bereits alle Mühe gab, nicht zu denken, lief sie davon. Okay, sie lief nicht wirklich davon, aber sie ging wirklich schnell zur anderen Seite des Studios, wo sich die Ellipsentrainer befanden. Sie konnte Fox' Blicke im Rücken spüren, aber sie entschied sich, sie zu ignorieren. Aber als sie auf die Pedale der Maschine gestiegen war, tat sie das Dümmste überhaupt und winkte ihm zu, wobei sie so breit lächelte, dass er wahrscheinlich bemerkte, dass es ein falsches Lächeln war. Dann begann sie mit dem Training.

Fox warf ihr einen befremdlichen Blick zu, winkte aber zurück, bevor er das Gebäude verließ. Seine Schultern entspannten sich sofort, sobald er aus ihrem Blickfeld verschwunden war. Sie zwang sich, sich ein wenig schneller zu bewegen. Jedoch nach zehn Minuten wurde ihr so schlecht, dass sie praktisch von dem Ellipsentrainer springen und nach dem Toilettenzeichen suchen musste. Glücklicherweise war die Tür in der Nähe und diesmal rannte sie wirklich.

Am ganzen Körper zitternd entleerte sie ihren

Magen in die Toilettenschüssel. Sie glaubte nicht, dass es am Training lag. Wahrscheinlich war es einfach nur Stress. In eine neue Stadt zu ziehen, ein eigenes Geschäft zu eröffnen und dann seinen One-Night-Stand wiederzusehen, und das alles innerhalb kürzester Zeit, hätte bei jedem an den Nerven gezerrt.

Und als sie auf den kühlen Fliesen saß, mit dem Rücken gegen die Kabinenwand, und überlegte, ob sie sich noch einmal übergeben musste, hoffte sie, dass dies wirklich der einzige Grund war.

KAPITEL SIEBEN

Fox lachte, als er mit dem Hintern auf dem Boden landete, nachdem sein Neffe Nathan ihn geschubst hatte. Dare und Lochlan brachen in Gelächter aus, das durch die Nachbarschaft hallte, während Fox aufgrund der Wucht des Aufpralls zusammenzuckte. Mit seinen vier Jahren war Nate zu einem großartigen Kind herangewachsen, das gerade einen Wachstumsschub durchmachte. Im Augenblick bestand er nur aus langen Beinen und Armen, aber irgendwie hatte er es trotzdem geschafft, Fox mit voller Kraft in die Seite zu stoßen. In seiner Familie war Fox ein Spätzünder gewesen und jetzt, da er seinen Neffen heranwachsen sah, hatte er das Gefühl, in nicht allzu langer Zeit wieder einmal der Kleinste zu sein. Nate mochte zwar erst vier Jahre alt sein, aber er würde ein großer Mann werden, gerade so wie sein Dad.

»Hat er dir wehgetan?«, fragte seine Mutter kopfschüttelnd von der hinteren Veranda. Er konnte sehen, dass sie ein Lächeln unterdrückte. Und er verdrehte unwillkürlich die Augen, als Nate aufstand und ihm eine Hand entgegenstreckte. Schnell war Fox auf den Beinen und starrte seine Mutter gespielt böse an, weil sie es gewagt hatte, über das Schicksal ihres Sohnes zu lächeln oder gar zu lachen.

»Sprichst du mit mir oder mit Nate?«, fragte Fox und rieb sich die Hüfte.

Nate schlang Fox die Arme um die Taille und grinste, wobei er eine Zahnlücke zeigte, da er kürzlich einen Zahn verloren hatte. Wie um alles in der Welt war sein Neffe so schnell herangewachsen? Es fühlte sich an, als wäre Nate erst gestern noch ein kleines, gewickeltes Bündel gewesen, das geschrien und gepupst hatte.

»Ich habe dir nicht wehgetan, oder?«

Fox schüttelte den Kopf und zerzauste dem Jungen die Haare. »Nein. Ich benehme mich lediglich wie ein alter Mann, weil du mich überrascht hast. Du wirst gut im Angreifen.«

»Onkel Lochlan unterrichtet mich, damit ich nicht geärgert werde. Und du bist nicht alt.« Ein schelmisches Glimmen erschien in den Augen des Kindes und Fox grinste. »Dad ist alt.«

»Das habe ich gehört!«, rief Dare von der Veranda.

Fox nickte und unterdrückte ein Lächeln. »Weißt du, dein Dad ist wirklich alt. Und Onkel Lochlan ist sogar noch älter.«

»Onkel Lochlan kann Onkel Fox in den Hintern treten, der passt also besser auf, was er sagt«, drohte Lochlan von der Veranda.

»Achtet auf eure Ausdrücke«, mahnten ihre Mutter und Kenzie wie aus einem Munde und Fox lachte mit Nate um die Wette.

Die beiden Frauen blickten sich an und begannen zu kichern, sodass es auch um den Rest der Familie geschehen war. Kenzie war neu in der Familie, hatte sich jedoch bereits perfekt eingegliedert. Nate lebte die Hälfte der Zeit bei seiner großartigen Mutter und Dare bekam ihn jetzt während der anderen Hälfte. Und Kenzie nahm mit merkwürdiger Leichtigkeit die Rolle der Stiefmutter ein, was sie vielleicht überraschen mochte, wie Fox annahm. Es war nicht leicht, in eine Situation zu gelangen, in der ein Kind bereits zwei liebende Elternteile besaß, die zu seinem Leben gehörten, aber Kenzie fand ihren Weg darin und war Gott sei Dank gut Freund mit Nates Mom.

Fox beugte sich hinunter, um Nate zu kitzeln, aber dieser entwand sich ihm und lief davon, sodass er nun natürlich versuchen musste, das Kind zu fangen.

Lochlan und Dare schlossen sich ihnen an und bald schon rollten sich alle vier im Dreck und im Gras und versuchten, sich gegenseitig zu übertrumpfen.

Als Fox von Nates Fuß einen Tritt in die Rippen abbekam, während Lochlan den Jungen kopfüber hielt, beugte er sich vornüber, um Atem zu schöpfen. Die anderen standen etwas abseits, verschwitzt und mit Staub und Schweiß bedeckt.

»Ich glaube, ich bin zu alt für diese Spielchen«, stöhnte Fox mit aufgrund des Tritts gepresster Stimme.

Dare fuhr sich mit der Hand übers Kinn und verzog das Gesicht. »Äh, ja, ich glaube, Lochlan hat etwas getroffen, das sich nicht so bald wieder erholen wird.«

»Das geschieht euch recht. Warum balgt ihr euch auch, als wärt ihr alle in Nates Alter«, bemerkte ihr Dad von der Veranda, bevor er ins Haus ging. Weil er dabei grinste, hatte Fox das Gefühl, der alte Mann hätte gern mitgespielt, war aber zu klug dafür.

»Komm her, Baby, ich kümmere mich um dich«, sagte Kenzie, die an Dares Seite eilte, sich unter seinem Arm hindurch duckte und dann ihre Arme fest um Nate schlang. »Wie geht es meinem liebsten Jungen?«

Fox und Lochlan brachen in Gelächter aus. Kenzie passte wunderbar in ihre Familie. Fox dachte, wenn ihre Schwester hier gelebt hätte, wären die beiden beste Freundinnen geworden.

»Ich habe gewonnen.« Nate strahlte.

»Aber natürlich hast du gewonnen.« Kenzie zwinkerte Dare zu und schlang ihren freien Arm um seine Taille. Dann gingen die drei ins Haus. Fox und Lochlan blieben stehen und beobachteten die Familie eine Weile, bevor Lochlan Fox in die Schulter boxte, wie Brüder es eben tun.

»Sie tut ihm gut«, sagte Lochlan nach einem Augenblick. Sein Bruder redete nicht so viel wie die anderen, aber wenn er etwas sagte, so war es wichtig. Wenn der Mann jemals ins Schwafeln geriet, so wusste Fox stets, dass entweder etwas nicht stimmte, oder Lochlans beste Freundin Ainsley ärgerte ihn wieder einmal ohne Ende, wie es bei den beiden oft geschah.

Fox stimmte seinem Bruder zu, Kenzie passte gut in die Familie. Sie war absolut perfekt für Dare und die beiden arbeiteten zusammen, als hätten sie sich schon ewig gekannt. Sie hatten jedoch die Hölle durchgemacht, um zusammenzubleiben, und Fox war einfach froh, dass sie das Glück gefunden hatten, das beiden für so lange vorenthalten worden war. Und bei diesen Gedanken kamen ihm aus irgendeinem Grund sogleich Bilder von Melody in den Sinn. Er wusste nicht warum und es machte ihm Sorgen, jetzt, da er ein bisschen zu lange darüber nachdachte.

Melody war nur seine Freundin oder zumindest auf

dem besten Weg dazu. Er hatte ihr während der letzten paar Tage weder eine SMS geschickt noch sie angerufen, obwohl er dank ihrer Großmutter jetzt ihre Nummer hatte. Aber nach ihrer peinlichen Begegnung im Fitnessstudio kam sie ihm öfter in den Kopf, als er zugeben wollte. Er war noch zweimal zu dem Haus gegangen, das sie mit ihrer Großmutter teilte, um die berühmte Frau zu interviewen, die ihn mit ihren Geschichten über die weit zurückliegende Vergangenheit zum Lächeln brachte, und beide Male hatte er Melody gesehen. Aber er hatte immer noch kein vollständiges Gespräch mit ihr geführt, ohne dass sie sich beide linkisch benahmen und versuchten herauszufinden, wie sie sich in der Gegenwart des anderen verhalten sollten. Es war schwer, Freunde zu sein, obwohl es damit begonnen hatte, miteinander zu schlafen.

Aber auch wenn es schwierig zu sein schien herauszufinden, wie die beiden in das Leben des anderen passten, wenn auch rein platonisch, wusste Fox, dass er es weiter versuchen würde. Denn Melody brauchte wirklich einen Freund, zumindest glaubte er das, wenn er den Ausdruck in ihren Augen sah. Er sollte sie Kenzie und Ainsley vorstellen, denn er hatte das Gefühl, dass die drei zusammen die ganze Stadt erobern könnten, aber aus irgendeinem Grund war er wirklich egoistisch und wollte Melody ganz für sich allein. Das war wahrscheinlich ein weiterer Fehler, aber er war gut darin, Fehler zu machen.

Er betrat mit Lochlan das Haus, in dem seine Eltern sie aufgezogen hatten, und er konnte sich ein Lächeln nicht verkneifen, weil ihm alles so vertraut vorkam. Das Leben mochte weitergegangen und sie alle erwachsen geworden sein und ihr eigenes Leben begonnen haben, aber das Gefühl von Zuhause hatte sich nie verändert. Seine Mutter mochte die Tapeten entfernt haben, um zu streichen, und sein Vater mochte einen neuen Tisch gebaut haben, um den herum sie Platz fanden, als sie sich im Laufe der Jahre vermehrten, aber das Gefühl, wer sie als Familie waren, konnte niemals aus diesem Haus vertrieben werden.

Im Laufe der Jahre hatte er sich nacheinander erst mit Dare und dann mit Lochlan ein Zimmer geteilt, da er der jüngste Junge war und seine Eltern sich nicht sicher gewesen waren, wer sein eigenes Zimmer bekommen sollte, da ihre jüngere Schwester Tabby immer ein eigenes haben sollte. Das war das Recht jeder kleinen Schwester, die gezwungen war, mit drei älteren Brüdern zusammenzuleben, die sie behandelten, als wäre sie eine von ihnen: ein Mädchen mit Läusen und gleichzeitig eine kleine Schwester, die beschützt werden musste. Kein Wunder, dass sie auf ein College außerhalb des Staates gegangen und nie wieder zurückgekehrt war. Jeder von ihnen telefonierte wahrscheinlich mehr als einmal pro Woche mit ihr, aber das war nicht dasselbe. Er hatte das Gefühl, dass er bald wieder nach Denver fahren würde, um sie und ihren Mann Alex zu sehen, bevor das Baby kam. Da sie altersmäßig am nächsten beieinanderlagen, hatte er immer eine tiefe Verbindung zu seiner kleinen Schwester verspürt.

Fox seufzte und schüttelte den Kopf, als alle um ihn herum zu reden begannen und sich an den großen Tisch setzten, an dem seine Eltern ihr Familienessen vorbereitet hatten. Jedes Mal wenn er das Haus betrat, in dem er aufgewachsen war, ließ er seine Gedanken zu der Frage schweifen, was Verbindungen und Familie im Allgemeinen bedeuteten. Vielleicht war es der Autor in ihm, aber die Vorstellung, wer sie als Familie waren, ging ihm nicht ganz aus dem Kopf. Laut seiner Mutter war er vielleicht zu spät dran, um eine eigene Familie zu gründen, aber es war schwer, überhaupt eine eigene haben zu wollen, da er doch mit seinen Eltern und Geschwistern bereits eine solide Familie besaß, auf die er sich stützen konnte. Aber jetzt bildeten Dare und Kenzie eine Einheit mit Nate, und Tabby und Alex gründeten ihre eigene Familie am anderen Ende des Landes. Irgendwie waren er und Lochlan hinter den anderen zurückgefallen und er war sich nicht ganz sicher, wie er sich dabei fühlte. Und er war sich wirklich nicht sicher, was er von der Tatsache hielt, dass Melodys Gesicht bei diesem Gedankengang schon wieder in seinem Kopf auftauchte. Er hatte einmal – na ja, eigentlich dreimal – innerhalb einer Nacht mit ihr geschlafen, bevor sie, wie er geglaubt hatte, für immer aus seinem Leben verschwunden war. Sie waren nur Freunde, oder auf dem Weg, Freunde zu werden – nicht mehr und nicht weniger. Er musste den Gedanken an ihre süßen Kurven und die Art, wie sie sich an ihn geschmiegt hatte, als sie im Fitnessstudio gegeneinandergeprallt waren, aus dem Kopf bekommen.

Fox räusperte sich und legte seine Serviette strategisch über seine wachsende Erektion, denn jedes Mal, wenn er an Melody dachte, tat sein Schwanz, was er wollte. Er musste diese Reaktion unbedingt in den Griff bekommen.

»Fox, hast du mich gehört?«

Er blickte auf, als er die Stimme seiner Mutter hörte, und blinzelte. »Nein, scheinbar nicht. Tut mir leid, ich war in Gedanken versunken. Was wolltest du denn?«

Seine Mutter warf ihm einen seltsamen Blick zu, dann lächelte sie. »Nun, Dare hat dich gebeten, die Kartoffeln weiterzureichen, aber Lochlan hat das für dich übernommen. Ich wollte wissen, woran du jetzt arbeitest. Ich weiß, dass du dich um alle Aspekte der

Zeitung kümmerst, aber veröffentlichst du demnächst einen Leitartikel?«

Es fiel ihm leicht, über dieses Thema zu reden, auch wenn es ihn wieder einmal an Melody erinnerte. »Ich arbeite an dem Artikel über Miss Pearl.« Er schüttelte den Kopf, dann verbesserte er sich: »Ich sollte sagen, ich habe an dem Artikel gearbeitet. Der erste Teil erscheint in diesem Moment auf der Webseite, da ich ihn hochgeladen habe, bevor ich hergekommen bin. Der Rest des Artikels wird morgen in der Zeitung herausgegeben. Wenn er gut ankommt, wie ich hoffe, werde ich noch mehr über sie schreiben können. Ihre Geschichte gibt viel mehr als nur einen einzigen Artikel her.«

Seine Mutter strahlte. »Ich bewundere diese Frau. Warum hast du uns nicht schon früher erzählt, dass dein Artikel bereits veröffentlicht ist? Und warum erscheint er auf der Webseite, bevor er in den Druck geht? Ich weiß, ich bin weder eine typische Urgroß-mutter noch aus der Steinzeit, aber ich kann trotzdem nicht verstehen, wie die Medien im Internet funk-tionieren.«

»Das weiß niemand wirklich«, erwiderte Fox trocken. »Und wir haben nur einen kleinen Reizar-tikel eingestellt, um die Leute dazu zu bringen, morgen den Rest gedruckt oder im Internet zu lesen. Man sagt, das gedruckte Wort stirbt aus, aber das trifft nicht immer zu. Und die Zeitung verdient trotzdem immer noch Geld, sogar mit der Webseite. Also mach dir keine Sorgen, dass du dich mit mir abgeben musst, weil ich wieder bei dir einziehen und deinen Kühlschrank leer essen könnte.«

»Nein, das sind eher Misty und ich«, warf Lochlan ein, was die anderen am Tisch zum Lachen brachte. Fox stimmte mit ein, musterte jedoch unwillkürlich das Gesicht seines Bruders. Misty fehlte merklich beim Abendessen, obwohl Lochlan alleinerziehender Vater war, der niemals eine Auszeit von seiner Tochter hatte. Es war schwieriger gewesen, als Misty noch ein Baby und Lochlan gezwungen gewesen war, das Kind überall bei seiner Arbeit mitzuschleppen, aber da Misty jetzt zur Schule ging und Lochlan in Ainsley eine gute Freundin hatte – die seinem Bruder praktisch half, das kleine Mädchen aufzuziehen, und bei anderen Sachen, über die sie nicht sprachen –, konnte Lochlan inzwischen ein bisschen Schlaf aufholen.

Heute jedoch war Misty nicht bei Ainsley oder einer ihrer anderen Freundinnen. Stattdessen war sie bei ihren Großeltern mütterlicherseits anlässlich einer der Mahlzeiten, zu denen Lochlan sein Einverständnis gegeben hatte. Es war höchst unangenehm und Fox wusste wirklich nicht, wie seine Nichte und sein Bruder sich nach diesen Zusammenkünften fühlten.

Er wusste immerhin, dass es seinem Bruder nicht gefiel, wenn Misty nicht mit den Collins zusammen war, und dass es eine Untertreibung gewesen wäre, die Beziehung zu Mistys Großeltern mütterlicherseits als angespannt zu bezeichnen, aber es gab nichts, was Fox hätte tun können, außer für seine Familie da zu sein. Und da er das Gefühl hatte, dass er nicht der Einzige war, dessen Gedanken zu diesem Thema schweiften, griff er wieder das Gespräch über die berühmte Miss Pearl auf.

»Ich will euch nicht alles verraten, was in dem Artikel steht, aber wusstet ihr, dass die Geschichten wahr sind, dass Miss Pearl tatsächlich für das Rat Pack getanzt hat?«

Die anderen griffen das Thema auf und stellten noch mehr Fragen zu Dingen, die er bewusst verschweigen wollte. Er wollte, dass seine Familie seine Arbeit las, obwohl er ein wenig unsicher war, was das betraf. Er war ein Autor, er stellte hohe Ansprüche an sich.

»Was ist mit ihrer Enkelin? Ich weiß, dass sie ein Tanzstudio in unserer Stadt eröffnet, also muss ihr das Tanzen im Blut liegen.«

Er bemühte sich, auf die Worte seiner Mutter keine Reaktion zu zeigen. Fragen seitens seiner Mutter – oder eines anderen Familienmitglieds – konnte er jetzt wirklich nicht gebrauchen, denn es hätte ihnen auffallen können, wie er angesichts der bloßen Erwähnung von Melody reagierte.

»In diesem Artikel gehen wir nicht auf Miss Pearls Familie ein, aber falls ich noch mehr über sie schreibe, möchte ich mich gern mit diesem Aspekt beschäftigen.« Detaillierter konnte er sich nicht äußern, ohne die Tatsache zu verraten, dass er auf die Enkelin stand. Außerdem wusste er nicht, was Melodys Eltern zugestoßen war, und er hatte das Gefühl, dass dies keine angenehme Geschichte war.

»Ich bin so froh, dass sie das Tanzstudio eröffnet«, bemerkte Kenzie. »Als kleines Mädchen habe ich jahrelang Ballettunterricht genommen, aber dann bin ich davon abgekommen. Ich habe mich bereits für ihre Übungen am Barren angemeldet.«

»Ich kann es kaum erwarten, dich in einem Tutu zu sehen.« Dare zwinkerte und Fox verdrehte die Augen.

»Und Mom und Dad und Kenzie haben mich auch angemeldet«, meldete Nate sich mit vollem Mund zu Wort, bevor er seine Gabel absetzte, als sein Vater ihm einen Blick zuwarf. »Mein Freund sagt, Tanzen ist nur für Mädchen, aber Dad sagt, solche Jungs könnten zum –«

Dare legte seinem Sohn hastig die Hand auf den Mund und die anderen am Tisch verkniffen sich ein Lachen. Nate neigte ebenso wie seine Cousine Misty dazu, jeden einzelnen Ausdruck zu wiederholen, den die Erwachsenen benutzten.

»Tanzen ist nicht nur für Mädchen«, mischte Kenzie sich ein. »In meinem Kurs damals waren viele Jungs. Und heute sind es sogar noch mehr. Und ich weiß, wie gern du Football spielst, da kann es sehr hilfreich sein, schnelle Füße zu haben, wenn du weiterhin als Wide Receiver spielen und die weiten Pässe einfangen willst.«

»Misty möchte sich auch anmelden, aber wir haben es noch nicht getan.« Lochlan runzelte die Stirn. »Sie ist bereits in der Schwimmmannschaft und ich weiß, wenn sie älter wird, wird sie an noch mehr Aktivitäten teilnehmen. Aber wenn sie es mit dem Tanzen versuchen will, sollte ich in den sauren Apfel beißen und sie anmelden.«

Fox nickte seinem Bruder zu. »Wir werden dafür sorgen, dass sie pünktlich zum Tanzunterricht kommt. Wir werden die Kinder abwechselnd abholen. Ich werde mich darin verbessern müssen, Videos zu machen, damit ich meine Lieblingsnichte und meinen Lieblingsneffen dabei aufnehmen kann, wie sie sich die Seele aus dem Leib tanzen. Mir ist bewusst, dass das normalerweise der Job der Eltern ist, aber da ich im Mediengeschäft tätig bin und der einzige Onkel, der kein Kind hat, nehme ich gern diese Rolle ein.« Das zauberte ein Lächeln auf das

Gesicht seines Bruders und er wusste, er hatte das Richtige gesagt.

Bis vor Kurzem hatte Dare noch nicht die Art von Besuchsrechtregelung gehabt, die er jetzt hatte. Er hatte lange darauf gewartet, aber jetzt lebte Nate die Hälfte der Zeit bei Dare, und das bedeutete, dass dieser jetzt – und nun auch Kenzie – für Dinge wie das Tanzen Zeit hatte anstatt nur für die täglichen Bedürfnisse. Lochlan jedoch war gezwungen gewesen, alles allein zu tun, auch wenn die anderen da gewesen waren, um zu helfen, wo sie konnten. Aber sein Bruder war stolz und nahm nicht gern Hilfe in Anspruch. Das hatte sich mit der Zeit geändert, als ihn die Realität, allein für ein kleines Mädchen sorgen zu müssen, eingeholt hatte, aber es fiel ihm immer noch nicht leicht, die Kontrolle abzugeben und seine Familie einzubeziehen.

Und wieder einmal fand Fox sich als der merkwürdige Mann wieder, der außen vor stand. Die anderen begannen, darüber zu reden, was der Unterricht für ihre Kinder bedeuten würde und dass sie hofften, Melody würde ihren Nachwuchs zum Strahlen bringen. Er hörte mit halbem Ohr zu und fragte sich, wie er an den Punkt gelangt war, eifersüchtig darauf zu sein, dass seine Geschwister begannen, Familien zu gründen. Er war der Einzige ohne Kind, jetzt bereits seit zehn Jahren. Nun, das stimmte nicht ganz, denn

Tabby hatte auch noch kein Kind. Aber jetzt war sie schwanger und bald schon würde er wirklich der einzige Kinderlose sein. Dare und Tabby waren beide verheiratet und obwohl Lochlan alleinstehend war, so hatte er doch immerhin Misty. Fox hingegen hatte nur seine Arbeit und die Abendessen mit der Familie. Er war sich nicht ganz sicher, wie er sich dabei fühlte, aber er war sich bewusst, dass am Tisch seiner Familie sicher nicht der richtige Ort war, um darüber nachzudenken.

Wieder einmal schob er diese Gedanken beiseite und lehnte sich zurück, um seine Familie zu genießen. Nachdem der Nachtisch serviert und die erste Portion verzehrt war, winkte er ab, als ihm ein zweites Stück Kuchen angeboten wurde, da er wusste, dass er nicht jünger wurde und nicht so viel trainierte wie seine Brüder. Sicher, wenn er Melody in ihrer sehr engen Yogahose und einem ebensolchen Oberteil zusehen konnte, mochte ihm das Training ein wenig mehr zusagen. Nicht dass er an Melody dachte. Überhaupt nicht. Niemals wieder. Das waren natürlich Lügen, aber er würde jetzt nach Hause fahren und versuchen, nicht an sie zu denken, bevor er zu Bett ging.

Mehr als einmal hatten Träume von ihr ihn vom Schlafen abgehalten und dass er sich bei Fantasien über *sie* selbst befriedigte, fühlte sich zum jetzigen Zeitpunkt beinahe unverschämt an.

Als er sich allein auf seiner Couch mit dem Telefon

in der Hand wiederfand, runzelte er die Stirn. Er hätte ihr gern eine SMS geschickt, hatte aber keinen anderen Grund, als Hallo zu sagen. Das taten Freunde doch, richtig? Freunde konnten sich aus heiterem Himmel eine SMS schicken, um zu sehen, wie es dem anderen ging. Es war ja nicht so, als hätte er noch nie Freunde gehabt. Aber er hatte noch niemals eine Freundin gehabt, mit der ihn allein die Tatsache verband, dass sie miteinander geschlafen hatten. Er verkomplizierte wieder einmal alles, also schimpfte er mit sich selbst und ging seine Kontakte durch, bis er ihren Namen fand.

Fox: *Hallo.*

Er schloss die Augen und stöhnte. Nur ein Wort. Mehr hatte er nicht eingegeben. Wie ein Stalker. Er hätte ebenso gut etwas schreiben können wie *Hey, deine Trainingskleidung gefällt mir*. Er hatte gedacht, als Autor hätte ihm eigentlich einfallen müssen, was genau er schreiben wollte – zumindest etwas mehr als ein einziges Wort.

Melody: *Hallo du.*

Er konnte die Erleichterung, die ihn durchflutete, kaum aushalten, also holte er tief Luft und antwortete. Immerhin war er kein Teenager mehr. Er konnte es schaffen. Sicher, Teenager waren wahrscheinlich viel besser darin als er, aber das war ein Thema für einen anderen Tag.

Fox: *Hattest du einen guten Tag? Ist dein Studio beinahe fertig?*

Melody: *Mein Tag war ganz okay. Viel Arbeit online. Ich habe versucht, die Teilnehmerlisten fertigzustellen und meine Unterrichtspläne aufzustellen. Es ist merkwürdig, mir vorzustellen, Unterrichtspläne zu haben, da ich niemals geglaubt habe, einst eine Lehrerin zu sein. Und da bin ich! Und mein Studio ist beinahe fertig. Bevor ich es merke, wird der Eröffnungstag da sein. Vielleicht werde ich mich wieder übergeben müssen.*

Fox: *Wieder? Geht es dir gut?*

Melody: *Ja, es geht mir gut. Es sind nur die Nerven. Als ich noch jünger war, wurde ich vor Auftritten immer krank. Die meisten dachten, ich hätte eine Essstörung, aber es war wirklich einfach nur der Stress. Ich hatte niemals ein Problem mit dem Essen wie manch andere der Mädchen. Und ich kann kaum glauben, dass ich hier sitze und über Erbrechen und Essstörungen rede, aber es ist, wie es ist.*

Fox klammerte sich an die Tatsache, dass sie ihm ein wenig über sich enthüllt hatte und wer sie gewesen war, bevor sie nach Whiskey gezogen war. Ihm gefiel es zwar nicht, dass ihr übel gewesen war, aber er wollte mehr über sie wissen. Es war wahrscheinlich ein Fehler, aber das kümmerte ihn nicht. Nicht in diesem Augenblick.

Fox: *Aufgrund der Tatsache, dass du ein Tanz-*

studio eröffnen wirst, habe ich angenommen, dass du Erfahrung hast. Warst du Tänzerin?

Es entstand eine so lange Pause zwischen seiner Frage und ihrer Antwort, dass er bereits befürchtete, das Falsche geschrieben zu haben.

Melody: *Ich habe früher Ballett getanzt und war eine Weile am Juilliard-Konservatorium. Aber das ist lange her. Jetzt bin ich nur noch eine Tanzlehrerin in einer kleinen Stadt in Pennsylvania.*

Er wusste nicht, was er darauf antworten sollte, da er annahm, dass hinter der einen Feststellung eine ganze Geschichte lauerte, aber er tat sein Bestes.

Fox: *Es ist doch großartig, Tanzlehrerin zu sein. Du wirst tatsächlich meine Nichte, meinen Neffen und meine zukünftige Schwägerin unterrichten. Ich bin mir ziemlich sicher, dass meine Familie eine Menge Vertrauen in dich setzt.*

Melody: *Ich weiß, das musst du sagen, weil wir Freunde sind, aber trotzdem danke.*

Fox: *Du weißt, dass ich das nicht sagen muss.*

Melody: *Vielleicht.*

Fox machte eine Pause, weil er überlegte, was er noch schreiben wollte, aber dann meldete sie sich wieder.

Melody: *Grandma hat mir den Artikel gezeigt, Fox. Er ist ... er ist großartig. Danke, dass du das für sie tust. Und dann habe ich gesehen, dass er auch auf einer* *anderen Webseite erwähnt wird. Du hast ihr also eine riesige Freude gemacht.*

Fox runzelte die Stirn. Auf einer anderen Webseite? Das ergab keinen Sinn, besonders nicht, wenn man bedachte, dass noch nicht einmal der komplette Artikel veröffentlicht worden war.

Fox: *Es freut mich, dass er euch beiden gefällt, aber auf welcher anderen Webseite wurde er erwähnt?*

Sie erzählte es ihm und er erstarrte.

Melody: *Und jetzt, da ich darüber nachdenke, habe ich ihn sogar an einigen weiteren Orten in den sozialen Medien gesehen. Ich glaube, der Artikel verbreitet sich viral. Ziemlich cool.*

Fox blinzelte und starrte auf sein Handy. Nun, das kam unerwartet. Er würde nachsehen müssen, wovon sie redete, denn immerhin handelte es sich lediglich um einen Artikel über eine faszinierende Frau. Und er hatte noch nicht einmal die ganze Geschichte ins Netz gegeben.

Fox: *Danke, dass du mich informiert hast. Das ist wirklich außergewöhnlich.*

Melody: *Nun, ich denke, du bist ziemlich außergewöhnlich, Fox. Okay, ich muss noch einiges erledigen für den Eröffnungstag. Aber noch einmal danke für das, was du für meine Grandma getan hast. Es gefällt ihr sehr.*

Fox: *Gute Nacht, Melody.*

Melody: *Gute Nacht, Fox.*

Er starrte eine Sekunde lang auf sein Handy, dann holte er sein Tablet hervor, um den Artikel zu überprüfen. Ihm gingen die Augen über, als er die Zahlen und Klicks sah, und dann suchte er nach den Orten, wo der Artikel genannt wurde. Ein paar große Webseiten hatten bereits seinen Beitrag aufgegriffen und er hatte tonnenweise E-Mails erhalten – obwohl der Artikel erst seit ein paar Stunden online war.

Scheinbar würde Miss Pearl nicht nur in Whiskey Berühmtheit erlangen. Das hatte Fox zwar nicht geplant, aber er hatte das Gefühl, Miss Pearl würde ihre Freude daran haben.

Und als Fox sich in die Couch zurücklehnte, hatte er das Gefühl, auch Melody würde es sehr gefallen.

KAPITEL ACHT

Fox stöhnte, aber nicht weil er sich etwa gut gefühlt hätte. Er hatte die Nacht zuvor nicht gut geschlafen und jetzt hatte er dunkle Ringe unter den Augen und sein Körper tat ihm weh, weil er zu viel trainiert hatte. Er hätte gern behauptet, dass er so viel Fitness betrieben hatte, weil er ein wenig stärker werden und seine Muskeln vergrößern wollte, um so auszusehen wie seine Brüder, aber leider war das nicht der Fall.

Nein, er hatte es getan, weil er dank einer gewissen Blondine sexuell frustriert war, die sich nicht nur im Fitnessstudio an ihn gepresst hatte, sondern ihn auch in seinen Träumen verfolgt hatte, auch wenn er wach war.

Diese Sache mit *einfach nur Freunde sein* mit Melody würde nicht leicht werden, weil er nichts anderes wollte, als sie gegen die Wand zu pressen und sie zu verführen, während sie dasselbe mit ihm tat.

Ihm war wirklich nicht mehr zu helfen.

Er hatte gestern Melody keine SMS geschickt, weil er versucht hatte, lässig zu bleiben, auch wenn er keine Ahnung hatte, was er tat. Und aus diesem Grund hatte er nach der Arbeit wie ein Idiot doppelt so viel trainiert und Lochlans neugierige Blicke ignoriert, als der Schweiß ihm in die Augen tropfte und sein Körper vor Anstrengung zitterte.

Er hatte geglaubt, wenn er sich ermüden könnte, würde er vielleicht seinen Ständer loswerden und schlafen können.

Es hatte nicht funktioniert. Kein bisschen. Und nachdem Lochlan ihn schließlich aus dem Studio hinausgeworfen hatte, hatte er sich zu Hause wiedergefunden, erschöpft, erregt und trotz allem schlaflos.

Allerdings konnte er Melody nicht die Schuld geben. Nicht, wenn er außerdem über seine Arbeit, Miss Pearl und all die anderen Dinge nachgedacht hatte, mit denen er im Augenblick klarkommen musste.

Aber heute war sein freier Tag und er würde nicht daran denken. Nicht wenn er es verhindern konnte. Das bedeutete, dass er es langsam angehen lassen, ein paar Arbeiten ums Haus herum erledigen, seinen Garten auf die neue Saison vorbereiten und vielleicht so etwas Verrücktes tun würde, wie ein Buch zu lesen und dabei Kaffee zu trinken.

Sehr ungewohnt für ihn im Augenblick.

Bevor er jedoch seinen Tag beginnen und versuchen konnte, zu entspannen und eine Lösung für seine Beziehung zu Melody zu finden, bevor eine weitere lange Arbeitswoche begann, brauchte er eine Dusche. Aber als er sich auf den Weg ins Badezimmer machen wollte, summte sein Handy.

Auf dem Bildschirm leuchtete Melodys Name auf und er schluckte heftig, bevor er sich wie beiläufig meldete. Oder zumindest hielt er es für beiläufig.

»Hallo du.« Er räusperte sich. *Langsam, Fox. Langsam.*

»Hallo. Also, äh, ich weiß, ich hätte eigentlich die entsprechende Firma anrufen sollen, aber ich weiß nicht, was ich fragen soll, und ich hasse es, wie ein dummes Blondchen zu klingen.«

Fox grinste, er konnte nicht anders. »Du wirst mir schon ein paar Informationen mehr geben müssen. Welche Firma? Und wie kann ich helfen?«

Sie lachte und ihr Lachen fuhr ihm geradewegs in den Schwanz. Zur Hölle, wie er ihr Lachen liebte! »Entschuldige. Hi, Fox. Wie geht es dir? Ich war gerade mitten in einem Gedanken, als ich dich angerufen habe, und offensichtlich habe ich mein inneres

Gespräch mit dir weitergeführt, anstatt von vorn zu beginnen.«

»Ich bin gerade erst aufgewacht. Ich war heute faul. Ich habe lange geschlafen.«

»Oh! Ich habe dich aber nicht geweckt?«

Er schüttelte den Kopf, erinnerte sich dann aber daran, dass sie ihn nicht sehen konnte. »Nein, ich war schon aufgestanden, aber ich habe heute keine Pläne, außer zu faulenzen, falls ich mich danach fühle. Also, was ist los, Melody?«

»Grandma Pearl wollte sich einen Film ansehen, den sie heute Morgen aufgenommen hat, aber ich kann den Kabelanschluss nicht zum Laufen bringen. Jetzt ist sie mit ihren Freundinnen zu ihrem wöchentlichen Mittagessen ausgegangen – ich schwöre, sie hat ein aktiveres Sozialleben als jeder Teenager in Whiskey. Wie dem auch sei, ich versuche, ihn zum Laufen zu bringen, aber er meldet immer wieder einen Fehler, was keinen Sinn ergibt. Ich glaube, etwas muss einfach neu gestartet werden, aber dieses System ist mir fremd und ich kann jeden Ratschlag und jede Hilfe gebrauchen, die du mir geben kannst.«

»In der Stadt haben alle ungefähr die gleiche Box. Ich kann dir wahrscheinlich helfen, das Ding ans Laufen zu bringen. Das ist besser, als zu versuchen, jemanden ans Telefon zu bekommen. Ich werde in ein paar Minuten bei dir sein und versuchen, dir zu helfen.

Oder zumindest kann ich die Box mit dir zusammen beschimpfen, während du sie reparierst. Auf diese Art bist du nicht allein.« Er schnaufte. »Die Technik regiert unser Leben und verschluckt den größten Teil unserer Zeit.«

»Da hast du recht. Du musst nicht unbedingt herkommen, aber ich würde es zu schätzen wissen. Das Internet funktioniert, ebenso das Festnetz, aber der Kabelanschluss nicht. Daher bin ich so wütend auf das verdammte Ding.«

»Gib mir zehn Minuten, um unter die Dusche zu springen, und dann komme ich.«

»Danke«, sagte sie leise. »Es tut mir leid, dass du deinen Faulenzertag vergessen kannst.«

»Weil ich einer hübschen Frau helfe, während ich tatsächlich einmal nicht arbeiten muss? Einen faulen Tag kann ich immer noch haben.«

»Fox.«

»Was?«

»Nenn mich nicht hübsch. Wir flirten doch nicht, erinnerst du dich?«

Er kniff sich in den Nasenrücken. Es war nicht leicht, sich daran zu erinnern, aber er würde es zumindest versuchen. Für sie. »Verstanden. Bis gleich.«

Er beendete das Gespräch, schluckte heftig und machte sich auf den Weg, eine schnelle, kalte Dusche zu nehmen, da er bei Melody nicht unbedingt mit einer Mordserektion auftauchen musste. Es war wahrscheinlich allerdings alles umsonst, denn sobald er sie sähe, hätte er wieder einen Ständer, aber er wollte es zumindest versuchen.

Er blickte auf seinen Schwanz hinunter und seufzte.

Okay, vielleicht sollte er zweimal kalt duschen.

SOBALD ER DAS GROSSE HAUS BETRAT, DAS ihn immer schon angezogen hatte, wusste er, dass keine noch so kalte Dusche half, wenn es um Melody ging.

Er hatte schon wieder einen Ständer, nur von ihrem Anblick in engen Jeans, bequemem Baumwoll-T-Shirt und nackten Füßen.

Wie konnten Zehen so sexy sein?

»Danke, dass du gekommen bist. Ich habe gerade versucht, die Firma anzurufen, um sie um Hilfe zu bitten, aber ich bin viermal darauf verwiesen worden, die Taste eins zu drücken, ohne dass ich mit dem Kundendienst hätte sprechen können. Ich bin so wütend. Aber ich habe Eistee mit Honig vorbereitet. Und wenn das nichts hilft, könnte ich noch Whiskey hineingeben.«

Bei dem Wort *Whiskey* trafen sich ihre Blicke und

beide erstarrten, während sie einander nicht aus den Augen ließen.

Niemals wieder würde er Whiskey auf die gleiche Art betrachten wie früher. Nicht nach ihr.

»Tee klingt gut. Lass uns auf Extras verzichten, bis ich herausgefunden habe, ob ich deine Box reparieren kann.«

Er musste ein Hüsteln unterdrücken, als er das sagte. Ihre Augen leuchteten auf.

»Nun, meine *Box* ist dort hinten.« Sie zwinkerte und sein Schwanz drängte sich gegen den Reißverschluss.

Er bemühte sich, nicht auf ihre persönliche *Box* unterhalb ihrer Taille zu blicken. Mein Gott, er sollte verflucht sein. Aber er folgte ihr ins Wohnzimmer und ignorierte den Schmerz in seinem Unterleib. Er tat sein Bestes, um die sexuelle Spannung zu vergessen, die zwischen ihnen loderte.

Ihm war bewusst, dass er besser darin werden musste, wenn er überstehen wollte, dass Melody in Whiskey lebte.

ALS DANN DIE KABELBOX VERGESSEN AUF DEM Kaffeetisch lag, daneben Kabel und leere Teetassen, waren zwei Stunden vergangen und Fox war so weit, das verdammte Ding quer durchs Zimmer zu schleudern.

»Sie ist verhext. Das ist die einzige Erklärung.« Melody saß neben ihm. Von ihrem Schenkel, den sie an seinen gepresst hatte, strahlte Hitze aus. Sein Schwanz war mehr als bereit und er hatte das Gefühl, sich ab jetzt einfach an einen dauerhaften Ständer gewöhnen zu müssen.

»Ich kann nicht glauben, dass wir so viel ausprobiert und endlich jemanden ans Telefon bekommen haben, und es funktioniert immer noch nicht.« Er hatte alles Vertrauen in seine Fähigkeit verloren, etwas zu reparieren. Und alles nur wegen einer verdammten Kabelbox.

»Ich hasse das Ding. Auch wenn sie uns eine neue schicken – die sie uns in Rechnung stellen wollten und die wir, unter uns gesagt, vielleicht gratis bekommen dank unserer Überzeugungskraft –, so wollten sie uns doch nicht aufklären, ob wir die Einstellungen für den digitalen Videorekorder verloren haben oder nicht. Grandma wird nicht glücklich darüber sein.«

Fox drückte ihre Hand. »Wir werden es herausfinden.«

Es gefiel ihm, *wir* zu sagen. Als gehörten sie beide zusammen.

Freunde, erinnerte er sich. Sie waren Freunde.

»Danke für alles, Fox. Ich nehme an, so hast du dir deinen freien Tag nicht vorgestellt.«

»Das tun Freunde eben füreinander. Und ich hatte Spaß, auch wenn wir das verdammte Ding angeschrien haben. Aber ich sollte jetzt gehen. Ich wette, du hast zu arbeiten, und ich habe mir versprochen, meinen Garten in Ordnung zu bringen, sodass er anständig aussieht.«

Sie lächelte und beide erhoben sich. Er musste den Drang unterdrücken, die Hand auszustrecken und sie zu berühren. Es war nicht leicht, aber er war stärker als die Versuchung. Vielleicht.

»Ich schulde dir etwas«, sagte sie leise, als sie zur Vordertür gingen. »Im Ernst.«

»Ich werde dich in meinem Garten arbeiten lassen, wenn du willst.«

Sie lachte wieder. Er nahm es in sich auf, denn der Klang streichelte seine Seele. »Ich weiß nicht, ob ich dir so viel schulde.«

In der Eingangshalle blieben sie stehen und als ihre Blicke sich trafen, entstand eine Stille, die wie Feuer brannte.

»Dies hier zählt nicht als Abtragen deiner Schuld«, flüsterte er, dann küsste er sie, obwohl er wusste, dass es eine schlechte Idee war.

Er stieß mit dem Mund auf ihren nieder. Ihr Keuchen ging in dem Kuss unter. Bald stand sie mit dem Rücken gegen die Wand und er hatte seine Hände auf ihrem Gesicht, während er den Kuss vertiefte. Er berührte sie an keinen anderen Stellen und ihre Körper blieben einen Atemzug voneinander getrennt, aber sie war ihm nahe genug, um ihre Hitze zu spüren.

Sie schmeckte süß und sündhaft und nach allem, wonach er sich sehnte.

Als er sich zurückzog, zitterten sie am ganzen Körper, und er zwang sich, sie nicht noch einmal zu küssen.

»Das war ...«, flüsterte sie.

»Ein Fehler«, ergänzte er. Aber ihm entging nicht der Schmerz in ihren Augen. »Es tut mir leid. Ich weiß, wir versuchen, Freunde zu sein.«

»Und Küsse verkomplizieren alles.« Sie blickte ihm in die Augen und er sah das Verlangen in ihren, das sein eigenes widerspiegelte. Aber er wusste, sie mussten beide einen Schritt zurück machen, wenn sie bei dem, was sie behaupteten zu wollen, einen Fortschritt erzielen wollten. »Ich brauche Freunde, Fox. Ich brauche Beständigkeit, weißt du?«

Und in Beziehungen gab es keine Garantie. Er sollte verflucht sein, wenn er ihr wehtäte.

»Ich verstehe. Und daher werde ich jetzt gehen und wir werden uns später per SMS unterhalten. Weil ich dein Freund bin, Melody. Das kannst du mir glauben.«

Sie lächelte sanft. »Gut, denn ich bin auch dein Freund.«

Er respektierte sie und das hieß, er würde ihre Entscheidung akzeptieren. Die Sache war die, dass es letztendlich auch seine Entscheidung war. Also ... keine Küsse mehr. Keinen Gedanken mehr an sie, wenn er schlief – obwohl er nicht wusste, ob er das beeinflussen konnte.

Aber er würde sich bemühen.

Weil er Melody mochte und sie in seinem Leben haben wollte. Und das bedeutete, er würde einen Schritt zurück machen und sich daran erinnern, was sie sich selbst und einander versprochen hatten.

Und am Ende würde er mit einem harten Schwanz einschlafen. Schon wieder.

KAPITEL NEUN

A m nächsten Morgen, als Melody durch die Nachrichten scrollte, schüttelte sie den Kopf. Es gab Hunderte von Artikeln, wie die Welt den Bach hinunterging, mit all dem Schmerz und Entsetzen, die in das Leben so vieler Menschen eindrangen. Und während Melody wusste, dass nichts als Wahrheit in den meisten dieser Geschichten steckte, konnte sie nicht anders, als eine zu lesen, die mit all dem nichts zu tun hatte.

Sie wusste, ihre Großmutter war eine erstaunliche Frau. Auch wenn sie nicht bereits etwas von deren Hintergrund gewusst hätte, so hätte sie es trotzdem erkannt, allein durch die pure Anwesenheit der Frau. Großmutter Pearl hatte nichts Gewöhnliches an sich und alles an der Frau, durch deren Adern dasselbe Blut floss, war faszinierend. Dabei wusste Melody, dass Fox' erster Artikel nur einen Bruchteil von dem wiedergab, was in dem Leben ihrer Großmutter geschehen war. Ihre Großmutter hatte ein reiches und fesselndes Leben geführt und hätte man die Frau gefragt, hätte sie wahrscheinlich gesagt, dass sie noch nicht einmal begonnen hätte zu leben. Und das war nur ein Grund mehr, warum Melody eines Tages genau wie ihre Großmutter sein wollte.

Es war erst zwei Tage her, dass die Story auf der Webseite des *Whiskey Chronicles* erschienen war, und sie konnte kaum glauben, wie viele Leser den Link schon geteilt hatten. Die Leute riefen bereits an und schickten Briefe in dem Versuch, die faszinierende Miss Pearl besser kennenzulernen. Melody war sehr beschäftigt gewesen, um alles für die Eröffnung ihres Tanzstudios fertigzustellen, daher hatte sie nicht herausfinden können, wie ihre Großmutter sich angesichts der großen Aufmerksamkeit fühlte. Wenn Melody sich nicht von ihrer harten Arbeit so erschöpft gefühlt hätte, hätte sie vielleicht längst die Energie aufgebracht, ihre Großmutter zu löchern und herauszufinden, was genau in deren Kopf vor sich ging.

Und weil Melody so hart arbeitete, hatte sie bis jetzt auch Fox noch nicht fragen können, was er dabei empfand, weil sie über die Kommunikation per SMS hinaus nicht miteinander hatten sprechen können. Sie hatten versucht, sich zum Mittagessen zu verabreden, aber es hatte nicht geklappt. Außer an dem Tag, an dem er zu ihr gekommen war, um ihr mit der Kabelbox zu helfen – sie errötete, wenn sie daran dachte –, hatte sie ihn nicht gesehen.

Er musste sicher lange arbeiten bei seinem Job, obwohl sie wirklich nicht wusste, was ein Herausgeber und Besitzer einer Zeitung tat. Aber wenn sie an die zusätzliche Aufmerksamkeit dachte, die ein einziger Artikel von ihm forderte, so nahm sie an, dass er ebenso lange arbeitete wie sie. Sie wusste nicht, warum sie das Gefühl hatte, ihn zu vermissen, obwohl sie per SMS miteinander kommuniziert und sich vor weniger als zwei Tagen persönlich gesehen hatten.

Kopfschüttelnd versuchte sie wie immer, die Gedanken an Fox' Stimme und das Gefühl, wenn er sie berührte, aus ihrem Kopf zu verdrängen. Sie machte sich daran, die Post durchzusehen, die schon früher am Morgen eingetroffen war. Es waren zum größten Teil Briefe an ihre Großmutter, Rechnungen und Werbung. Aber ein Umschlag war an sie persönlich adressiert, ohne einen Absender zu nennen.

Sie runzelte die Stirn und fragte sich, wer um alles in der Welt ihr einen Brief schickte. Über ihre zwei E-Mail-Konten – ein privates und eins für die Arbeit – erhielt sie ständig elektronische Mitteilungen, außerdem SMS und Telefonanrufe zu den bevorstehenden Kursen, von ihrem Bauunternehmer ... und von Fox. Aber sie kannte niemanden außer ihrer Großmutter, der ihr einen Brief geschrieben hätte.

Sie legte den Rest der Post in geordneten Stapeln auf der Arbeitsplatte ab, sodass ihre Großmutter nicht noch einmal alles durchsehen musste. Sie wusste immer noch nicht, was sie mit all den Briefen anstellen würden. Und dabei waren erst zwei Tage vergangen. Die Leute, die geschrieben hatten, mussten sich beeilt haben oder in der Nähe leben. Sie befürchtete, am Ende würden ihre Großmutter und sie selbst jeden einzelnen durchlesen und noch mehr Stapel anlegen. Grandma Pearl liebte ihr Briefpapier und den Empfang von Briefen.

Als sie alles organisiert hatte, legte sie den einzigen an sie adressierten Brief vor sich auf den Tisch und fuhr mit dem Finger über ihren Namen. Sie wusste nicht, warum sie zögerte, aber es fühlte sich seltsam an, einen an sie adressierten Brief zu erhalten. Fox hatte es vorsichtig vermieden, ihren Namen oder gar den ihrer Eltern in dem Artikel zu erwähnen. Das hatte er seiner Großmutter gleich zu Beginn versprochen, weil sie weder ihre Familie noch ihr wahres persönliches Leben behandeln wollten, bevor sie nicht bereit dazu waren.

Vielleicht war es ein Brief von einem der zukünftigen Tanzschüler. Vielleicht war er auch von einem ihrer Freunde aus der Vergangenheit. Dieser Gedanke sandte ihr ein Schaudern die Wirbelsäule hinunter. Sie war mit niemandem mehr aus der damaligen Zeit befreundet. Sie war diejenige gewesen, die alle Bande durchtrennt hatte, aber sie wusste, die anderen hätten es selbst getan, wenn sie die Gelegenheit gehabt hätten. Sie verdiente weder deren Freundschaft noch deren Briefe.

Melody schloss die Augen und holte tief Luft. Wieder war ihr übel, aber diesmal hatte sie das Gefühl, dass es nichts damit zu tun hatte, dass ihre Nerven angespannt waren, weil sie allein ein Tanzstudio eröffnete.

Sie schluckte heftig, dann drehte sie den Umschlag herum und öffnete ihn hastig, wobei sie einen der eleganten Brieföffner ihrer Großmutter benutzte. Sie zog einen einzelnen Bogen Papier mit einer handgeschriebenen Mitteilung heraus. Sie öffnete ihn und blinzelte.

Ich habe dich gefunden.

Der Bogen entglitt ihren Fingerspitzen. Sie versuchte, zu Atem zu kommen. Wer hatte ihr das geschickt? Wer suchte sie? Niemand wusste, wohin sie gezogen war, weil niemand nach ihr suchte. Und warum sollte jemand sagen, dass er sie *gefunden* hätte? Das ergab keinen Sinn. Es musste sich um einen Scherz von einem der Teenager der Stadt handeln oder so. Ein seltsamer Willkommensgruß. Oder vielleicht war es jemand, der herausgefunden hatte, dass sie mit Miss

Pearl verwandt war, und ihr nun einen Schreck einjagen wollte. Sie hatte keine Ahnung, was es bedeuten konnte, aber weil sie in der Vergangenheit zu viele Detektivfilme gesehen hatte, steckte sie den Brief in eine Plastiktüte und versteckte ihn hastig in dem Schreibtisch in ihrem Zimmer. Der Brief war lediglich ein Irrtum. Oder ein Scherz. Er bedeutete nichts. Ebenso wenig wie die gewisse E-Mail etwas bedeutet hatte.

Ihre Hände zitterten und ihr drehte sich der Magen herum, aber sie versuchte, die seltsamen Gedanken aus ihrem Kopf zu vertreiben. Es gab keinen Grund, sich zu sorgen. Niemand suchte sie. Niemand hatte einen Grund, sie zu suchen.

Denn die Menschen, die sie verletzt hatte, waren tot.

Und Tote stalkten niemanden.

KAPITEL ZEHN

Als Melody schließlich in ihrem Studio eintraf, nachdem sie den Brief in ihrem Schreibtisch versteckt hatte, war sie schon spät dran. Sie hatte länger gebraucht, als sie geplant hatte, um sich fertig zu machen und das Haus zu verlassen. Sie konnte immer noch kaum glauben, dass jemand diesen Brief geschickt hatte, aber sie hoffte, dass es nur ein Scherz war. So musste es einfach sein. Es gab keinen Grund, warum sie so etwas mit der Post bekommen sollte, und weil sie so viele Krimis gesehen hatte, lief ihre Fantasie Amok.

Ihre Handwerker arbeiteten an diesem Tag nicht, weil sie ein anderes Projekt hatten, an dem sie abwechselnd mit ihrem tätig waren. Das war ihr nur recht, denn sie musste noch ihr Büro einrichten und im

Hauptraum üben, um sicherzugehen, dass bestimmte Dinge genau dort waren, wo sie sein mussten. Sie war in ihrem Leben schon in unzähligen Tanzstudios gewesen und wusste, was sie als Tänzerin brauchte, aber Kinder – oder überhaupt jemanden – zu unterrichten, war neu für sie. Sie hatte zwar Kurse besucht, um sicherzugehen, dass sie das tun konnte, was sie tun würde, aber das bedeutete nicht, dass sie es darin zu etwas bringen würde. Das hieß, dass sie viel üben und dafür sorgen musste, dass die Ausstattung und der Raum perfekt auf die Bedürfnisse ihrer Tanzschüler abgestimmt waren.

Und wieder einmal drehte sich ihr der Magen um und sie versuchte, sich nicht zu übergeben.

Sie wollte sich wirklich nicht auf ihren neuen Fußboden übergeben.

Sie hatte sich Trainingskleidung angezogen, um einige der neuen Geräte auszuprobieren, die ihr der Bauunternehmer installiert hatte, also zog sie die Schuhe aus und ein altes Paar Ballettschuhe an, bevor sie mit Dehnübungen begann. Sie war bei Weitem nicht mehr in der Form, in der sie zu ihrer Blütezeit gewesen war, aufgrund all dessen, was geschehen war, und sie hatte keine Chance, jemals ihre damalige Kondition und Dehnungsfähigkeit wiederzuerlangen. Aber sie konnte zumindest einige der anfänglichen Dehn- und Positionsübungen machen, um zu prüfen, ob alles im Raum genau so eingerichtet war, wie es sein sollte.

Und vielleicht hätte sie ihren Träumen nicht auf dem Pfad folgen müssen, der sie zu diesem besonderen Ziel geführt hatte, aber wie ihre Großmutter gesagt hatte, lag ihr das Tanzen im Blut, und sie hatte sich schon viel zu lange davor versteckt. Es war ihr unmöglich, lange allein im Tanzstudio zu stehen, ohne ihre Füße auf jeden Zentimeter des schönen Bodens setzen zu wollen und die Musik durch sich hindurchfließen zu lassen, während sie tanzte.

Sie hatten das Audiosystem noch nicht komplett eingerichtet, denn das war eines der letzten Dinge, die sie tun wollten, also schloss sie ihr Handy an den Lautsprecher an und spielte ein Lied ab, das leicht beschwingt war. Wenn sie in diesem Moment etwas Trauriges ausgewählt hätte, wäre sie vor lauter Nervosität wahrscheinlich in Tränen ausgebrochen und hätte nie wieder tanzen wollen.

Sie rollte den Nacken über die Schultern und streckte die Arme aus, die Finger leicht gespreizt. Und dann tanzte sie. Mit jedem Hoch und Tief bewegte sie sich, während die Musik durch sie hindurchfloss. Sie machte weder riesige Sprünge noch große Drehungen, bei denen sie auf den Zehenspitzen oder auf dem Boden landen würde, aber in diesen Momenten war sie nur die Musik und sie konnte die Frau spüren, die sie einmal gewesen war.

Und weil sie sich nicht mehr sicher war, was sie dabei empfand, verlor sie sich zwangsläufig in der Musik, daher dauerte es einen Augenblick, bis sie merkte, dass jemand an die Tür klopfte. Sie stolperte über ihre eigenen Füße, was bewies, dass Anmut nicht immer von Natur aus gegeben war, und schaute aus den raumhohen Fenstern auf die Vorderseite des Studios, wobei sie versuchte, nicht auf die Nase zu fallen. Sich von einem potenziellen neuen Kunden dabei beobachten zu lassen, wie sie auf die Tanzfläche fiel, war nicht die beste Methode, Leute dazu zu bringen, für Tanzstunden zu bezahlen.

Vor der gläsernen Doppeltür standen zwei Frauen mit einem strahlenden Lächeln im Gesicht. Sie kamen ihr irgendwie bekannt vor, aber andererseits hatte sie schon viele Leute gesehen, seitdem sie nach Whiskey gekommen war – obwohl sie sich gewissermaßen im Haus ihrer Großmutter und im Studio versteckt hatte. Aber sie hatte das Gefühl, dass sie wissen sollte, wer diese beiden Frauen waren.

Sie hob einen Finger, huschte zurück zu ihrem Telefon, um die Musik leiser zu stellen, da sie viel zu laut war, und tat ihr Bestes, um professionell zu wirken, als sie zur Eingangstür zurückkehrte. Sie hatte sie verschlossen, da sie sich als Frau allein in einem ansonsten leeren Gebäude aufhielt, aber jetzt kam sie sich irgendwie albern vor, bei eingeschaltetem Licht zu tanzen, sodass jeder sie sehen konnte.

Beide Frauen lächelten sie an, als sie die Tür öffnete. »Hallo, wir haben noch nicht geöffnet, aber kann ich etwas für Sie tun?« Früher war sie gut im Umgang mit Menschen gewesen, zumindest hatte sie das gedacht, aber jetzt kam sie sich ein wenig eingerostet vor. Wenn man bedachte, dass die einzigen Menschen, mit denen sie wirklich sprach, ihr Bauunternehmer, ihre Großmutter und Fox waren, wurde ihr klar, dass sie in dieser Hinsicht wirklich besser werden musste.

Die etwas kurvigere Frau mit den langen, kastanienbraunen Haaren winkte leicht und grinste. Melody dachte kurz über Kurven nach, denn sie waren beide groß und ziemlich schlank – und hinreißend. Melody hingegen besaß für eine Tänzerin viel mehr Kurven als einige ihrer früheren Bekannten. Da sie jetzt nicht mehr hauptberuflich tanzte, machte ihr das nichts aus und sie mochte ihre Kurven sogar. Aber wenn sie noch in der Juilliard-Welt gewesen wäre, hätte man sie als dick betrachtet. Und wahrscheinlich hätte sie diesen Leuten gesagt, dass sie ihr gestohlen bleiben konnten, und sich dann die Seele aus dem Leib getanzt. Aber das tat jetzt nichts zur Sache.

Auch die Brünette winkte ihr zu. »Hi, ich bin

Ainsley und das ist Kenzie. Wir wissen, dass du Dare, Kenzies Mann, bereits kennengelernt hast, da die Kneipe auf der anderen Straßenseite ihm gehört. Und Lochlan, seinen Bruder, kennst du aus dem Fitness-studio, dessen Eigentümer er ist. Und du kennst Fox. Wir haben geduldig darauf gewartet, dass du noch einmal in die Kneipe kommst, damit wir dich kennen-lernen könnten, aber jetzt wollten wir nicht länger warten.«

Kenzie lachte auf, während Melody versuchte, genau zu erfassen, was Ainsley zu sagen versuchte. »Für mich ist diese ganze Geschichte mit dem Leben in einer Kleinstadt auch neu, also mach dir keine Sorgen. Ja, die ganze Stadt weiß von dir und dass du ein kleines Tanzstudio eröffnen wirst und dass viele von uns sich bereits angemeldet haben, um bei dir Unterricht zu nehmen. Und die ganze Stadt wartet darauf, dass du das Haus verlässt und dich unter die Leute mischst, damit sie über dich reden können – aber im lustigen Sinne, nicht auf befremdende Art. Und jetzt schwatze ich zu viel über die Tatsache, dass kleine Städte wirklich merkwürdig sind. Ich versuche immer noch, mich daran zu gewöhnen, dass jeder meinen Namen zu kennen scheint, obwohl ich bis jetzt eigentlich nur die Leute wirklich kenne, mit denen ich zusammenarbeite, und natürlich meine neue Familie. Und natürlich Ainsley.«

»Ich gehöre praktisch zur Familie«, bemerkte Ainsley lachend.

Melody versuchte immer noch, alles zu verarbeiten, als ihr bewusst wurde, dass sie auf der Türschwelle stand und die beiden Frauen gezwungen waren, auf dem Bürgersteig zu bleiben. Das war ihr etwas peinlich, also trat sie einen Schritt zurück, um die beiden hereinzulassen. Sie wusste, dass sie diese beiden Frauen schon einmal gesehen hatte. Fox hatte sie an dem Abend auf sie hingewiesen, den sie nie wieder erwähnen würde. Außerdem hatte er sie in einer SMS erwähnt. Es war nur so merkwürdig, dass die Frauen jetzt vor ihr standen und sie nicht genau wusste, was sie sagen sollte.

»Kommt herein, entschuldigt, dass ich euch draußen habe stehen lassen. Ich habe gerade Dehnübungen gemacht, um den Tanzboden kennenzulernen, und ich denke, ich bin mit den Gedanken immer noch bei der Musik anstatt bei unserer Unterhaltung. Es tut mir leid.«

»Das macht nichts«, sagte Kenzie, als Ainsley und sie eintraten und ihre Blicke durch den Raum schweifen ließen.

Melody fühlte sich ein wenig unsicher, aber sie bemühte sich, es sich nicht anmerken zu lassen. Zumindest hoffte sie, dass ihr das gelang.

»Das Studio ist großartig«, fuhr Kenzie fort. »Ich

kann es kaum erwarten anzufangen. Als ich jünger war, habe ich getanzt. Ich war nicht besonders gut darin, aber es wird schön sein, ein Fitnessprogramm zu absolvieren, das nicht tagaus, tagein den Ellipsentrainer beinhaltet. Nicht dass mir Lochlan und sein Fitnessstudio nicht gefallen würden, aber manchmal ist es doch nett, etwas Abwechslung zu haben.«

Endlich hatte Melody sich gefangen. »Du wirst also bei mir tanzen? Das ist wunderbar. Ich habe mir die Namen noch nicht so genau angesehen, wie ich es wahrscheinlich hätte tun sollen, als ich die Kurse zusammengestellt habe. Ich denke, im Augenblick kommt alles auf einmal auf mich zu und ich werde ein paar Versuche brauchen, bis ich mich an alle Namen gewöhnt habe.«

»Ich leite die Herberge und manchmal erinnere ich mich auch kaum an die Namen der Gäste, wenn sie abreisen, daher verstehe ich dich vollkommen. Aber ich bin wirklich begeistert, dass du hier bist.«

»Wir sind begeistert«, verbesserte Ainsley. »Ich habe mich bis jetzt noch nicht für einen Kurs angemeldet, da ich nicht die Erfahrung habe, auf die Kenzie zurückgreifen kann. Ich weiß, du bietest Kurse für Anfänger an, aber ich weiß nicht, ob ich schon so weit bin. Aber du wirst mich trotzdem immer wieder hier sehen, weil Lochlan seine Tochter Misty und Dare seinen Sohn Nate angemeldet haben. Ich werde also wahrscheinlich oft hier sein, um zuzuschauen, wie sie trainieren, und um sie abzuholen.«

Melody glaubte nicht, dass zwischen Ainsley und Lochlan etwas lief, zumindest hatte Fox das gesagt, aber sie schien der Familie wirklich nahezustehen. Da musste eine Geschichte dahinterstecken. Nicht dass sie auch nur entfernt daran rühren würde, denn es ging sie nichts an und außerdem versuchte sie immer noch, ihren Platz in dieser neuen Stadt zu finden und wie sie zu diesen neuen Leuten passte. Nach Tratsch und Klatsch zu suchen und zu versuchen, Beziehungen zu enträtseln, war kein Weg, das anzupacken.

»Ich muss euch einfach sagen, wie begeistert ich bin, dass sich tatsächlich Leute angemeldet haben. Ich meine, ich habe das Studio natürlich nicht mit dem Gedanken in Angriff genommen, ich würde ganz allein darin bleiben, aber ich habe von Anfang an befürchtet, ich könnte allein bleiben, mich vollkommen verschulden, weil ich keine Tanzschüler hätte, allein auf diesem Tanzboden tanzen und in mein Balletttrikot schluchzen.«

Die beiden anderen lachten, aber Melody hatte es vollkommen ernst gemeint und sie hatte das Gefühl, dass sie es wussten.

»Wie dem auch sei, wir sind gekommen, um Hallo zu sagen«, fuhr Kenzie fort. »Ich weiß, wie es ist, neu in der Stadt zu sein, aber diese hier hat mich unter ihre

Fittiche genommen, sodass ich nicht allein war. Du musst natürlich nicht unsere beste Freundin werden oder Zeit mit uns verbringen, wenn du nicht willst. Aber ich wollte dich wissen lassen, dass wir für dich da sind, wenn du ein Paar Freundinnen brauchst.«

Melody musste unwillkürlich lächeln. Noch nie zuvor hatte sie Frauen wie diese beiden kennengelernt und sie wusste, dass sie etwas verpasst hatte. Ihre Freunde in der Vergangenheit waren ebenso verschlossen und rücksichtslos gewesen wie sie selbst und sie bedauerte sehr, was aus allem geworden war.

»Und ich werde offen sein und verraten, dass ich genau wissen will, was du in jener Nacht mit unserem geliebten Fox getrieben hast.« Ainsley sah aus wie eine Katze vor der Sahneschüssel und Melody stand einfach nur blinzelnd da.

»Was?«

»Ainsley versucht zu sagen, dass wir uns daran erinnern, dass du vor etwas mehr als drei Monaten eines Abends mit Fox Whiskey getrunken hast. Wir werden jetzt jedoch nicht darüber reden, weil es uns nichts angeht. Richtig, Ainsley? Haben wir nicht gerade darüber geredet, dass wir nicht die Tatsache erwähnen werden, dass wir wissen, dass die beiden eines Abends vollkommen betrunken aus der Kneipe gewankt sind? Die Jungs haben es nicht bemerkt, aber wir schon. Aber mach dir keine Sorgen, Melody. Wir werden niemals wieder ein Wort darüber verlieren. Nicht wahr, Ainsley?«

»Oh mein Gott. Ich dachte nicht, dass irgendjemand es bemerkt hätte. Oh mein Gott. Der Umzug in diese Stadt ist wirklich kompliziert geworden, und das ziemlich schnell.« Melody hatte keine Ahnung, wie sie mit dieser Information umgehen würde. Sie hatte sich bemüht, nicht daran zu denken, dass sie mit Fox geschlafen und den besten Sex ihres Lebens mit ihm gehabt hatte. Und dann versuchte sie, nicht daran zu denken, dass sie tatsächlich wieder Sex mit ihm haben wollte und dass sie sich einig waren, es nicht zu tun, weil sie versuchten, Freunde zu sein. Sie war in diese Stadt gezogen, um Freunde zu finden und ein neues Leben zu beginnen, und jetzt ... wurde es wirklich kompliziert und es war ihr alles schrecklich peinlich.

»Da du darüber sprichst, dürfen wir es auch?«, fragte Ainsley mit neugierigem Gesichtsausdruck. Melody hatte das Gefühl, sie versuchte, unschuldig zu wirken, aber an der Frau vor ihr war nichts Unschuldiges zu erkennen, zumindest nicht im Augenblick.

»Ainsley«, lachte Kenzie.

»Was?«

»Okay, ich werde dies nur einmal sagen. Damit es ausgesprochen ist und wir vergessen können, dass ich es überhaupt jemals gesagt habe. Ja, Fox und ich hatten Sex. Mir war nicht bewusst, dass er hier lebt, bis ich zu betrunken war, um mich noch dafür zu interessieren. Ja, wir haben darüber gesprochen. Nein, wir werden es nicht noch einmal tun. Ja, wir werden Freunde sein. Ja, es ist peinlich und ich habe keine Ahnung, was ich tun soll. Und ich habe keine Ahnung, warum ich euch das alles erzähle. Aber offensichtlich ist es aus mir herausgeplatzt und ich konnte es kaum erwarten, es irgendjemandem zu erzählen, also musste ich es unbedingt zwei Menschen erzählen, die ich erst vor dreißig Sekunden kennengelernt habe. Und nun entschuldigt mich, denn ich werde mir ein Mauseloch suchen, um mich darin zu verkriechen. Ich werde später mit euch reden.«

Die anderen beiden lachten und Melody brauchte wirklich dringend ein Mauseloch. Warum war es niemals zur Hand, wenn sie es brauchte?

»Fox ist sexy, aber nicht so sexy wie mein Dare.«

»Wir wollten doch nicht darüber reden«, sagte Melody lachend. »Ich kann wirklich nicht glauben, dass ich so damit herausgeplatzt bin.«

Ainsley musterte ihr Gesicht. »Ihr beide hattet also Sex. Und der war wahrscheinlich großartig, weil du errötest und nicht wirkst, als würdest du dich ekeln. Und wenn man bedenkt, dass er einer der Collins-Brüder ist, nehme ich an, ich habe recht gut geraten.« Sie machte eine Pause. »Nicht dass ich wüsste, wie der Sex mit einem von ihnen ist, aber ich höre vieles.«

»Ich glaube nicht, dass ich das beantworten werde«, erwiderte Melody lachend. »Nicht dass du gefragt hättest, aber ich werde nichts dazu sagen.«

Kenzie schüttelte nur den Kopf. Ihr Lächeln wurde breiter. »Okay. Genug davon. Wir werden dich einfach eines Tages beschwipst machen und dann wirst du alles ausspucken. Aber ehrlich, wenn du Freundinnen brauchst, wir sind da. Ich weiß wirklich, wie es ist, an einen neuen Ort zu ziehen und nicht zu wissen, wie man sich eingliedern soll. Und da wir gerade darüber sprechen, wenn du uns zum Mittagessen begleiten willst, wir gehen zu Dare, da ich süchtig nach seinem neuen gegrillten Käse mit Tomaten bin.«

Normalerweise hätte Melodys Magen sich jetzt leise zu Wort gemeldet, aber jetzt blinzelte sie, denn ihr wurde ein wenig schwindelig und ihr Magen rebellierte heftig.

»Melody?«, fragte Ainsley mit scharfer Stimme.

Anstatt zu antworten versuchte Melody, einen Schritt nach vorn zu machen, aber plötzlich fühlte sich ihr Körper schwer an. Die anderen riefen ihren Namen, aber sie hatte das Gefühl, durch Nebel zu wandeln. Hände schlangen sich um ihre Arme und sie spürte, dass man sie zu Boden gleiten ließ, obwohl sie sich nicht wirklich darauf konzentrieren konnte.

Schwarze Punkte tanzten vor ihren Augen, so wie sie zuvor auf dem Boden getanzt hatte, und dann war da nichts mehr. Nur Stille.

NUR EIN PAAR AUGENBLICKE SPÄTER WACHTE Melody wieder auf, aber inzwischen lag sie auf dem Boden, den Kopf auf Kenzies Schoß gebettet, während Ainsley scheinbar mit dem Notarzt telefonierte. Sie hatte versucht, ihre neuen Freundinnen zu beruhigen, und gesagt, dass es Magenschmerzen sein müssten oder dass sie sich zu viel im Kreis gedreht hätte. Aber das glaubte sie selbst nicht.

Und daher fand sie sich allein in einem Krankenhauszimmer wieder, nachdem sie die anderen beiden Frauen irgendwie davon überzeugt hatte, keinen Rettungswagen zu rufen, um sie abzuholen. Die beiden hatten jedoch darauf bestanden, sie selbst zum Arzt zu bringen. Melody hatte es immer wieder aufgeschoben, einen neuen Hausarzt zu finden, und sie wusste, warum sie Angst hatte, einen Arzt aufzusuchen, aber sie sollte nicht mehr so weitermachen und davonlaufen. Sie hatte in ihrem Leben genügend Krankenhauszimmer von innen gesehen und jetzt schien es so, als wäre sie geradewegs in eines zurückgekehrt.

Der Arzt war sehr nett gewesen und die Krankenschwester hatte ihr Blut abgenommen, weil Melody so schwindelig gewesen war. Ainsley und Kenzie saßen im Wartezimmer und Melody hatte das Gefühl, wenn sie sich nicht durchgesetzt hätte, wären die beiden jetzt an ihrer Seite.

Es ging ihr gut, alles war gut. Es waren lediglich die Nerven.

Da öffnete sich die Tür und ein netter, älterer Arzt trat ein, ein beruhigendes Lächeln auf dem Gesicht.

»Ich habe nicht gefrühstückt und ich glaube, mein Blutzucker ist einfach niedrig. Das ist es, richtig? Ich werde mich bemühen, regelmäßiger zu essen. Ich weiß, dass ich frühstücken muss. Ich habe es heute einfach nur vergessen.«

Er legte ihre Akte auf den Tisch und sie bemerkte, dass auf der obersten Seite ein Rezept geschrieben war, aber sie konnte nicht lesen, wofür es war. Sie hasste Pillen und sie hoffte, dass alles in Ordnung war.

»Sie müssen wirklich frühstücken, Miss Waters. Darüber können wir in Zukunft auch noch sprechen. Die Ergebnisse des Bluttests sind schon da, weil wir es dringlich gemacht haben. Die Ergebnisse weisen darauf hin, dass Sie wirklich besser essen müssen. Denn Sie ernähren jetzt nicht mehr nur sich selbst allein. Melody, Sie sind schwanger.«

Sie blinzelte. Sie musste ihn falsch verstanden haben. Denn sie konnte nicht schwanger sein. Sie hatte seit mehr als drei Monaten keinen Sex gehabt und da hatten sie ein Kondom benutzt. Drei Kondome, für jedes Mal, als sie Sex hatten, eines. Und außerdem verhütete sie. In ihrem Bauch konnte jetzt kein kleines Baby wachsen. Denn sie wollte doch gerade ihr Tanzstudio eröffnen. Und das konnte sie nicht tun, wenn sie schwanger war. Das Testergebnis musste falsch sein. Als sie das alles auf einmal in einem einzigen Satz dem Arzt erklärte, hätte sie schwören können, dass Mitleid in seinen Augen aufkeimte.

»Wir können und werden den Test wiederholen, aber Sie sind schwanger, Melody. Und wenn Sie sagen, Sie hätten seit mehr als drei Monaten keinen Sex gehabt, dann sind Sie eben ein bisschen über den dritten Monat. Ich werde Ihnen die beste Gynäkologin der Stadt empfehlen. Dort wird man Ihnen einen Termin geben können, um genau zu besprechen, was Sie tun wollen.«

Sie schluckte heftig; ihre Hände zitterten. »Ich kann nicht schwanger sein. Ich meine, meine Periode war stets schrecklich unregelmäßig aufgrund meiner Genetik und der Tatsache, dass ich so lange Tänzerin war. So ergeht es uns in diesem Beruf. Daher habe ich nicht einmal darüber nachgedacht, warum meine Periode ausblieb. Aber es macht keinen Sinn. Es kann nicht sein.«

Und während der Arzt weiter auf sie einredete und

ihr etwas über pränatale Vitamine, den Termin, den sie mit der Praxis machen konnte, und über ihre Optionen erzählte, behielt sie das alles im Hinterkopf, denn sie konnte nur daran denken, dass Fox und sie irgendwie ein Baby gezeugt hatten.

Sie würde es ihm sagen müssen.

Und sie hatte wirklich keine Ahnung, was sie tun würde.

Sie hatte gewusst, dass jene Whiskey-geschwängerte Nacht alles verändern würde. Sie hatte lediglich nicht geahnt, wie sehr. Bis jetzt.

Sie war aufgeschmissen.

KAPITEL ELF

F ox lehnte gegen die Wand des Büros im hinteren Teil von Dares Kneipe und jonglierte mit drei Zitronen. Dare hasste es, wenn er das tat, aber Fox musste nachdenken. In seinem Hinterkopf braute sich eine weitere Story zusammen, während er an hundert anderen Dingen arbeitete, die mit der Zeitung zu tun hatten. Außerdem wusste er, dass er angesichts des Erfolgs des ersten Artikels über Miss Pearl zumindest einen weiteren schreiben musste. Es hing jedoch alles eher davon ab, was sie wollte, als davon, was er gern tun würde.

Im Unterschied zu anderen Journalisten wusste er, dass Miss Pearl als Hauptfigur der wichtigste Teil der Story war. Das bedeutete, wenn sie keinen Folgeartikel wollte, würde er darauf verzichten. Und da sie ihn eingeladen hatte, heute Abend vorbeizukommen, um darüber zu reden, stand noch nichts fest.

Sie wollte niemals in die großen Zeitungen und in die herzzerbrechenden Nachrichten, die man so oft in ihnen fand. Und auch er selbst hielt sich fern davon. Er liebte, was er tat, und er wusste nicht, ob es ihm gefiel, dass ihn so viele Leute kontaktierten, jetzt, da sie die Frau kennengelernt hatten, die damals so viele Berühmtheiten gekannt hatte. Er wusste, in seiner Stadt war Miss Pearl sicher, und darüber machte er sich eigentlich keine Sorgen, aber es fühlte sich trotzdem merkwürdig an, dass jetzt so viel mehr Augen als früher auf seine Arbeit gerichtet waren.

Er war wirklich seltsam, sogar für einen Autor.

Und weil sein Telefon auf der Arbeit nicht aufhören wollte zu klingeln, hatte er seinen Assistenten damit beauftragt, sich um all das zu kümmern. Seine restlichen Angestellten waren entweder unterwegs und arbeiteten an ihren eigenen Storys oder sie recherchierten. Daher saß er in dem Büro seines Bruders und drückte sich vor der Arbeit, ja, er mochte nicht einmal in der Kneipe aushelfen. Es war noch nicht Abendessenszeit, also wurde Fox' Hilfe nicht benötigt, aber er drückte sich gerade wirklich vor allem.

»Ich wünschte wirklich, du würdest aufhören, Waren zu stehlen«, sagte Dare, der mit einem weiteren Ordner voller Papiere in der Hand in sein Büro

zurückkehrte. Fox glaubte, mit seinem eigenen Bürokram genug zu tun zu haben, aber seine beiden Brüder
hatten meist sogar mehr als er selbst davon am Hals. Er
hatte keine Ahnung, wie er und seine beiden Brüder
dazu gekommen waren, selbstständig zu sein. Es war
nämlich nicht so, als wären sie mit dem Gedanken
aufgewachsen. Aber hier waren sie nun. Und wenn er
ehrlich zu sich selbst war, hatte ihre Schwester sogar
mehr Bürokram zu erledigen als sie alle drei zusammen.
Sie führte praktisch ein großes Unternehmen in Colorado mit ihrem Mann und seiner Familie.

»Ich würde ja einen Witz reißen, dass das Leben
mir Zitronen schenkt und ich Limonade herstellen
sollte, aber ich wüsste wirklich nicht, was ich damit
anfangen sollte.«

»Bitte mach keinen Witz. Ich habe Kopfschmerzen, weil sich meine beiden Kellnerinnen den Hintern
aufreißen, und doch kommen zu viele Gäste für die
beiden. Wir werden wahrscheinlich eine dritte Kell-
nerin einstellen oder jemanden von der Restaurantseite
abziehen und alle stressen müssen. Ich denke, ich kann
Kenzie dazu bringen, heute Abend mit mir zu arbeiten, aber sie hat bereits den ganzen Tag in der Herberge
gearbeitet und jetzt werde ich noch mehr Kopfschmerzen bekommen und mein Mädchen wird
erschöpft sein.«

»Ich treffe mich später mit Miss Pearl, aber danach

kann ich wahrscheinlich vorbeikommen und helfen. Ich könnte ihr absagen, aber so etwas macht man nicht mit Miss Pearl.«

»Ich habe es gebührend zur Kenntnis genommen und ich danke dir im Voraus. Und ja, sag Miss Pearl nicht ab. Und ich habe es dir noch nicht gesagt, aber du hast einen großartigen Job mit diesem Artikel hingelegt. Eine wirklich gute Sache.« Dare hatte den Kopf gesenkt und suchte etwas in seinen Papieren, aber Fox wusste, dass er es ernst meinte.

Immerhin war es eine wirklich gute Story geworden.

»Ich habe vorhin mit Tabby gesprochen und sie hat gesagt, dass sie wahrscheinlich später am Abend anrufen wird. Du willst ihr vielleicht eine SMS schicken und ihr sagen, dass du morgen mit ihr sprichst, weil du den ganzen Abend in der Kneipe arbeitest, da wir unterbesetzt sind. Ich finde es gut, dass sie seit der Hochzeit und der Nachricht vom Baby öfter anruft, aber ich hasse es auch, dass es mich nur daran erinnert, dass unsere kleine Schwester so weit weg ist. Jetzt wird sie selbst eine Mom und das Baby wird eine Montgomery sein, und all diese Montgomerys vermehren sich weiter, sodass sie am Ende achtzehn Kinder haben wird, bis wir sie wiedersehen werden.«

Dare schaute über seine Schulter und lächelte. »Ich glaube nicht, dass das mit der Schwangerschaft wirklich so funktioniert. Aber es ist schon lange her, dass Nate geboren wurde, ich könnte mich also irren.«

Fox lachte und hörte auf zu jonglieren, denn er konnte sehen, dass er Dare damit nervte. Er mochte zwar der kleine Bruder sein, aber er hatte schon lange die Vorstellung aufgegeben, dass seine einzige Aufgabe im Leben darin bestand, seine beiden älteren Geschwister zu ärgern. Zumeist jedenfalls.

»Denkt ihr beiden, Kenzie und du, daran, bald selbst Kinder zu bekommen? Aber wenn ich die Frage jetzt lieber nicht stellen sollte, kannst du einfach wegschauen und dich wieder deinem Papierkram widmen.«

Dare drehte sich herum und lehnte sich mit vor der Brust verschränkten Armen gegen seinen Schreibtisch. »Wir versuchen es. Ich weiß nicht, ob ich dir das erzählen durfte oder nicht, aber in unserer Familie scheint man sich im Augenblick alles zu erzählen, also ... ja. Wir versuchen es. Kenzie befürchtet, dass sie zu alt werden könnte, um zu beginnen, an Babys zu denken, obwohl sie noch nicht einmal dreißig ist und noch lange nicht das betreffende Alter erreicht. Aber wir wollen Nate mehr als ein jüngeres Geschwisterkind schenken, was bedeutet, wir sollten eher früher als später damit anfangen. Und ja, wir sind noch nicht verheiratet, aber es gefällt uns, Dinge im Nachhinein zu tun. So sind wir eben. Aber sie ist mein Leben. Sie wird die Eine für mich sein. Das bedeutet, dass ich mit dem Versuch beginne, mit dem Menschen, den ich am meisten auf der Welt liebe, ein Baby zu zeugen. Ich sehe das als Gewinn an. Und diese ganze Heiratsgeschichte? Ich arbeite daran. Wir waren uns einig zu warten, bis wir mindestens sechs Monate zusammen sein werden, aber ich weiß nicht, ob wir so lange warten werden. Wie ich Kenzie kenne, wird sie diejenige sein, die mir einen Heiratsantrag macht.«

Fox lächelte breit, als er sich Kenzie vorstellte, die sich vor Dare auf ein Knie niederließ, und dann die beiden, wie sie noch mehr Kinder aufzogen. »Die Vorstellung, dass Kenzie und du Kinder haben werdet, ist wahrscheinlich das Beste, was ich den ganzen Tag gehört habe. Gott sei Dank ist Kenzie heiß auf Kinder, denn Nate ist ein süßer Junge. Aber das kommt alles von seiner Mutter und ist nicht auf deinem Mist gewachsen.«

»Du hast Glück, dass wir auf der Arbeit sind, denn sonst hätte ich dir auf der Stelle in den Hintern getreten.« Dare schüttelte den Kopf und starrte auf seine Papiere. »Und, noch einmal, ich verstehe nicht, warum du hier bist anstatt in deinem eigenen Büro.«

»Ich kann in deinem besser denken.«

»Das macht keinen Sinn. Mein Büro ist winzig und vollgestopft und riecht nach Frittiertem und Bier, obwohl Kenzie und ich wiederholt versucht haben, das zu ändern. Und dein Büro hat tatsächlich Fenster, durch die du lüften kannst, so viel du willst. Außerdem gibt es bei dir keine Familienmitglieder, die darin herumtoben, weil ihnen dein Büro besser gefällt.«

Fox legte die Zitronen auf Dares Schreibtisch und starrte diesen an. »Ich tobe weder jetzt herum, noch habe ich es jemals zuvor getan.«

»Ich nenne es eben so, wie ich es sehe.« Dares Augen füllten sich mit Lachen, aber Fox beherrschte sich und boxte seinen Bruder nicht, obwohl er es gern getan hätte. Schließlich hätten Kenzie oder gar seine Eltern genau in diesem Augenblick auftauchen und mit ihnen schimpfen können. Und dann hätte er Ärger bekommen. Er nahm an, sie beide – nein, sie drei, da Lochlan ebenso unmöglich war – mussten endlich erwachsen werden.

»Du bist grausam. Und damit muss ich mich zu Miss Pearl aufmachen. Aber ich werde später zurückkehren, um hinter dem Tresen auszuhelfen.«

Dare nickte, er hatte seine Aufmerksamkeit wieder seinen Büchern zugewandt. »Danke. Du musst das nicht tun, aber ich weiß es zu schätzen.«

Fox drückte seinem Bruder beim Hinausgehen die Schulter. »Ich darf dein Büro und deine Kneipe benutzen, wenn ich Raum brauche, um zu denken und zu arbeiten, und wenn ich derjenige wäre, dem diese Kneipe gehörte, würdest du mir sofort helfen, wenn es nötig wäre – und wahrscheinlich schon vorher, weil du erkannt hättest, dass ich Hilfe brauche. Wir sind eine Familie. Und dafür sind wir da.«

Und mit dieser Bemerkung machte Fox sich davon, bevor sie zu gefühlvoll wurden und Dare sich am Ende noch unangenehm berührt fühlte. Sein Bruder machte Fortschritte, seitdem er mit Kenzie zusammen war, aber es gab immer noch ein paar Dinge, über die Dare nicht reden wollte. Lochlan war sogar noch schlimmer und Fox erkannte, warum Tabby und er sich so nahe waren – weil Fox den Menschen tatsächlich verriet, was er fühlte. Vielleicht war es der Autor in ihm, oder vielleicht lag es auch daran, dass seine Schwester und er sich bezogen auf das Alter am nächsten waren und sie ihm niemals irgendetwas durchgehen ließ. Aber zumindest versuchte er, durchsichtig zu sein.

Zumindest wenn es nicht um Melody ging.

Denn er sollte verflucht sein, wenn er wusste, was er tat.

Und jetzt, da er sich auf dem Weg zu Miss Pearl befand, wusste er, dass die Wahrscheinlichkeit groß war, Melody im Haus zu treffen. Er wusste, dass Kenzie und Ainsley vorgehabt hatten, in ihrem Studio vorbeizuschauen, da er sie gefragt hatte, ob sie Melody getroffen hatten. Er hatte ihre allzu wissenden Blicke ignoriert, da er wusste, dass Melody mehr Freunde in dieser Stadt brauchen würde als nur ihn allein, wenn ihre Hormone sich nicht bald beruhigen würden. Er hatte jedoch keine Ahnung, ob die beiden wirklich im Studio gewesen waren. Er nahm an, dass er es heute Abend erfahren würde, falls er Melody sähe. Vielleicht würde er ihr andernfalls aber auch eine SMS schicken. Und wenn er zu scheu wäre, das zu tun, würde er einfach Kenzie und Ainsley fragen.

Melody berührte ihn bis zu einem Punkt, an dem er immer wieder seine Entscheidungen hinterfragte, und er wusste nicht, was das bedeutete, außer dass er sich ziemlich sicher war, sie wiedersehen zu wollen – und nicht nur als Freunde. Aber sie waren sich einig gewesen, nur Freunde zu sein, und jetzt hatte er keine Ahnung, was er tun sollte. Ja, sie hatten sich geküsst, obwohl das nicht hätte passieren sollen, aber sie hatten sich gegenseitig vergewissert, dass sie Freunde bleiben mussten, um beständig zu bleiben. Was immer das bedeuten mochte.

Heute Abend jedoch ging es um seine Arbeit und er musste sich unbedingt zusammenreißen und aufhören, sich eine Melody vorzustellen, die nackt – oder in irgendeiner anderen Form anstatt als Freundin – in seinem Leben war.

Das war leichter gesagt als getan, da er den Gedanken an Melody und ihre rosigen Nippel nicht aus dem Kopf bekommen konnte.

»Und jetzt ist Schluss damit«, knurrte er, als er in seinen Wagen stieg und in Richtung von Miss Pearls Haus fuhr. Es hatte den ganzen Tag lang immer wieder geregnet, daher war er gefahren anstatt zu gehen, um seine Arbeit vor Nässe zu schützen. Er würde bald das Fitnessstudio aufsuchen müssen, da er nicht so oft wie gewöhnlich zu Fuß durch die Stadt gegangen war. Aber natürlich, sobald er an das Fitnessstudio dachte, kam ihm der Gedanke an Melody in den Sinn, wie sie sich an ihn presste.

Er musste sie aus dem Kopf bekommen, oder er würde noch wahnsinnig werden.

Mit sich selbst schimpfend parkte er vor dem Haus und ging zur Vordertür. Es begann wieder zu nieseln, daher war er froh, dass die Tür sofort geöffnet wurde. Melody stand vor ihm, mit bleichem Gesicht und in eine Decke gehüllt.

Fox trat ohne Einladung ein und umfasste ihr Gesicht. »Was ist los? Geht es dir gut? Du solltest dich setzen und nicht die Tür öffnen.«

Sie zuckte mit den Schultern und zog sich von ihm zurück. »Nur ein merkwürdiger Tag«, erwiderte sie, wobei sie seinem Blick auswich. »Und irgendjemand musste schließlich die Tür öffnen oder du hättest im Regen draußen auf der Veranda gestanden. Grandma schläft oben. Sie hatte Kopfschmerzen.« Sie machte eine Pause. »Bist du heute Abend mit ihr verabredet?

Das wusste ich nicht, denn dann hätte ich dir eine SMS geschickt. Es tut mir leid, dass du den ganzen Weg umsonst gemacht hast.«

Besorgt nahm er ihre Hand und führte sie ins Wohnzimmer. »Setz dich. Und mach dir keine Sorgen, dass du mir keine SMS geschickt hast. Wenn deine Grandma Kopfschmerzen hat, so sollte sie natürlich ein Nickerchen machen. Es tut mir nur leid, dass sich keiner von euch beiden gut fühlt.«

Sie legte den Kopf schräg und musterte ihn. »Ich fühle mich nicht gut?«

»Das habe ich angenommen. Du hast dich in eine Decke gewickelt und siehst blass aus. Und jetzt setz dich, denn ich mache mir Sorgen um dich.« Er drückte sie an den Schultern in die Couch und sie ließ sich hineinsinken. Es beunruhigte ihn, dass sie das so leicht tat.

»Es geht mir gut.« Aber während sie das sagte, lehnte sie den Kopf an die Rückenlehne der Couch und schloss die Augen. »Wirklich. Es wird mir wieder gut gehen.«

Er kniete sich vor sie und ergriff eine ihrer Hände. »Wenn deine Grandma Kopfschmerzen hat und sich oben aufhält, wer kümmert sich dann um dich?«

»Man muss sich nicht um mich kümmern.« Sie öffnete die Augen und schenkte ihm ein kleines Lächeln, das beinahe ihre Augen erreichte. »Ich bin nur ein wenig müde. Ein langer Tag, weißt du.« Sie musterte sein Gesicht und er legte den Kopf schräg und blickte sie ebenso prüfend an. »Du hast also nicht mit den Mädels geredet?«

Er blinzelte. »Mit den Mädels?« Er hatte das Gefühl, etwas nicht mitbekommen zu haben, zwei Schritte hinterherzuhinken. Aber wenn es um Melody ging, fühlte er sich meist so.

Sie räusperte sich und wirkte höchst unbehaglich. »Ainsley und Kenzie haben heute im Studio vorbeigeschaut. Sie waren sehr nett.« Sie machte eine Pause. »Ich erinnere mich an sie von jenem Abend.« Ihre Wangen hatten jetzt zumindest ein wenig Farbe und er entspannte sich ein bisschen.

»Ich wusste nicht, ob sie bei dir waren, aber sie haben erwähnt, dass sie das vorhatten. Kenzie ist auch noch ziemlich neu in der Stadt, daher wollten sie sichergehen, dass du einen Rückhalt hast, wenn du es brauchst.«

»Sie waren nett. An jenem Abend wirkten sie auch nett. Obwohl ich annehme, dass wir nicht dazu gekommen sind, uns mit ihnen zu unterhalten, habe ich recht?« Wieder räusperte sie sich; ihr Blick wich seinem aus. Er konnte nicht anders, er beugte sich vor und fuhr mit dem Daumen über ihre Wangenkontur. Er wusste nicht, was sie an sich hatte, aber er konnte die Hände nicht von ihr lassen. Und wenn sie in diesem Augenblick nicht träge mit den Fingern über seinen anderen Arm gestrichen hätte, so hätte er sich ein wenig schlecht gefühlt. Sie verhielten sich in ihrer Freundschaft nicht so, wie sie es wahrscheinlich tun sollten, aber er wusste einfach nicht, wie er sich verhalten sollte.

Er hatte noch niemals versucht, mit einer Frau befreundet zu sein, nachdem er mit ihr geschlafen hatte. Das ließ ihn wie ein Arschloch klingen. Aber seine Beziehungen hatten einfach nie so geendet, dass er und seine Partnerinnen Freunde hätten sein können. Entweder sie hatten es nicht ernst genug gemeint, oder sie hatten sich so weit auseinandergelebt, dass sie kein Interesse aneinander mehr gehabt hatten. Melody schien die Ausnahme zu sein und er war sich nicht sicher, was das bedeutete.

Und weil er sich nicht sicher war, wusste er, dass das, was er tun würde, mehr als dumm war.

Ihr Gesicht hatte wieder Farbe angenommen und sie sah schon viel besser aus als bei seinem Eintreffen. Sie leckte sich die Lippen und er konnte nicht umhin, seinen Blick auf diese Bewegung zu richten. In diesem Moment lugte ihre Zunge noch einmal hervor. Wieder liebkoste er mit dem Daumen ihr Kinn. Dann ließ er seine Hand langsam zu ihrem Hinterkopf gleiten und seine Finger verfingen sich in ihrem Haar.

Ihre Fingerspitzen spielten immer noch mit seinem

freien Unterarm und er stieß bebend den Atem aus, bevor er sich vorbeugte und seine Lippen auf ihre presste. Er wusste, es war ein Fehler. Sie sollten Freunde sein. Nur Freunde. Freunde, obwohl sie beide wussten, dass das Verlangen zu groß war, zu berauschend.

Und zur Hölle, hatte er ihr nicht gerade erst gesagt, dass sie sich setzen sollte, weil sie so blass aussah?

Er war ein verfluchter Lüstling!

Fox löste sich von ihr und legte seine Stirn an ihre. Er wusste, wenn er jetzt in ihre Augen blicken und Abscheu oder Scham dort finden würde, würde er sich niemals verzeihen. Er hatte sie nicht küssen wollen. Zur Hölle, er war in dieses Haus gekommen, um zu arbeiten und um vielleicht zu versuchen, die Freundschaft mit Melody auf einem gesunden Level zu halten. Stattdessen hatte er sich nur gesorgt und sie jetzt auch noch geküsst, obwohl er wusste, dass er das nicht tun durfte.

Melody löste etwas bei ihm aus, aber sie traf keine Schuld, konnte niemals Schuld treffen.

Er war derjenige, der die Kontrolle über sich zurückgewinnen musste, denn sie hatte gesagt, es wäre ihr zu viel, über eine Beziehung nachzudenken, und dass sich aus der einzigen gemeinsamen Nacht über jenen Augenblick hinaus keine Verpflichtungen ergaben. Und daran musste er sich einfach stets erinnern.

Gerade wollte er Abstand von ihr nehmen, als etwas Nasses seinen Daumen berührte. Erschrocken zog er ihn zurück. Tränen strömten über ihr Gesicht. Sein Magen revoltierte. Was hatte er getan?

»Melody? Was ist los? Oh Gott, hab ich dir wehgetan? Ich hätte dich nicht so küssen dürfen. Das war falsch von mir und ich habe mir gesagt, es wäre ein Fehler, aber ich konnte mich nicht beherrschen, dich zu küssen. Es tut mir so leid, dass ich dich verletzt habe. Ich kann jetzt sofort gehen, wenn du willst. Gehen und niemals zurückkehren. Ich verspreche es. Aber bitte weine nicht.«

Melody murmelte etwas vor sich hin, aber er konnte es nicht verstehen. Er wischte ihr nicht die Tränen weg, nein, er bemühte sich, sie überhaupt nicht zu berühren. Er hatte sie geküsst und jetzt weinte sie. Er war ein verdammter Narr und verdiente es, von ihr zurechtgewiesen zu werden.

»Rede mit mir. Oder auch nicht. Wenn du willst, dass ich gehe, dann tue ich auch das. Ich will dich nur nicht so alleine lassen, Melody. Nicht, wenn ich etwas für dich tun kann.«

»Ich bin schwanger.«

Er blinzelte, denn er erfasste nicht ganz, was sie gerade gesagt hatte. Aber obwohl er die Worte nicht aufnehmen konnte, wurde sein Mund trocken und sein Körper erstarrte zu einer Salzsäule.

»Was?«

Melody blickte ihn einen Moment an, dann senkte sie den Kopf und starrte auf ihre Hände. Und dann brach sie zusammen.

»Ich bin schwanger. Oh Gott. Ich hasse Whiskey. Whiskey ist teuflisch. Whiskey und alles, was Whiskey heißt. Warum ist dies geschehen? Wie konnte es geschehen? Whiskey ist der Teufel und die Brüder, denen die verdammte Whiskey-Kneipe gehört, sind ebensolche Teufel.« Dann blickte sie auf. Ihre weit aufgerissenen Augen waren voller Panik, eine Panik, die er noch nie zuvor gesehen hatte. »Oh mein Gott. Mein Baby sollte Whiskey heißen. Es liegt alles an dem verfluchten Whiskey. Nur er hat Schuld.«

Er tätschelte ihr die Hand, als glaubte er, sie damit trösten zu können, während er versuchte, seine Gedanken zu ordnen. Sie war schwanger? Also würde das Baby in neun Monaten zur Welt kommen, oder wahrscheinlich schon früher, nahm er an, weil sie immer wieder Whiskey erwähnte. Er schluckte heftig, fand aber seinen Mund sogar dafür zu trocken. Also saß er einfach da und blinzelte.

»Das war etwas viel Whiskey.« Okay, wahrscheinlich hätte er etwas Sinnvolleres sagen können, aber sogar ihm als Autor fehlten die Worte.

»Ich weiß, dass teilweise der Whiskey Schuld

daran hat«, sagte Melody hastig. »Und deshalb befinden wir uns jetzt in dieser Lage.«

»Wir, du meinst *wir*. Also du und ich. Du meinst diese eine Nacht vor etwas mehr als drei Monaten, als wir all den Whiskey getrunken haben? Da haben wir auch ein Baby gemacht? Aber wir haben ein Kondom benutzt. Viele Kondome. Verhütung. Wir waren abgesichert. Wir waren wirklich, wirklich sicher. Ich meine, wir waren betrunken, aber wir waren sicher. Aber du sagst, du seist schwanger. Und jetzt macht es auch Sinn, dass du so blass bist und bis ins Mark erschüttert. Denn du wärst nicht auf diese Art damit herausgeplatzt und würdest auch nicht aussehen, als müsstest du dich übergeben, wenn du nicht schwanger wärst. Oh Gott, ich glaube, ich muss mich setzen.«

»Du sitzt bereits.« Melody tätschelte ihm die Hand und als er den Blick senkte, bemerkte er, dass er tatsächlich auf dem Boden saß und nicht mehr vor ihr kniete. Irgendwie hatte Melodys Atem inmitten all seiner Panik begonnen, sich zu beruhigen, und nun wirkte sie ruhiger als er. Normalerweise war Fox der Ruhige, nicht so ernst wie Lochlan, aber trotzdem … ruhig. Und jetzt saß er hier, ließ seine Gedanken in tausend verschiedene Richtungen schweifen und hatte keine Ahnung, was er tun sollte.

Schwanger.

Wie war das geschehen?

»So wie es immer geschieht.«

Er war sich nicht bewusst gewesen, dass er es laut ausgesprochen hatte, bis sie antwortete. »Ich meine, ich weiß, wie es geschieht. Ich erinnere mich auch an alles aus jener Nacht. Wir mögen zwar betrunken gewesen sein, aber es war der beste Sex meines Lebens und jetzt scheint es so, als hätte Sex Konsequenzen. Zur Hölle, Sex hat immer Konsequenzen, aber sie müssen nicht immer etwas mit Babys oder Geschlechtskrankheiten zu tun haben. Und warum zur Hölle rede ich über Geschlechtskrankheiten und sitze hier auf dem Fußboden, abseits von der Frau, die mein Kind trägt?«

Melody lachte. Und diesmal riefen die Tränen, die ihr übers Gesicht liefen, nicht den Wunsch in ihm hervor, demjenigen wehzutun, der es gewagt hatte, sie zu verletzen. Denn die Tatsache, dass er derjenige war, der sie zum Weinen brachte, entging ihm nicht.

»Ich bin froh zu sehen, dass du auch Panik hast. Denn mein Ausbruch betreffs Whiskey und dass das Baby Whiskey genannt werden sollte ... war meine fünfte Panikattacke in den letzten paar Stunden. Gut zu wissen, dass es uns beiden ähnlich ergeht, dass wir nämlich nicht wissen, was abgeht. Und ich höre nicht auf durcheinanderzureden.«

Fox sog tief den Atem ein und versuchte, seinen rasenden Herzschlag zu beruhigen. »Okay. Wir schieben beide Panik, ich sollte also versuchen, mich zu beruhigen, damit ich herausfinden kann, was zur Hölle los ist. Denn ich habe das Gefühl, dass mein Verstand fünf Schritte hinter der Wirklichkeit zurückbleibt und er nicht aufhört, dumme Dinge zu denken, die vielleicht nicht lustig sind, wenn wir wirklich darüber nachdenken.«

»Ich weiß, was du meinst. Ich mache immer wieder zufällige Kicherausbrüche durch und dann weine ich mir die Seele aus dem Leib. Und dann wiederum sitze ich einfach da, als wüsste ich, was als Nächstes zu tun ist. Und trotzdem ist mir gleichzeitig die ganze Zeit übel.«

Fox richtete sich schnurgerade auf. »Übel? Geht es dir gut? Brauchst du Wasser oder Erdnussbutter? Ich habe keine Ahnung, ob die Mythen über Schwangerschaft wahr sind und wann sie einsetzen. Und mit *sie* meine ich Gelüste. Ich sollte jetzt einfach den Mund halten.«

Melody umfasste sein Gesicht. Ihre weiche Hand auf seiner stoppeligen Wange beruhigte ihn mehr als alles andere.

»Es geht mir gut. Zumindest wird es mir gut gehen. Lass uns über die Einzelheiten reden, sodass wir genau herausfinden können, was zu tun ist, denn du magst dich vielleicht fühlen, als würdest du der

Realität zehn Schritte hinterherhinken, aber mir geht es auch nicht anders.«

»Okay. Das schaffe ich.«

»Gut. Also, ich habe erst heute erkannt, dass ich schwanger bin. Ich weiß, das klingt dumm, wenn man bedenkt, wie weit fortgeschritten die Schwangerschaft ist, aber offensichtlich ist das nicht so außergewöhnlich, wie wir glauben. Jetzt gebe ich dir wahrscheinlich viel zu viele Informationen, aber das ist mir gleichgültig, weil, hallo, ich werde ein Baby haben und bin vollkommen gestresst. Normalerweise bekomme ich meine Periode nicht regelmäßig, also kann ich das nicht als Anhaltspunkt nehmen. Es ist alles in Ordnung mit mir, aber es hat mit meinem vielen Tanzen in jungen Jahren zu tun. Da ich also nicht bemerkt habe, dass meine Periode mehrmals ausgeblieben war, habe ich nicht nach anderen Symptomen gesucht. Ich habe außerdem geglaubt, die Übelkeit und mein verstimmter Magen wären von dem Stress verursacht, in eine neue Stadt zu ziehen, ein Tanzstudio zu eröffnen, mit dir Freundschaft zu schließen ... Ich habe erst heute erkannt, dass es sich um morgendliche Übelkeit handelt.«

Sie holte tief Luft, aber er unterbrach sie nicht, weil er das Gefühl hatte, dass sie noch nicht fertig war.

»Heute ist mir wirklich schwindelig geworden und ich verlor das Bewusstsein. Nur für einen Augenblick. Es ist alles gut, aber das ist mir vor Kenzie und Ainsley passiert und sie haben dafür gesorgt, dass ich zum Arzt ging. Ich dachte, sie hätten dir vielleicht erzählt, dass ich bewusstlos geworden bin, denn ich weiß nicht genau, wie das in Kleinstädten funktioniert. Aber ich bin mir auch nicht sicher, ob sie genau wissen, was geschehen ist. Und jetzt schweife ich ab, daher komme ich wieder aufs Thema zurück. Ich wurde bewusstlos. Nicht, weil ich krank wäre, nicht, weil ich nicht genügend auf mich achte, sondern weil ich schwanger bin und mir einfach ein wenig schwindelig geworden ist. Ich werde Vitamine einnehmen, besser essen und dann werde ich herausfinden, was ich tun werde, denn ich bin schon mehr als drei Monate schwanger und ich habe wirklich, wirklich Angst.«

Nichts anderes, was sie hätte sagen können, hätte ihn härter treffen können. Er stand sofort auf, um sich auf die Couch zu setzen. Dann zog er sie in seine Arme und auf seinen Schoß. Er glaubte bereits, einen weiteren Fehler begangen zu haben, doch dann schmiegte sie sich in seine Arme und klammerte sich an ihn.

Fox hatte keine Ahnung, was sie tun würden. Er stellte weder seine Vaterschaft infrage noch, ob sie wirklich schwanger war. Denn so war er nicht gestrickt und während er Melodys Charakterzüge nicht alle kannte, wusste er doch, dass auch sie nicht so war.

»Wir werden eine Lösung finden. Wir werden eine Lösung finden.« Vielleicht, wenn er es noch einige Male wiederholte, würde er es tatsächlich glauben. Weil er auf der Couch saß, mit Melody in den Armen, wirbelten seine Gedanken im Kreis und er versuchte, zu Atem zu kommen.

Melody war schwanger. Das Baby war seins.

Er würde Vater werden.

Was zur Hölle sollten sie tun?

Kapitel Zwölf

Der heutige Tag würde besser werden. Und wenn Melody sich das weiter einredete, würde es auch so sein. Sie würde sich weder übergeben noch ohnmächtig werden noch in Fox' Armen weinen. Das hatte sie gestern zur Genüge getan und sie hatte genug davon, die Dramakönigin zu spielen. Viel zu viele Jahre ihres Lebens war sie ein solcher Mensch gewesen und hatte bei jeder kleinen Sache überreagiert, weil es in ihrem Leben allein ums Tanzen gegangen war. Nichts anderes hatte eine Rolle gespielt. Aber sie würde sich nicht gestatten, etwas zu bereuen.

»Leichter gesagt als getan«, flüsterte sie vor sich hin.

Sie stand vor dem großen Spiegel in dem Zimmer, das ihre Großmutter ihr überlassen hatte, und versuchte, die Übelkeit zu unterdrücken, die in ihr

aufgestiegen war. Bis jetzt sah man ihr die Schwangerschaft noch nicht an und sie hatte keine Ahnung, ab
wann sie auffallen würde. Sie lag Monate hinter dem
zurück, wo sie hätte sein müssen, und sie hätte bereits
seit Wochen in Büchern und auf Webseiten lesen
müssen, um dafür zu sorgen, eine gute Mutter zu sein.

Und ihr fiel besonders auf, dass sie an dem Tag, an
dem sie erfahren hatte, dass sie schwanger war, kein
einziges Mal daran gedacht hatte, das Baby nicht zu
bekommen. Der Arzt hatte ihr mitgeteilt, sie sei
schwanger, und obwohl sie die Neuigkeit noch nicht
ganz verarbeitet hatte, hatte sie nur daran gedacht, wie
sie es Fox sagen konnte und was sie als Mom tun
würde.

Auch andere Fragen gingen ihr im Kopf herum:
Wie sie es ihrer Großmutter beibringen sollte und wie
zur Hölle sie während der Schwangerschaft ein Tanzstudio führen sollte, aber das Baby nicht zu bekommen
war niemals eine Option gewesen.

Und wenn sie ehrlich zu sich selbst war, war Fox'
Reaktion geradezu eine Enthüllung gewesen. Er hatte
die Vaterschaft nicht infrage gestellt. Ja, er hatte nicht
einmal daran gezweifelt, dass sie überhaupt schwanger
war. Er hatte einfach dagesessen, hatte ebenso daherge-
plappert wie sie und gesagt, sie würden einen Plan
entwerfen. Keiner von ihnen war zu jenem Zeitpunkt
allerdings tatsächlich in der Lage gewesen, etwas zu

planen, aber dass er etwas in der Richtung sagte, hatte sie zumindest soweit beruhigt, dass sie glaubte, sie könnten eine Lösung finden.

Und weil sie das Gefühl hatte, ruhig zu sein, wusste sie, dass sie die Realität immer noch nicht ganz erfasst hatte. Ihr Verstand hatte weniger als vierundzwanzig Stunden Zeit gehabt, alles zu überdenken, was überdacht werden musste, und sie konnte nur daran denken, dass sie ein Nickerchen brauchte. Daran und an die Tatsache, dass Fox sich wunderbar verhalten hatte. Ja, er war vor dem Kaffeetisch auf den Hintern gefallen und hatte ebenso gemurmelt und geschwafelt wie sie, aber in ihrer Eingangstür gab es kein Loch, das die Konturen von Fox aufwies, weil er etwa Hals über Kopf geflüchtet wäre.

Er war geblieben. Er glaubte ihr. Und irgendwie hatte sie das Gefühl, dass er *an* sie glaubte.

Nur ihre Großmutter hatte jemals wahrhaft an sie geglaubt – sogar in jenen Zeiten, in denen sie nicht einmal selbst an sich geglaubt hatte. Und die Tatsache, dass Fox sie einfach zitternd im Arm gehalten hatte, verwirrte sie mehr als alles andere.

Allerdings wollte sie diese Gedanken nicht wirklich analysieren. Sie hatte nicht gelogen, als sie Fox, bevor dies alles geschehen war, gesagt hatte, dass sie sich nicht mit einer Beziehung abgeben wollte. Sie wollte sich ehrlich nicht noch einmal für etwas in dieser Richtung öffnen und riskieren, verletzt zu werden. Aber sie wusste, es steckte mehr dahinter. Denn wenn sie sich auf das fixierte, was sie hätte sein können, würde sie das vermasseln, auf das sie jetzt hinarbeitete.

Aber es schien, als hätte sie das jetzt alles durch die eine Whiskey-geschwängerte Nacht zum Fenster hinausgeworfen.

All ihre Pläne, sich ein neues Leben aufzubauen, das sich um ihre Arbeit drehte und in dem sie sich um ihre Großmutter kümmern wollte, schienen ihr durch die Finger zu gleiten. Sie hatte keine Ahnung, wie sie all das unter einen Hut bringen konnte. Keine Ahnung, wie sie damit umgehen sollte, überhaupt schwanger zu sein. Und nur, weil sie das Wort *schwanger* gedacht hatte, zitterten ihr die Hände und ihr Magen rebellierte wieder einmal. Sie wusste ehrlich nicht, ob die Übelkeit von der Schwangerschaft rührte oder nur von dem Wissen, dass sie schwanger war.

Die Erfahrung war so neu für sie und sie hatte wirklich Angst, am Ende auch dies wieder allein durchmachen zu müssen, obwohl sie doch so sehr versucht hatte, nicht wieder so allein zu enden, wie sie es so lange gewesen war.

Sie würde ihrer Großmutter keinesfalls eine zusätzliche Bürde aufladen. Grandma Pearl war nicht zu unterschätzen, sie hatte ihr Leben hart und stark gelebt und es voll ausgeschöpft. Melody wollte ihrer Großmutter nichts von der Zeit stehlen, die ihr noch blieb, oder sie mit Sorgen und Stress füllen, was Melody mit ihrem eigenen Leben anstellte.

Davon hatte sie auf jeden Fall schon genug abbekommen.

Am Ende hatte Fox sie in seinen Armen gehalten und ihr versichert, alles würde gut werden und sie würden eine Lösung finden. Wie konnte sie das glauben? Sie kannte ihn nicht. Und doch hatte sie sich nicht nur einmal, sondern jetzt bereits zweimal in seine Arme sinken lassen.

Und den Kuss hatte sie auch nicht vergessen.

Er hatte sie veranlasst, ihm genau zu erklären, was ihr im Kopf herumging. Sie hatte nicht gewusst, wie sie ihm die Neuigkeit hatte überbringen sollen, wie sie ihm hatte sagen sollen, dass sie sein Kind trug. Und doch, mit diesem einen Kuss war sie verloren gewesen. Aber mit Fox war das nichts Neues.

Immerhin hatte ein einziger Kuss zu Beginn sie in diese Lage gebracht. Und obwohl es schien, als würde er ihr zur Seite stehen, wie konnte sie darauf vertrauen? Wie konnte sie Fox das antun? Sein Leben war geordnet. Er wirkte, als wüsste er genau, was er tat, in dieser kleinen Stadt, umgeben von seiner Familie. Und jetzt fühlte sie sich, als würde sie ihm all das entreißen, und alles nur aufgrund einer einzigen Nacht, die sie zusammen verbracht hatten. Für dieses Kind mochten sie zwar beide die Verantwortung tragen, aber sie hatte trotzdem keine Antworten.

Wieder einmal verrannte sie sich in Gedanken, die sich in den Schwanz bissen und in einem Teufelskreis endeten, der keinen Sinn machte. Also legte sie sich die Hände auf den Bauch und empfand eine tiefe Ehrfurcht vor dem, was sie gleichzeitig schockierte. Sie stieß lange den Atem aus.

»Jetzt oder nie.« Da heute die Handwerker im Studio arbeiteten und ihre Grandma Pläne mit ihren Freundinnen hatte, hatte sie eine Verabredung mit Fox, um zu reden. Er hatte gesagt, er würde sich den Tag freinehmen, obwohl sie nicht wusste, wie er das anstellen wollte, da die Zeitung doch ihm gehörte. Aber da er das nun einmal gesagt hatte, musste sie es so nehmen, wie es war.

Aber die Vorstellung, mit Fox zu reden, machte ihr Sorgen. Vielleicht war *Sorgen* nicht das richtige Wort, aber sie war doch nervös. Sie hatte keine Ahnung, was er sagen würde, und noch weniger, was sie sagen würde. Denn obwohl ein kleiner Teil von ihr ihm versichern wollte, dass er keine Verantwortung übernehmen musste, so wusste sie doch, dass dies keinesfalls so war.

Sie wollte dies nicht allein tun.

Allerdings hatte sie das Gefühl, dass die kleine Stadt und Fox' Familie, die in ihr lebte, ihr das ohnehin nicht gestatten würden. Und jetzt war ihr wieder übel. Sie würde die gewisse Frau sein. Ja, die gewisse Frau. Die, die mit Whiskeys begehrtestem Junggesellen geschlafen hatte und schwanger geworden war.

In diesem Jahrhundert musste eigentlich niemand mehr ungewollt schwanger werden und doch stimmte ihr Körper dem nicht zu. Und jetzt Schluss damit.

Melody schnappte sich ihre Handtasche, hinterließ eine Nachricht für ihre Großmutter, in der sie ihr mitteilte, wo sie hinwollte, obwohl sie wusste, dass später wahrscheinlich Fragen gestellt werden würden, und verließ das Haus, um zu Fox zu gehen. Sein Haus war nicht allzu weit entfernt und sie brauchte frische Luft. Als sie schließlich vor seinem Heim stand, konnte sie nicht umhin, sich an ihr erstes Mal dort zu erinnern. Er war so fürsorglich ihr gegenüber gewesen, so süß, sogar als er sich von ihr in den siebenten Himmel hatte reiten lassen. Es war hart, schnell und heiß gewesen. Er hatte gesagt, es wäre der beste Sex seines Lebens gewesen, und sie wusste, für sie galt das Gleiche. Noch niemals hatte sie etwas Ähnliches erlebt und sie wusste, wahrscheinlich würde sie es auch nie wieder. Kein Mann konnte es mit Fox aufnehmen und das hätte ihr Angst einjagen sollen, aber aus irgendeinem Grund war das nicht der Fall.

Aber im Augenblick hatte sie zu viel im Kopf, um sich über diesen merkwürdigen Gedanken zu sorgen.

Fox öffnete die Tür, bevor sie überhaupt die Gelegenheit hatte anzuklopfen, und bat sie herein. Er sah viel zu gut aus in seinen abgetragenen Jeans und dem Henley-Hemd. Die Tatsache, dass er keine Schuhe trug und sie seine Füße sehen konnte, hätte sie anwidern müssen, aber sie war Balletttänzerin und hatte schon weit schlimmere Füße gesehen. Und wenn sie ehrlich war, waren Fox' Füße heiß.

In diesem Augenblick wusste sie, dass mit ihrer Körperchemie etwas nicht stimmte, weil ihr solche Gedanken im Kopf herumgingen. Vielleicht hatten alle schwangeren Frauen seltsame Macken. Oder vielleicht war jeder einzelne Körperteil von Fox heiß und sie musste sich einfach zusammenreißen. Den Vater seines ungeborenen Kindes attraktiv zu finden sollte nicht seltsam sein, aber Melody war im Augenblick alles andere als normal.

»Du bist gekommen.«

Als sie Fox' Worte hörte, drehte sie sich stirnrunzelnd herum, um ihn anzublicken. »Natürlich bin ich gekommen. Wir haben doch gesagt, dass wir reden müssen, und haben uns heute Morgen beide freigenommen. Also, hier bin ich. Hast du gedacht, ich würde davonlaufen?« Der Gedanke war ihr zwar mehr als einmal durch den Kopf gegangen, aber vor Problemen davonzulaufen hatte ihr früher nicht geholfen und sie wusste sicher, dass es auch jetzt nicht helfen würde.

Fox schüttelte den Kopf und schloss die Tür hinter sich. Dann ergriff er ihre Hand. Und weil sie so daneben war und sich so nach Berührung sehnte, ließ sie es zu.

»Nein, ich dachte nicht, du würdest davonlaufen. Aber ein kleiner Teil von mir dachte, dass alles, was gestern Abend geschehen ist, nur ein seltsamer Traum war, von dem ich nicht aufwachen konnte. Aber jetzt, da du hier bist und wir beide uns so seltsam verhalten, habe ich das Gefühl, dass ich mir nichts zusammengeträumt habe.«

Melody konnte kaum dem Drang widerstehen, eine Hand auf ihren nicht existierenden Bauch zu legen. Vor gestern war dies niemals ihre Angewohnheit gewesen, aber heute Morgen hatte sie es bereits zweimal getan. Offensichtlich machte einen das Wissen, dass ein Baby in einem wuchs, beschützerisch und verlieh einem dieselben Gesten, die jede schwangere Frau an den Tag legte und die sie in allen diesbezüglichen Fernsehfilmen gesehen hatte.

»Nein. Kein Traum. Ich glaube, ich habe mich heute Morgen übergeben, um mich genau daran zu erinnern, was geschehen ist.«

Fox wurde ein wenig blass und er streckte die Hand nach ihr aus, doch dann senkte er den Arm wieder. Die beiden hatten wirklich keine Ahnung, was sie tun sollten, und so verhielten sie sich merkwürdig.

»Brauchst du irgendetwas? Ich bin den größten Teil der Nacht aufgeblieben, um mir Artikel durchzulesen. Ich habe sogar das *Was zu erwarten ist* Buch heruntergeladen, aber es hat mich verwirrt und ich dachte mir, wir sollten es vielleicht zusammen lesen. Aber vielleicht hast du es schon gelesen. Aber dann wurde mir bewusst, dass du es erst ein paar Stunden länger weißt als ich und du wahrscheinlich das Buch noch nicht gelesen hast. Ich weiß nichts über deine Lesegeschwindigkeit, weil ich nichts über dich weiß, außer wie du schmeckst ... Mann, war das peinlich. Ich werde jetzt den Mund halten. Ich meine, ich wollte dich fragen, ob du etwas trinken oder essen möchtest. Oder ob du dich setzen möchtest. Oder ob es überhaupt etwas gibt, was ich für dich tun kann. Und, noch einmal, ich werde jetzt den Mund halten.«

Wenn Melody sich nicht bereits sicher gewesen wäre, dass sie sich seit dem Abend, an dem sie sich kennengelernt hatten, langsam in Fox verliebt hatte, so hätte sie es in diesem Augenblick gewusst. Er war einfach so verdammt fürsorglich, so *perfekt* imperfekt und unbeholfen.

Und sie war genauso. Sie hatte das Gefühl, dass sie sich beide mehr als einmal in eine unangenehme Situation reden würden, während sie versuchen würden herauszufinden, was sie bezüglich der Sache mit dem Baby tun wollten.

Weil, lieber Gott, sie würden ein Baby bekommen.

Ein echtes Baby.

In ihr befand sich gerade ein Baby – wie das Ding aus *Alien*.

Fox ergriff ihre Oberarme und sie blinzelte, bis sie sein Gesicht wieder scharf sah. »Du bist gerade wirklich blass geworden. Was ist los?«

War es falsch von ihr, dass sie am liebsten gelogen und geantwortet hätte, dass sie blass war, weil sie dachte, sie könnte sich in ihn verlieben, anstatt die Tatsache zu erwähnen, dass sie diese schreckliche Szene aus *Alien* nicht aus dem Kopf bekommen konnte?

Jetzt hatte sie wirklich den Verstand verloren, aber sie sagte ihm trotzdem die Wahrheit. Nur nichts über die Sache mit der Liebe, denn sie war sich sicher, dass sie es für immer verheimlichen musste, wenn sie bei Verstand bleiben wollte.

»Ich habe gerade darüber nachgedacht, dass ich, wenn mein Magen jetzt rebelliert, nicht wüsste, ob es Übelkeit ist oder ob das Ding aus *Alien* versucht, aus meinem Bauch zu entkommen. Und damit komme ich wahrscheinlich in das Guinness Buch der Rekorde als schlechteste Mutter, aber ich bin erst seit zweiundzwanzig Stunden dabei, also wirst du mir das hoffentlich durchgehen lassen.«

Fox starrte sie einen Moment lang an und sie dachte, er würde vielleicht etwas sagen, sodass sie sich wie eine Idiotin fühlen würde, aber er warf den Kopf zurück und lachte.

»Oh Gott. Ich bin so froh, dass du das gesagt hast, denn ich hatte genau dieses Bild im Kopf, als du gestern mit mir darüber geredet hast. Aber ich wollte es nicht sagen, weil es so unsensibel und verrückt klang. Aber wenn du es denkst und ich es denke, dann muss es okay sein. Und das bedeutet, dass wir da zusammen drinstecken, weil wir den Verstand verloren haben.«

Sie schüttelte den Kopf, ein Lächeln umspielte ihre Lippen. »Ich weiß wirklich nicht, ob die Basis für eine gute Elternschaft eine gemeinsame Vorstellung von einem Außerirdischen sein sollte, der die Magenschleimhaut aufreißt und Menschen in einem Krankenhauszimmer ermordet. Aber es ist schon eine Weile her, dass ich den Film gesehen habe, also könnte ich mich auch irren, was die Mutterinstinkte von Außerirdischen betrifft.«

Das brachte beide zum Lachen und schon bald fand sie sich in Fox' Armen wieder, während er sie fest an sich drückte und mit den Händen über ihren Rücken strich. Und obwohl sie wusste, dass er sie nur trösten wollte, konnte sie nicht umhin, seinen Duft einzuatmen und sich daran zu erinnern, wie er sich anfühlte, als er in jener Nacht auf ihr gelegen hatte.

»Ich habe dich nicht einmal gefragt, was du mit dem Baby machen willst. Ich weiß, ich hätte es tun sollen. Und ich weiß, dass es deine Entscheidung ist, und du musst wissen, dass ich da sein werde, egal was passiert. Aber ich möchte, dass du weißt, dass ich nicht wirklich weggehe, selbst wenn du dich entscheidest, nie wieder mit mir zu reden. Denn ja, ich bin durcheinander und habe immer noch das Gefühl, zwei Schritte hinterherzuhinken, aber ich werde für dich und das Baby da sein. Und nicht nur in Form von Unterhaltszahlungen. Ich weiß, dass du nicht wirklich etwas über meine Familie weißt, doch das wird sich bald ändern, glaube ich, aber ich habe gesehen, wie meine beiden Brüder mit ihren unterschiedlichen Varianten des alleinerziehenden Vaters umgehen. Ich habe gesehen, was geschieht, wenn Sorgerechtsvereinbarungen die Kinder von ihren Vätern fernhalten, auch wenn es zu dem Zeitpunkt vernünftig klang. Und ich habe gesehen, wie mein ältester Bruder seine Tochter allein aufgezogen hat, weil seine Ex absolut nichts mit dem Muttersein zu tun haben wollte. Das will ich für unser Kind nicht, ob Sohn oder Tochter. Ich habe gesehen, wie meine Familie sich abmüht, und ich habe gesehen, wie die Kinder gedeihen, und ich habe versucht, der beste Onkel zu sein, der ich sein kann. Aber ich möchte, dass du weißt, dass ich der Mann sein will, den du brauchst, in jeder Hinsicht, in der du ihn brauchst. Aber ich will nicht nur ein Hirngespinst im Leben dieses Kindes sein. Wenn du dich also dafür entscheidest, die Schwangerschaft fortzusetzen, hoffe ich, dass du mir erlaubst, an deiner Seite zu sein. Ich hoffe, du lässt mich herausfinden, wie ich am Leben dieses Kindes teilhaben kann.«

Er schluckte heftig und Melody versuchte, Worte zu finden für das, was sie sagen musste, denn sie war so überwältigt von ihren Gefühlen, dass sie kaum Luft bekam.

»Das war viel mehr, als ich sagen wollte, während ich hier im Eingangsbereich meines Hauses stehe und dich umarme. Ich habe dich nicht einmal ins Wohnzimmer gebeten, um zu reden, und doch stehe ich hier und gebe Erklärungen und Versprechen ab, obwohl ich nicht einmal weiß, ob du mir glauben kannst, weil du mich noch nicht wirklich kennst. Aber du wirst mich kennenlernen, Melody. Ich wollte dich besser kennenlernen, bevor das geschehen ist. Bevor dies alles geschehen ist, hatte ich das Gefühl, dass wir kurz davor waren, mehr als nur Freunde zu sein und uns ein paar SMS zu schicken, und ich weiß, dass sich alles ändern wird, aber ich möchte, dass du weißt, dass du auf mich zählen kannst. Und ich schätze, mir geht viel mehr im Kopf herum, als ich dachte.«

Und weil Fox genau das Richtige gesagt hatte, während ihr selbst die Worte fehlten, stellte sie sich auf die Zehenspitzen und küsste ihn. Es sollte nur ein leichtes Streichen über Lippen sein, ein süßer Kuss, um sich dafür zu bedanken, dass er der Mann war, der er war, aber sobald sich ihre Lippen auf seine pressten, wusste sie, dass sie ihm bis zum Ende ihrer Tage verfallen war.

Sie hatten so viel zu besprechen, so viele Pläne zu machen und Details zu klären. Ihr Leben war eine Achterbahn aus endlosen Entscheidungen und Verantwortlichkeiten, aber sie wollte das alles am liebsten beiseiteschieben und ignorieren – nur für einen Augenblick. All die Entscheidungen und Pläne würden trotzdem auf sie warten, wenn sie sich von ihm lösen würde, also öffnete sie ihre Lippen und vertiefte den Kuss, obwohl sie wusste, wahrscheinlich einen Fehler zu begehen, aber sie erkannte, dass er es wert war.

Sie klammerte sich an ihn und er tat dasselbe mit ihr. Er ließ seine Hände ihren Rücken hinunterwandern, um ihren Hintern zu umfassen und sie enger an seine Hüften zu drücken. Als sie spürte, wie sich die lange Linie seiner Erektion in ihren Bauch drückte, stieß sie keuchend den Atem aus und zwang sich zu versuchen, es langsamer angehen zu lassen.

Fox zog sich ebenfalls zurück und auch er atmete schwer. »Das war ... ich glaube, das war besser als beim ersten Mal. Und ich hätte nicht gedacht, dass das möglich ist.« Sie leckte sich die Lippen und diesmal presste sie wirklich die Hände auf ihren Bauch. Fox bemerkte die Bewegung und seine Augen verdunkelten sich. Er wurde nicht blass, er flippte nicht aus. Er sah … glücklich aus.

Und doch hatte sie keine Ahnung, was sie fühlte.

»Ich weiß, dass wir reden müssen, aber ich glaube, ich muss nach Hause zurückgehen und kurz durchatmen. Denn ich will nichts Dummes tun und alles ruinieren. Denn es geht nicht mehr nur um dich und mich. Und das macht mir Angst.«

Fox schob die Hände in die Taschen und nickte. »Darf ich dich begleiten? Ich weiß, dass du allein hergekommen bist, aber es ist ein schöner Tag draußen. Ich verspreche dir, dass ich dich nicht anfassen, ja nicht einmal reden werde, wenn du es nicht willst. Aber ich möchte einfach an deiner Seite sein. Ich weiß, das ist verrückt, und ich weiß, dass wir tausend Dinge zu besprechen haben, aber ich denke, dass jeder von uns in dem Leben des anderen ist, ist eines dieser Themen.«

»Ich glaube, das würde mir gefallen. Ich weiß, ich klinge wie eine Verführerin und werfe dir hundert verschiedene Dinge an den Kopf und renne dann davon. Aber dich so zu küssen, wenn wir reden und unsere Gedanken mit unseren Realitäten in Einklang bringen müssen, war wahrscheinlich nicht die beste Art, die Dinge anzugehen.«

»Immer nur ein Schritt nach dem anderen. Das kriegen wir hin, oder?«

»Ich habe keine Ahnung, aber ich denke, wir sollten es versuchen.« Fox schlüpfte in ein Paar Schuhe und da die beiden offensichtlich gern mit der Gefahr spielten, hielten sie sich an den Händen, während er sie zurück zum Haus ihrer Großmutter begleitete. Die Sonne schien immer noch und die Vögel zwitscherten in der Luft, als sie um die Ecke bogen und die Auffahrt zu Grandma Pearls schönem Haus hinaufgingen. Melody wusste, dass sie sich glücklich schätzen konnte, dass sie noch eine Familie hatte, die sie an ihrem Leben teilhaben lassen wollte, und jedes Mal, wenn sie den steinernen Weg hinaufging, erinnerte sie sich daran.

Doch als sie auf die Veranda blickte, erstarrte sie. Unwillkürlich dachte sie, vielleicht einen Fehler begangen zu haben.

»Jemand hat Blumen hinterlassen?«

Sie hatte fast vergessen, dass Fox an ihrer Seite war, als sie vor der Veranda stand und auf die zwei Dutzend Rosen hinunterblickte, die vor der Tür lagen. Sie wusste nicht, warum ihr das so unheimlich war, aber diese Rosen hatten irgendwie etwas Vertrautes an sich. Als sie noch tanzte, hatte sie unzählige ähnliche Sträuße bekommen. Sie waren immer einfach nach ihren Auftritten in ihrer Garderobe aufgetaucht und damals hatte sie den Duft geliebt.

Aber diese Rosen waren einfach achtlos auf die Fußmatte geworfen worden und es ergab keinen Sinn. Und sie hätte schwören können, das Band eines Ballettschuhs entdeckt zu haben, das um die Stiele gewickelt war.

Das musste sie sich einbilden. Denn das ergab einfach keinen Sinn für sie. Dann ging Fox hin, um sie aufzuheben, und reichte ihr einen Zettel.

»Er ist an dich adressiert.«

»Was steht darauf?« Ihre Stimme klang hohl, sogar für ihre eigenen Ohren. Fox musste den Ton in ihrer Stimme ebenfalls gehört haben, denn er runzelte die Stirn und las langsam, was auf der Rückseite der Karte stand.

»Ich weiß es. Du kannst dich nicht ewig verstecken.« Er sah sie mit großen Augen an. »Was zum Teufel soll das heißen?«

Sie schüttelte den Kopf, und auch ihre Hände zitterten. »Ich ... ich weiß es wirklich nicht.« Weil sie es nicht wusste. Sie konnte es nicht wissen. Es musste ein Trick sein oder ein furchtbarer Streich, der schiefgelaufen war. Denn sie kannte niemanden, der ihr die Karte und die gewisse E-Mail schicken würde.

Und doch waren sie da, schwarz auf weiß, ein Blitz aus ihrer Vergangenheit, der in ihr den Wunsch auslöste, sich zu einer Kugel zusammenzurollen und sich wieder zu verstecken.

»Ich weiß es nicht«, flüsterte sie noch einmal. Und als Fox sie dieses Mal in den Arm nahm, klammerte sie sich weder an ihn noch küsste sie ihn. Sie ließ sich von ihm trösten.

Denn sie hatte keine Ahnung, was geschah, aber sie hatte das Gefühl, dass dies erst der Anfang war.

KAPITEL DREIZEHN

Fox saß am Tresen in der Kneipe seines Bruders. Er wusste, er musste seine Gedanken ordnen, aber da ihm so vieles gleichzeitig durch den Kopf ging, wusste er nicht, wo er anfangen sollte. Melody hatte ihm gesagt, er könnte seiner Familie von dem Baby erzählen, weil sie das Gefühl hatte, ihre Schwangerschaft ohnehin bald nicht mehr verbergen zu können, wenn sie bedachte, wie weit sie schon war, aber er war mit seinen Gedanken nicht bei den Neuigkeiten, die er zu verkünden hatte.

Er machte sich nämlich furchtbare Sorgen über jene Blumen und die Karte, die sie auf der Veranda gefunden hatten. Und obwohl sie zuerst geschockt ausgesehen hatte, hatte sie es heruntergespielt und gesagt, es müsste sich um den Streich eines Kindes oder etwas ähnlich Dummes handeln. Sie hatte ihm versichert, es gäbe keinen Grund, sich zu sorgen. Aber genau das tat er. Und obwohl sie im Augenblick tausend verschiedene Dinge im Sinn hatten und von mehr als einem lebensumstürzenden Umstand überrascht wurden, würde er jene Blumen und die Karte nicht so einfach ignorieren. Nur die Tatsache, dass Miss Pearls Haus mit einer supertollen Alarmanlage ausgestattet war, die sein Bruder installiert hatte, hatte Fox erlaubt, Melody und ihre Großmutter überhaupt in dem Haus allein bleiben zu lassen.

Er würde mit Lochlan reden, um zu erfragen, ob man nicht noch etwas an der Anlage verbessern konnte.

Er runzelte die Stirn und nippte an seiner Zitronenlimonade. Ihm war bewusst, dass er wahrscheinlich übertrieben reagierte und mit Sicherheit übergriffig war, wenn er hinter dem Rücken der Damen mit seinem Bruder über deren Sicherheit redete, also sollte er vielleicht innehalten und zuerst nachdenken.

Denn es hatte ihn wirklich umgehauen zu erfahren, dass er in ein paar Monaten Vater werden würde, und er war sich nicht sicher, was zur Hölle als Nächstes geschehen würde.

»Du sitzt hier und trinkst nach siebzehn Uhr Zitronenlimonade?«, fragte Lochlan und setzte sich auf den Barhocker neben Fox. »Was ist los?«

Fox starrte auf die kleine Limettenscheibe in seinem Glas und zuckte mit den Schultern. »Nichts.«

»Nun, das war eine Lüge, und ich erkenne eine, wenn ich eine höre«, mischte Dare sich ein, der nun auf der anderen Site des Tresens zu den beiden trat. »Was ist los?«

»Alles okay.« Er nippte an seinem Getränk und vermied es wohlweislich, seinen Brüdern in die Augen zu blicken. Er wusste, lange würde das nicht gut gehen, und immerhin war er ja in die Kneipe gekommen, um ihnen von Melody und dem Baby zu erzählen, aber er fühlte sich immer noch daneben. Wieder einmal hatte er keine Ahnung, was er tun sollte, und er hasste dieses Gefühl.

»Hier ist nichts los, da die halbe Stadt sich das Spiel anschaut, also kann ich hier sitzen bleiben und dich anstarren, bis du es mir erzählst. Darin bin ich gut.« Dare lehnte sich gegen den Tresen und ließ Fox nicht aus den Augen.

Lochlan rutschte auf seinem Hocker hin und her und Fox spürte, dass auch er ihn anstarrte. Er wusste, er würde bald aufgeben. Seine Brüder hatten im Laufe der Zeit Übung darin bekommen, ihn zum Reden zu bringen, und er wusste, wann er aufgeben musste.

»Ihr macht es mir wirklich schwer, mein Problem für mich zu behalten, wenn ihr mich so anstarrt wie zwei Spinner.«

»Unser Job ist erst dann erledigt, wenn du ein Geständnis ablegst und uns erzählst, was dir auf der Seele liegt.« Dare zog eine Braue in die Höhe und Fox hatte das Gefühl, dass Lochlan auf seiner anderen Seite das Gleiche tat.

»Ihr kennt doch Melody?«

»Die Frau, die neben meinem Laden ein Tanzstudio eröffnet? Ja. Die kennen wir. Was hast du getan?«

Fox machte ein finsteres Gesicht. »Warum glaubst du, ich hätte etwas getan? Immerhin bin ich derjenige, der hier frustriert am Tresen sitzt.«

»Weil du ein Mann bist und es also dein Fehler sein muss. Aber lasst uns nicht abschweifen. Melody. Ja, wir kennen sie. Ich erinnere mich an sie von dem ersten Abend, an dem ihr beide hier gesessen und einen Whiskey nach dem anderen hinuntergekippt habt. Ihr habt gedacht, wir anderen würden es nicht merken.«

Fox stieß den Atem aus. Ihm war tatsächlich nicht bewusst gewesen, dass alle sie beobachtet hatten, aber er hatte ja auch an nichts anderes gedacht als an Whiskey und Melody. Und ehrlich, das hatte sich nicht wirklich geändert.

»Wenn ihr uns zusammen gesehen habt, dann wisst ihr wahrscheinlich auch, dass wir an jenem Abend zusammen die Kneipe verlassen haben.«

Seine Brüder sagten nichts, nickten jedoch beide. Er hätte jedes kleine Detail erzählen und versuchen können herauszufinden, wie er den ihm nahestehenden Menschen erklären konnte, dass er Vater wurde, aber trotz all der Worte, die er kannte und täglich in seinem Leben und seinem Beruf benutzte, wusste er nichts zu sagen.

»Sie ist schwanger.«

»Sag das noch einmal.« Dare lehnte sich mit aufgerissenen Augen weiter zu ihm.

»Mein Mädchen ist schwanger.« Er hatte Melody eigentlich nicht als sein Mädchen bezeichnen wollen, aber andererseits fühlte es sich richtig an. Sie hatten weder darüber gesprochen, was das Baby für sie beide bedeuten würde, noch welchen Einfluss es auf ihre wie auch immer geartete Beziehung haben mochte, aber mit dem neuen Leben, das sie beide gezeugt hatten, hatte sich alles verändert. Sie würden für immer verbunden sein, gleichgültig, was die Zukunft brachte. Und das hätte ihm eigentlich mächtig Angst einjagen müssen, aber das war nicht der Fall. Nein, es gab ihm sogar ... ein Ziel. Aber nein, er war sich nicht einmal sicher, ob das das richtige Wort war.

Er hatte so lange das Gefühl gehabt, hinterherzuhinken und dass alles gleichzeitig geschah, dass er jetzt nicht so recht wusste, was er denken sollte. Denn die Tatsache, dass Melody schwanger war, hatte er noch nicht wirklich realisiert. Er konnte das Wort zwar aussprechen und versuchen, über die Auswirkungen nachzudenken, aber es fühlte sich noch nicht real an. Dazu kam noch die Tatsache, dass er jedes Mal, wenn er in Melodys Nähe war, nicht anders konnte, als sie zu begehren, als sie in seinem Leben haben zu wollen. Und er wusste, dass er, verdammt noch mal, langsamer machen und seine Gedanken ordnen musste. Denn mittlerweile begann er bereits, sich selbst zu fürchten, und er wusste, dass er ebenso leicht Melody vergraulen konnte, wenn sie die Gedanken kennen würde, die mit Affengeschwindigkeit durch seinen Kopf rasten.

»Was?« Dares Stimme riss Fox aus seinen Gedanken. »Wer ist schwanger? Melody? Sie ist dein Mädchen? Wann zum Teufel ist all das geschehen? Hast du gesagt *schwanger*? Oh Gott, ich glaube, ich muss mich setzen.«

»Wenn du deine Stimme senken könntest, wäre ich dir sehr dankbar. Wir haben es bis jetzt noch niemand anderem mitgeteilt, auch wenn sie gesagt hat, ich könnte es euch beiden erzählen. Und immerhin halten wir uns an einem Ort mit Publikumsverkehr auf, auch wenn im Augenblick niemand in unserer Nähe ist. Wenn du also aufhören könntest, das gewisse Wort herauszuschreien, wäre das sehr hilfreich.«

»Sie ist dein Mädchen?«

Fox drehte sich zu Lochlan herum. Ihm blieb der

Mund offen stehen. »Das hast du meinen Enthüllungen entnommen? Dass ich Melody mein Mädchen genannt habe? Ich glaube doch, dass ich etwas viel Wichtigeres gesagt habe, das du irgendwie übergangen hast.«

»Ich übergehe nichts. Ich versuche nur herauszufinden, was genau Sache ist. Dare sitzt dort drüben und sieht aus, als bekäme er gleich einen Schlaganfall, und ich bin nicht weit davon entfernt. Also mal langsam. Sie ist dein Mädchen?«

Das waren wahrscheinlich die meisten Worte, die sein Bruder jemals in einem vollen Satz, ohne Luft zu holen, ausgesprochen hatte.

»Wisst ihr was, vergesst es, kommt mit in mein Büro. Ich möchte wirklich nicht den Gästen erzählen müssen, warum ich ausflippe und warum es den Anschein macht, als würde Fox unentwegt auf sein Getränk starren – alkoholfrei übrigens – und sich so verhalten, als wäre nichts geschehen.«

Fox hielt das für eine gute Idee und folgte Lochlan und Dare in dessen Büro. Er konnte kaum glauben, dass er auf diese Art mit der Neuigkeit herausgeplatzt war, und er hatte keine Ahnung, was er jetzt sagen sollte. Aber natürlich konnte er jetzt nicht alles zurückdrehen und so tun, als wäre nichts geschehen. Er konnte nicht so tun, als wäre Melody nicht schwanger. Er konnte nicht so tun, als hätte ihre einzige gemeinsame Nacht keine anderen Folgen gehabt als den Kater am nächsten Morgen. Und er konnte auch nicht so tun, als könnte er leicht allein herausfinden, was der nächste Schritt wäre. Seine Familie stand ihm aus gutem Grund nahe und er musste einfach nur mit seinen Brüdern reden. Danach würde er den Mut finden, mit seiner Schwester und seinen Eltern zu sprechen. Und dann, vielleicht, würde er herausfinden, wie er mit Melody reden konnte. Er hatte schon vorher, bevor sich alles verändert hatte, überlegt, wie er in ihr Leben gelangen konnte, und er wusste, dass das jetzt viel schwerer werden würde. Also ja, er musste mit seinen Brüdern reden und seine Gedanken ordnen, damit er keinen Fehler beging und sich wie ein verdammtes Arschloch benahm. Denn wenn Fox gestresst und verwirrt war, verwandelte er sich in genau das. Und er hatte keine Lust, ein solcher Mann zu sein.

Und auch nicht ein solcher Vater.

Oh Gott. *Vater.* Er wiederholte das Wort im Stillen immer und immer wieder und jetzt hatte er Magenschmerzen. Als er sich auf einem der Stühle im Büro seines Bruders niederließ, reichte Dare ihm ein Glas Whiskey, Gott sei's gedankt. Fox klammerte sich daran, als würde es ihm das Leben retten.

»In einem Zug.« Dare blickte ihm in die Augen und Fox sah die Panik darin, die jedoch wahrscheinlich nur ein Bruchteil derjenigen war, die sich in seinen eigenen Augen widerspiegeln musste. Denn je mehr er die Situation realisierte, desto lieber wäre er schreiend davongelaufen.

Seine beiden Brüder hielten ihre Gläser in die Höhe und alle drei leerten die kleinen Gläschen in einem Zug. Das Brennen fühlte sich verdammt gut an in seiner Kehle. Der rauchige Geschmack zeugte von Perfektion. Sicher, es handelte sich um den Whiskey seines Bruders, der für jede Situation den richtigen Geschmack bot. Dies war etwas, das seine Familie beherrschte und für das die Stadt berühmt war. Ihren Whiskey. Er hätte niemals gedacht, dass er ihn eines Tages brauchen würde, weil er sich beruhigen musste, nachdem er erfahren hatte, dass er eine Frau bei einem One-Night-Stand geschwängert hatte. Er war wirklich ein Trottel.

»Du wirst uns die Lage Schritt für Schritt erklären müssen«, bemerkte Lochlan schwerfällig an Fox' anderer Seite.

»Und langsam«, ergänzte Dare.

»Also, ich habe Melody an jenem Abend hier kennengelernt. Ich wusste weder, dass sie hierherziehen würde, noch glaube ich, dass sie wusste, dass ich hier lebe, bis die Nacht halb herum war. Wir tranken zu viel Whiskey und dann sind wir zu mir gegangen. Ich werde euch keine Einzelheiten verraten, aber unnötig zu sagen: Es war göttlich.«

Glücklicherweise verzichteten seine Brüder auf eine Bemerkung, aber sie prosteten ihm mit ihren leeren Gläsern zu.

»Ich glaubte, sie nie wiederzusehen, obwohl ich es mir irgendwie wünschte. Ich weiß nicht einmal, was das zu bedeuten hat, und jetzt bin ich noch verwirrter, aber ich schweife ab. Drei Monate später tauchte sie wieder in unserer Stadt auf und ich erfuhr, dass sie hierhergezogen war. Ihr wisst, dass sie Miss Pearls Enkelin ist und dass sie ein Tanzstudio eröffnen wird. Wir beide sind langsam Freunde geworden, weil ich sie tatsächlich wirklich mag, und ja, der Sex war fantastisch, aber ich mag sie auch als Mensch. Und dann, offensichtlich während des ersten Besuchs von Kenzie und Ainsley im Tanzstudio, wurde Melody ohnmächtig und die beiden brachten sie ins Krankenhaus, wo ihr mitgeteilt wurde, sie sei schwanger. Die Mädels wissen nichts von der Schwangerschaft, weil sie es mir und ihrer Großmutter zuerst erzählen wollte, aber ja, Melody ist schwanger. Sie wird mein Baby bekommen. Und sie ist weiter als im dritten Monat, was bedeutet, dass mir sogar noch weniger Zeit bleibt als üblich, um herauszufinden, was ich tun soll. Was zur Hölle *wir* tun werden. Mit anderen Worten, ich flippe aus, und ich glaube, ich brauche noch ein Glas Whiskey.«

Ohne ein Wort schenkte Dare allen dreien ein

weiteres Glas ein. Fox wusste, dass Lochlan später am Abend noch arbeiten musste und Dare Dienst hatte und keiner von beiden normalerweise während der Arbeit trank. Aber herauszufinden, dass einer von ihnen Vater wurde, war ein guter Grund, um einen zu heben. Sie kippten die kleinen Gläser wie die erste Runde hinunter und diesmal brannte es ein bisschen weniger. Dann setzte Fox sein Glas ab und schüttelte den Kopf, als Dare die Flasche mit dem Rest in die Höhe hielt.

»Der Whiskey hat mich immerhin in diese Lage gebracht. Ich denke, zwei Gläser sind mehr als genug.«

»Da hast du recht.« Dare räumte die Flasche beiseite, dann verschränkte er die Arme vor der Brust, ganz so, wie Lochlan es gerade tat. Fox saß auf dem Stuhl, die Ellbogen auf den Knien und den Kopf in den Händen.

»Ich habe keine Ahnung, was ich tun soll.«

»Eins wirst du mit Sicherheit tun«, sagte Lochlan leise. »Vater werden. Ich werde dich nicht fragen, ob du tatsächlich glaubst, dass das Baby deins ist, weil du nicht leichtgläubig bist. Du hast gesehen, wie Dare und ich durch die Hölle gegangen sind wegen unserer Kinder, und ich weiß, du wirst versuchen, es besser zu machen als wir.«

»Das wird nicht schwer sein, weil ich aufgrund meiner Verletzung und meines Jobs ziemliche Schwierigkeiten hatte, das Sorgerecht zu bekommen.« Dare schüttelte den Kopf, sagte jedoch nichts mehr. Fox konnte ihm keinen Vorwurf daraus machen, denn sein Bruder hatte eine Weile gebraucht, um über alles hinwegzukommen, was geschehen war.

»Ich glaube ihr. Und falls wir wirklich Ergebnisse oder Tests oder Ähnliches brauchen, bin ich mir sicher, dass wir das hinbekommen. Aber ihr habt sie nicht gesehen, Jungs. Sie sah ebenso blass und verängstigt aus wie ich jetzt. Sie kam hierher, um ein neues Leben zu beginnen und ihr Tanzstudio zu eröffnen, und jetzt ist sie schwanger, weil wir beide, sie und ich, die Hände nicht voneinander lassen konnten. Ich habe keine Ahnung, was ich tun werde, und ich habe keine Ahnung, was wir beide tun werden. Aber am Ende werden wir etwas tun müssen. Weil sie schwanger ist. Und die Monate werden schnell verstreichen.«

»Nun, du bist nicht allein.« Fox nickte zu Lochlans Worten. Es gab wirklich nicht mehr zu sagen, weil hinter diesen Worten ein Versprechen steckte, das alles bedeutete.

»Und ich nehme an, du weißt es erst seit wahrscheinlich weniger als einem Tag. Du musst jetzt noch nicht alle Antworten haben. Und ich bin mir sicher, dass noch mehr Fragen auftauchen werden, bevor du noch die erste Antwort gefunden hast, aber wie Lochlan bereits sagte, du bist nicht allein. Und du weißt, dass Mom und Dad vor Freude außer sich sein werden bei dem Gedanken, ein weiteres Enkelkind zu bekommen. Und da Tabby auch schwanger ist, werden sie Cousins oder Cousinen sein, was sie noch mehr begeistern wird ... auch wenn es Ängste weckt. Aber Fox, du wirst Vater. Das ist wirklich großartig.«

Fox lächelte, dann lehnte er sich zurück und grinste mit seinen Brüdern um die Wette. Denn ja, bald würde alles noch komplizierter werden, aber die Tatsache, dass er Vater wurde ... war verdammt großartig.

KAPITEL VIERZEHN

M elody musste einfach in den sauren Apfel
beißen und die Sache hinter sich bringen.
Denn je mehr sie sich in sich selbst verkroch, desto
schlimmer würde es werden, wenn die Zeit gekommen
war. Zumindest hatte sie das nach so vielen Jahren
gelernt, in denen sie nicht gerade der beste Mensch
gewesen war. Sie hasste es, zu lügen und Geheimnisse
zu haben, und das bedeutete, dass sie ihrer Großmutter
von dem Baby erzählen musste. Denn das änderte alles.

Sie war in die Stadt gekommen, weil ihre Großmutter gesagt hatte, dass sie sie brauchte, auch wenn
Melody sich immer noch nicht hundertprozentig
sicher war, ob das der Fall war. Sie war auch in die
Stadt gekommen, um ihr eigenes Studio zu eröffnen,
und all das konnte scheitern wegen des Babys, das in
ihr heranwuchs.

Sie legte eine Hand auf ihren Bauch und stieß die Luft aus. *Es ist nicht die Schuld des Babys*, dachte sie. Aber der Zeitpunkt war schlecht gewählt.

Fox erzählte seinen Brüdern heute Abend von der Schwangerschaft und jetzt war sie an der Reihe, es ihrer Großmutter zu sagen. Sie hatte das Gefühl, dass ihre Großmutter bereits wusste, dass etwas nicht stimmte, aber Melody dachte sich, dass sie das auf keinen Fall erraten konnte.

Sie bemühte sich, ihre Nervosität abzuschütteln, und verließ ihr Zimmer, um sich auf den Weg durch das Haus zu begeben, zu dem Raum, in dem ihre Großmutter am Kamin saß, in dem ein kleines Feuer brannte, und ein Buch las.

Grandma Pearl war einst ein Showgirl gewesen und in Melodys Augen das eleganteste von allen. Jetzt sah ihre Großmutter aus, als gehörte sie ins England des beginnenden neunzehnten Jahrhunderts, in einem Buch lesend oder an einer Stickerei arbeitend, während sie auf den Tee wartete, nachdem sie nach dem Butler geklingelt hatte. Wenn das alles so stimmte. Die einzigen wirklichen Informationen über die Regency-Ära, die sie kannte, stammten aus Liebesromanen, und normalerweise schenkte sie den Herzögen mehr Aufmerksamkeit als dem Tee.

»Wenn du mir nicht sagst, was du auf dem Herzen hast, muss ich raten, und wir wissen beide, dass das furchtbar enden kann. Ich vermute, du willst mich verlassen, um zum Zirkus zu gehen und dich von Kopf bis Fuß tätowieren zu lassen. Nicht dass daran etwas auszusetzen wäre, aber vielleicht sollte ich dir das ausreden, damit du in Whiskey bleiben kannst.«

Melody musste unwillkürlich grinsen und setzte sich ihrer Großmutter gegenüber. »Habe ich mich in letzter Zeit schon bedankt? Danke, dass ich bei dir wohnen darf. Danke, dass du mir auch früher schon so oft angeboten hast, bei dir zu wohnen, obwohl ich es nicht verdient habe. Danke, dass du mir immer Blumen geschickt hast und zu all meinen Konzerten und Aufführungen im Juilliard-Konservatorium gekommen bist. Danke, dass du an mich geglaubt hast, als ich sagte, ich wollte ein Tanzstudio in einer Kleinstadt eröffnen, in der ich neu bin. Danke, dass du dieses Haus für mich zu einem Zuhause gemacht hast. Habe ich dir das alles in letzter Zeit einmal gesagt?«

Ihre Großmutter lächelte sanft; eine einzelne Träne lief ihr über die Wange. Melody hasste es, das zu sehen, also stand sie schnell auf und nahm ein Taschentuch vom Beistelltisch, um das Gesicht ihrer Großmutter abzuwischen.

»Nicht weinen.« *Bitte weine nicht, denn du könntest bald wirklich einen Grund zum Weinen haben, wenn ich dir sage, dass ich schwanger bin, obwohl ich unverheiratet bin.* Nicht dass ihre Großmutter sehr traditionell gewesen wäre, aber in solchen Situationen konnte man nie wissen.

»Ich weine, wann ich es will. Denn, ja, du hast dich kürzlich bedankt. Du findest immer einen Weg, dich zu bedanken, auch ohne Worte. Aber deine Worte waren wunderschön und ich liebe dich so sehr, Melody. Ich bin so froh, dass du endlich hier bist. Es ist, als hätte mein Zuhause auf dich gewartet. Du passt genau hierher. Und jetzt, warum sagst du mir nicht, was du auf dem Herzen hast, denn ich weiß, dass du dich nicht nur bedanken wolltest. Irgendetwas stimmt nicht, Baby. Du kannst es mir sagen. Ich verspreche dir, dass ich für dich da sein werde, egal was passiert.«

Diesmal war es Melody, die ein paar Tränen vergoss, aber sie machte sich nicht die Mühe, sie wegzuwischen. Sie hatte das Gefühl, dass es bald noch mehr sein würden.

»Ich weiß nicht, wie ich es dir sagen soll, also werde ich es einfach aussprechen.« Sie holte tief Luft. »Ich bin schwanger.«

Ihre Großmutter blinzelte ein paarmal, dann nickte sie. »Jetzt ergeben deine Übelkeit und dein kurzer Krankenhausbesuch, von dem du mir nichts erzählt hast, einen Sinn. Geht es dir gut? Fühlst du dich gut?«

Melody saß eine Sekunde lang da und versuchte zu begreifen, was genau gerade passiert war. »Wie um alles in der Welt hast du herausgefunden, dass ich im Krankenhaus war? Gibt es da nicht so eine Art Schweigepflicht Patienten gegenüber?«

Ihre Großmutter rollte mit den Augen, als wäre sie so alt wie Melody oder jünger. Die Bewegung zeigte so viel Ähnlichkeit mit ihrer eigenen Gestik, dass Melody das kleine Lächeln nicht unterdrücken konnte, das ihre Lippen umspielte, obwohl ihre Nerven gereizter waren denn je.

»Dein Arzt hat mir nichts gesagt, falls du dir deswegen Sorgen machst. Eine Freundin war dort, um ein Rezept abzuholen, und hat dich zufällig gesehen. Denk daran, meine Enkelin, ich habe überall Ohren und Augen. Ich sehe und weiß alles. Das ist das Geheimnis der Miss Pearl.«

Sie wedelte mit den Armen vor ihrem Gesicht herum, als wäre sie ein Starlet aus den fünfziger Jahren, und beide brachen in leises Gelächter aus. Dann stand ihre Großmutter auf und setzte sich neben Melody auf das kleine Sofa.

»Du bist schwanger. Du bekommst ein Baby. Ich werde eine Urgroßmutter sein. Wahrscheinlich die hinreißendste Urgroßmutter, die es gibt, aber das tut nichts zur Sache. Wirklich, wie fühlst du dich?«

»Als müsste ich mich übergeben, aber ich weiß nicht, ob das an der Morgenübelkeit liegt, die ja nicht nur morgens auftritt, oder an der Tatsache, dass alles gleichzeitig passiert. Ich fühle mich überfordert.«

»Nun, das ist logisch. Es wäre keine Schwangerschaft, wenn du nicht das Gefühl hättest, dich alle fünf Minuten übergeben zu müssen. Und da du es gerade erst erfahren hast, nehme ich an, dass du es noch nicht wirklich realisiert und mehr Fragen als Antworten hast. Und noch mehr Fragen, von denen du noch nicht einmal weißt, dass du sie stellen solltest. Was hat Fox dazu zu sagen?«

Melody erstarrte. »Fox?«

»Ja, Fox.« Ihre Großmutter tätschelte ihr die Hand. »Du weißt doch, der Vater deines Kindes. Es gibt nur einen Mann in dieser Stadt, bei dem ich gesehen habe, dass du Tränen über ihn vergossen hast. Und ich muss nicht alle Einzelheiten wissen, obwohl du sie mir erzählen kannst. Ich habe wahrscheinlich mehr gesehen und getan, als du dir je erträumen könntest, aber das ist etwas für den nächsten Leitartikel.« Sie zwinkerte und Melody lachte wieder. »Aber ja, Fox. Ich habe gesehen, wie ihr beide euch angeschaut habt. Und dieser Blick hatte nichts mit einer ersten Begegnung und einer einfachen Verliebtheit zu tun. Und der Zeitplan macht auch Sinn. Also, was hat Fox zu sagen?«

Grandma Pearl sah und wusste wirklich alles. Melody hätte wissen müssen, dass sie ihre Gefühle für

Fox, wie auch immer sie beschaffen sein mochten, nicht lange vor ihrer Großmutter würde verbergen können. Aber es stellte sich heraus, dass sie sie überhaupt nicht versteckt hatte.

»Er ist fürsorglich. Mehr weiß ich wirklich nicht, außer dass er so gestammelt hat wie ich und gesagt hat, dass er für das Baby und mich da sein wird, egal was passiert. Wir hatten noch keine Gelegenheit, über alle Einzelheiten zu sprechen, was das bedeutet, denn ich kenne die Details nicht oder so. Ich hätte nie gedacht, dass ich mal Mutter werde. Nicht dass ich dachte, ich würde keine Mutter sein. Mein Leben drehte sich eher um das Tanzen und als sich das dann änderte, passte es nicht so recht ins Bild, eine Familie zu haben. Und ein Baby mit einem Mann zu bekommen, den ich nur flüchtig kenne und mit dem ich nur einmal zusammen war? Ich habe das Gefühl, dass ich zwei Schritte hinterherhinke und nicht mehr aufholen kann.«

Ihre Großmutter legte Melody einen Arm um die Schultern und drückte sie fest an sich. »Als ich erfuhr, dass ich mit deiner Mutter schwanger war, dachte ich, meine Welt bräche zusammen. Und doch begann sie gleichzeitig zu erblühen. Sie war eine Überraschung, aber auf keinen Fall ein Fehler. Und ich habe das Gefühl, dass es dir vielleicht auch so geht. Nimm dir also ein paar Tage Zeit, um dich im Chaos zu suhlen, und dann sei die Frau, von der ich weiß, dass du es bist, und stelle dich der Verantwortung. Du wirst Fehler machen. Gerade so wie ich. Aber ich weiß, dass du eine wunderbare Mutter sein wirst, weil du durch die Hölle und zurück gegangen bist und weißt, was es heißt, falsche Entscheidungen zu treffen. Du wirst dafür sorgen, dass deine Kinder nie solche Entscheidungen treffen müssen wie du. Diese Babys werden nie das Gefühl haben, nicht genug zu sein. Also nimm dir Zeit zum Durchatmen, tu, was du tun musst, um vorbereitet zu sein, und dann finde heraus, was du von dem Vater deines Kindes willst – dem Mann, der dich betrachtet, als wollte er dich verschlingen. Denn, Baby, mir ist dieser Blick nicht entgangen und ich habe das Gefühl, dir auch nicht.«

Seltsam erleichtert unterhielt Melody sich noch ein paar Augenblicke mit ihrer Großmutter und dann war es für Grandma Pearl an der Zeit, mit ihrer abendlichen Routine zu beginnen und zu Bett zu gehen. Es war zwar noch früh, aber ihrer Großmutter gefiel es, im Bett zu lesen und sich dabei eine Gesichtsmaske aufzulegen. Melody versuchte, sich die gleiche Routine anzueignen, denn sie hätte auch gern eine solche Haut gehabt, wenn sie in das Alter ihrer Großmutter käme.

Gerade als ihre Großmutter die Treppe hochging, klingelte es an der Haustür und der Gong erschreckte sie. Melody winkte ihr abwehrend zu, sodass sie nicht wieder hinabsteigen musste. Sie wusste nicht, wer zu dieser abendlichen Stunde zum Haus kommen mochte, aber vielleicht war es Fox. Sie mussten miteinander reden und falls er so durcheinander war wie sie, dann wäre es nur verständlich, wenn er ohne Voranmeldung auftauchen würde. Aber als sie die Tür öffnete, stand nicht Fox davor.

»Kenzie. Ainsley. Hallo.«

Kenzie verzog das Gesicht und Ainsley winkte. »Entschuldige, dass wir unangemeldet hier auftauchen.«

»Aber Fox hat uns die Neuigkeiten erzählt. Ich weiß nicht, ob er das tun durfte, aber wir haben die Jungs überrascht, als sie miteinander geredet haben, als teilten sie ein Geheimnis. Und wir sind wirklich gut darin, Informationen aus jemandem herauszubekommen. Also entschuldige, aber wir haben ihn dazu gebracht, mit der Sprache herauszurücken, aber wir sind für dich da.« Ainsley strahlte und sah hinreißend aus.

»Oh.« Melodys Mund wurde trocken. »Ihr wisst es.«

Kenzie nickte, dann breitete sie die Arme aus. »Ja. Und wir sind hier, um einen Frauenabend abzuhalten, also umarme mich, und dann können wir reden und Junkfood essen oder wir setzen uns und schauen uns Filme an.«

Und weil diese Stadt in Gestalt dieser beiden

Frauen ihr wieder einmal das Herz geöffnet hatte, warf Melody sich geradewegs in Kenzies Arme und drückte diese fest an sich. Ainsley umarmte sie von hinten. So standen die drei Frauen auf Melodys Veranda, ohne ein Wort zu sagen, und doch so beredt.

Melody mochte zwar nicht wissen, was sie bezüglich ihrer Mutterschaft tun würde, und sie hatte keine Ahnung, was sie mit ihrer Beziehung zu Fox tun sollte, aber dass sie von zwei starken Frauen umarmt wurde und das Wissen, dass die stärkste Frau, die sie kannte, sich oben im Haus befand, bedeutete, dass sie nicht allein war. Und das mochte für jemand anderen vielleicht nicht viel bedeuten, aber für einen Menschen wie sie, der keinen einzigen Freund besaß – jedenfalls nicht wirklich –, weil sie zu beschäftigt mit Tanzwettbewerben gewesen war, bedeutete es alles.

Und als die drei sich aus der Umarmung lösten, bat sie ihre neuen Freundinnen ins Haus und hörte ihnen zu, wie sie über alles und nichts plauderten. Und dabei redeten sie tatsächlich nicht darüber, warum sie eigentlich gekommen waren. Irgendwie wussten sie einfach, dass sie erst einmal zu Atem kommen musste. Irgendwie.

Da summte ihr Telefon.

Fox: *Die Mädels sind auf dem Weg zu dir oder vielleicht sogar schon da. Ich wollte nicht, dass du allein* *bist, und dachte mir, dass du Abstand von mir brauchst, um nachzudenken.*

Eigentlich gar nicht so abwegig, dachte Melody. Der Mann kannte sie besser, als sie es für möglich gehalten hatte. Dabei hatten sie bisher meist nur per SMS kommuniziert und waren erst kurze Zeit im Leben des anderen. Sie wusste, das konnte gefährlich sein, aber sie wusste auch, dass sie auf jeden Fall das Risiko eingehen würde. Zumindest vorerst.

Melody: *Danke. Sie kümmern sich um mich.*

Fox: *Gut. Es sind großartige Frauen. Zwei der besten in meinem Leben. Ich bin froh, dass du nicht allein bist. Sehen wir uns morgen?*

Die Mädels beobachteten sie, während sie tippte, und sie wusste, sie würde ihnen später alles erzählen, aber vorerst ignorierte sie die beiden und wandte ihre ganze Aufmerksamkeit ihrem Handy und Fox zu. Wollte sie ihn morgen sehen? Natürlich. Und nicht nur, weil ihrer beider Leben für immer miteinander verbunden war. Sie hatte bereits zuvor mehr über ihn wissen wollen und jetzt, nachdem sich alles geändert hatte, würde die Zeit mit ihm anderer Art sein, wie die Dinge nun einmal standen. Aber sie wollte ihn immer noch besser kennenlernen. Wollte den Mann kennenlernen, der der Vater ihres Kindes war. Wollte den Mann selbst kennenlernen.

Also schrieb sie, dass sie sich morgen mit ihm

treffen wolle, wohl wissend, dass sie damit womöglich einen Schritt in etwas wagten, dass ihnen beiden wehtun konnte oder zumindest alles veränderte. Sie hatte keine Antworten. Wie sich herausstellte, wusste sie auf vieles keine Antwort. Da ihr bewusst wurde, dass sie sich die meiste Zeit ihres Lebens auf etwas konzentriert hatte, das sich als falsch für ihre Seele herausgestellt hatte, mochte es vielleicht an der Zeit sein herauszufinden, wer dieser neue Mensch im Spiegel war und wie sich Fox und ihre neue Zukunft miteinander vereinbaren ließen.

KAPITEL FÜNFZEHN

Fox hätte wahrscheinlich nicht so nervös sein sollen, Melody die Stadt zu zeigen, wenn er bedachte, dass sie bereits zusammen geschlafen und Zeit miteinander verbracht hatten, aber trotzdem war er total nervös. Nachdem er seinen Brüdern die Neuigkeit mitgeteilt hatte, waren kurz darauf Kenzie und Ainsley aufgetaucht und hatten unbedingt wissen wollen, was die drei Collins-Brüder so durcheinanderbrachte. Und da Dare vor seiner Frau keine Geheimnisse haben wollte und Lochlan mit seiner besten Freundin eine gewisse, wenn auch merkwürdige Beziehung unterhielt, verzichtete Fox darauf, sein Geheimnis zu wahren.

Die beiden hatten einen Augenblick geschockt ausgesehen, doch dann hatten sie schrill aufgeschrien und ihn umarmt. Danach hatten sie die drei Männer allein gelassen, weil sie mit Melody reden wollten. Sicher, es war auch seine Idee gewesen, weil er nicht wollte, dass Melody allein war, während *er* seine Familie um sich hatte, aber die Mädels taten so, als wäre es ihre Idee gewesen. Es machte ihm nichts aus, denn Melody hatte nur ihre Großmutter und er hatte so viel mehr Menschen in seinem Leben. Und das bedeutete, dass ihm viel mehr Schultern zur Verfügung standen, an die er sich anlehnen konnte. Und obwohl er Melody gern seine Schulter zum Anlehnen angeboten hätte, hatte er am gestrigen Abend das Gefühl gehabt, dass sie beide etwas Abstand brauchten. Zumindest *sie* hatte wahrscheinlich Abstand von ihm gebraucht. Er mochte sich irren, aber da er die Mädels zu ihr geschickt hatte, hatte er zumindest die Gewissheit gehabt, dass sie nicht allein war.

Und jetzt war Melody auf dem Weg zu seinem Büro, sodass sie ein spätes Mittagessen/frühes Abendessen zusammen einnehmen und er ihr die Stadt zeigen konnte. Mittlerweile lebte sie bereits zwar eine geraume Weile in Whiskey und war zuvor zu Besuch hier gewesen, aber sie hatte gesagt, dass sie einige der kleinen Geschichten nicht kannte, die jeder Häuserblock und jedes Haus zu bieten hatten. Sie mochte zwar die Touristenversion der Geschichten über den Schwarzhandel mit Alkohol kennen, aber über

Whiskey gab es so viel mehr zu berichten als nur die Geschichte über ihre Namensgebung.

Die große Eröffnung ihres Tanzstudios stand kurz bevor und er wusste, sie war mehr als nervös und überfordert. Er hatte ihr zwar Hilfe angeboten, aber bis jetzt hatte sie ihm lediglich gestattet, eine Anzeige in seine Zeitung zu setzen, für die sie ohnehin bezahlt hatte. Sie hatte vor, eine Party zu geben, um ihre neuen Schüler und das Studio selbst zu feiern. Sie fand, es wäre eine großartige Gelegenheit für die anderen, sie kennenzulernen, und für sie selbst eine Möglichkeit zu sehen, wer an ihren Kursen teilnehmen würde. Fox würde ihr als Laufbursche dienen, was ihm nichts ausmachte. Auch Lochlan hatte sich angeboten, obwohl er auch als Vater einer ihrer Tanzschüler auftrat. Fox hatte das Gefühl, seine ganze Familie würde auftauchen und dafür sorgen, dass Melody keinen einzigen Augenblick allein wäre. Sie hatte keine Ahnung, was sie sich eingehandelt hatte, als sie mit ihm geschlafen hatte, allerdings galt das Gleiche für ihn. Er hatte nicht gewusst, dass er die interessanteste, intelligenteste, heißeste Frau finden würde, auf die er jemals hatte hoffen können. Und er war froh, dass sie sich am heutigen Nachmittag besser kennenlernen konnten.

Und das bedeutete, dass er dafür sorgen musste, dass sie den Nachmittag genoss. Denn wenn er heute den Eindruck erweckte, die Stadt wäre ein langweiliger, öder Ort, mochte sie auch ihn für langweilig und öde halten und ihn nie wiedersehen wollen. Zur Hölle, er klang ja, als ginge er wieder zur Highschool und sorgte sich darum, was die Mädchen über ihn und seine dürren Gliedmaßen dachten. Er mochte zwar bezüglich der Muskelmasse zugelegt haben, aber was seine Nerven betraf, hatte sich augenscheinlich nicht viel geändert.

Melody hatte gesagt, sie würde sich vor dem Büro mit ihm treffen, um ihn nicht bei der Arbeit zu stören. Und da es Zeit wurde, packte Fox seine Sachen zusammen und ging an den Schreibtischen seiner Reporter vorbei zur Tür. Nancy blickte auf und zog die Brauen zusammen, bevor sie sich wieder ihrer Arbeit zuwandte. Er konnte kaum widerstehen, die Augen zu verdrehen. Sie würden einen neuen Weg der Zusammenarbeit finden müssen, besonders wenn sie sich weiter so verhielt, als könnte sie alles schreiben, was sie wollte, und so lang, wie sie wollte. Manchmal hasste er es wirklich, den Boss heraushängen lassen zu müssen.

Er hatte das Gefühl, dass Nancy nicht mehr lange bei seiner Zeitung bleiben würde. Er hatte zwar nicht vor, sie zu feuern, weil sie verdammt gute Arbeit leistete, aber er nahm an, dass die kleine Stadt ihr nicht reichte. Am Ende würde sie zu einer größeren Zeitung mit größeren Schlagzeilen wechseln und er fand das in Ordnung. Whiskey war nicht jedermanns Sache – weder die Stadt noch das Getränk.

Als er aus dem Gebäude trat, stand Melody auf dem Bürgersteig. Sie trug Leggings, Ballerinas und eine Art Tunika, die in der Taille geschnürt war und ihre Figur zeigte. Er hatte immer gewusst, dass sie sexy war. Er hatte ihre süßen Kurven unter seinen Händen gespürt, aber in diesem Augenblick dachte er unwillkürlich, sie wäre noch heißer als sonst. Und ja, er konnte sich weder zurückhalten, den Blick zu ihrem Bauch wandern zu lassen, noch konnte er die Wärme ignorieren, die in ihm aufstieg. Ja, sie war nervös und hatte Angst, aber auch er war verdammt aufgeregt. Sie würden ein Baby haben. Er liebte Kinder. Er hatte geglaubt, dass er zu diesem Zeitpunkt in seinem Leben eigene Kinder haben würde. Die Tatsache, dass Melody sein Kind bekommen würde, gab ihm das Gefühl, ein Neandertaler zu sein, denn am liebsten hätte er mit den Fäusten gegen seine Brust getrommelt und damit geprahlt, dass er dies vollbracht hatte. Und deshalb würde er auch niemals, niemals Melody diese Gedankenkette verraten.

»Hallo. Ich freue mich, dass du gekommen bist.«

Als Melody seine Stimme hörte, drehte sie sich herum. Ihre Augen begannen zu strahlen. Er war froh darüber, denn sie hätte ebenso gut aus Furcht oder

Ähnlichem zurückschrecken können. Er war ungeheuer nervös, was den kommenden Nachmittag anbelangte, und hoffte, er würde nicht alles vermasseln.

»Ich bin auch froh, dass ich gekommen bin. Ich möchte gern mehr über die Stadt erfahren, da ich vorhabe, lange hierzubleiben. Und ein Spaziergang kommt mir gerade recht. Ich habe mich viel zu lange im Studio aufgehalten und ich glaube, ich bin jeden einzelnen Schritt durchgegangen. Es ist alles fertig und ich bin so schrecklich nervös wegen morgen.« Sie legte eine Hand auf ihren Bauch und er konnte den Blick nicht abwenden. Am liebsten hätte er seine Hand auf ihre gelegt, aber er hatte das Gefühl, keiner von ihnen wäre schon bereit dazu. Oder vielleicht waren sie doch so weit und er hatte einfach nur Angst.

»Ich habe das Studio doch gesehen, erinnerst du dich? Es sieht großartig aus und du wirst großartig sein.«

»Das sagst du so, aber durch die Schwangerschaft ändert sich alles.«

Er beherrschte sich, nicht zusammenzuzucken, da er wusste, dass es wahrscheinlich nicht gerade leicht war, als Schwangere die Rolle der Tanzlehrerin einzunehmen. Aber andererseits wusste er nicht, wie ihr Alltag aussah – und das wollte er ändern.

»Wir werden eine Lösung finden. Denk immer daran, dass du nicht allein bist. Wir beide bekommen das Baby. Also sind wir beide es, die einen Plan entwerfen werden. Aber zuerst erlaube mir, dir Whiskey zu zeigen. Wenn du die Stadt besser kennenlernst und wenn die Stadt dich morgen ihrerseits noch besser kennenlernt, wirst du dich vielleicht ein wenig geborgener fühlen. Weil, ja, weil ich ebenso nervös bin wie du und nicht weiß, was in den nächsten Monaten auf uns zukommt, aber ich glaube, es wird dir helfen, deine Umgebung zu kennen und vielleicht besser einschätzen zu können. Oder vielleicht schmiere ich dir nur Honig ums Maul, weil ich einen Weg suche, mich mitten am Tag mit dir zu verabreden, obwohl wir beide anderes zu tun haben.«

Da musste Melody lachen und er war froh darüber. »Es ist nicht wirklich mitten am Tag. Du hast dir nur die letzte Stunde freigenommen, und ich glaube, das wird jetzt als Mittagessen gezählt. Es tut mir leid, dass wir es ein paar Stunden nach hinten verschieben mussten, aber ich war im Studio gerade so in Fahrt und wollte das nutzen, verstehst du?«

»Nein, ich verstehe nicht. Ich komme niemals in Fahrt.«

»Doch. An jenem Abend bist du wirklich in Fahrt gekommen. Und ... ich kann nicht glauben, dass ich das gerade laut ausgesprochen habe. Aber es ist ja nicht so, als ignorierten wir, was geschehen ist. Immerhin versuchen wir beide herauszufinden, ob wir als Paar oder als Freunde oder als Co-Eltern oder was auch immer zusammenarbeiten wollen, und ich mache mich einfach nur verrückt. Aber ja, du hast dich bewegt, wirklich gut bewegt.«

Wäre Fox ein Pfau gewesen, hätte er jetzt vor Stolz ein Rad geschlagen. Warum dieses Bild in seinem Kopf auftauchte, wusste er nicht.

»Du hast dich auch ziemlich gut bewegt, Melody. Ich meine ja nur.« Und weil er sich an die Bewegungen erinnerte, presste sein Schwanz sich gegen den Reißverschluss seiner Jeans und er musste sich räuspern. Sie ließ den Blick an seinem Körper hinunterwandern und landete dort, wo seine sichtbare Erektion sich gegen den Jeansstoff drückte. Er konnte sie nicht verbergen und obwohl es ihm hätte peinlich sein müssen, war das nicht der Fall. Denn Melody war diejenige, die das mit ihm gemacht hatte. Er konnte sehen, wie ihre Brustwarzen gegen ihr T-Shirt drückten, und da wusste er, dass er nicht der Einzige war, der erregt war.

Er schluckte heftig und streckte dann seine Hand aus, fest entschlossen, sich nicht zum Narren zu machen und sie direkt auf dem Bürgersteig zu küssen, wo jeder sie sehen konnte. Er hatte ihr eine Stadtführung versprochen und die würde sie auch bekommen.

Und er würde sich bemühen zu lernen, mit einem höllischen Ständer zu gehen.

Da er dank Melody schon ein paarmal in dieser Situation gewesen war, lernte er schnell.

»Bist du bereit für eine Führung durch Whiskey?« Er hoffte, dass seine Stimme ruhig klang und nicht so, als wollte er sie bespringen. Als sie tief Luft holte und seine Hand ergriff, hatte er das Gefühl, der Spaziergang würde am Ende eine Art Folter für sie beide bedeuten.

»Hört sich gut an. Gibt es Geistergeschichten? Die liebe ich nämlich.«

»Ein paar«, erwiderte er, während sie die Straße hinuntergingen, um zur Hauptstraße zu gelangen. »Obwohl ich glaube, die Berühmteste ist die, von der man glaubt, Miss Pearl wäre die Dame in Weiß auf dem Dachboden gewesen.«

Melody riss die Augen auf und lachte. Der Klang füllte ihn aus und zog ihn magisch zu ihr. »Das klingt nach ihr. Wahrscheinlich hat sie sich verkleidet, um die Leute zu ärgern.«

»Und scheinbar habe ich sie an die Geschichte erinnert, als wir uns unterhalten haben, denn sie sagte, vielleicht würde sie es noch einmal tun.« Er blickte sie mit beinahe schmerzhaft verzogenem Gesicht an, aber sie lachte.

»Sie wird mich wahrscheinlich mit hineinziehen und ich werde dann in einem anderen Dachfenster ganz in Weiß erscheinen und dann kann ich auch die Kinder erschrecken.«

»Weißt du, wahrscheinlich wird sie dich in das Kostüm von Schwanensee stecken, damit du stattdessen im Fenster tanzen kannst.« Sie drehten sich herum, damit er ihr die Brücke zeigen konnte, über die sie einfach von Pennsylvania nach New Jersey marschieren konnten. Und in der Mitte wären sie in beiden Staaten gleichzeitig. Die Touristen liebten das.

»Oh Gott, klar, das würde sie tun. Dann müsste ich auf den Zehenspitzen tanzen, denn Grandma macht keine halben Sachen.«

»Setz ihr keine Flausen in den Kopf, denn du weißt, sie wird es tun.« Er drückte ihre Hand und sie lächelte zu ihm auf. »Okay, also dies ist die Hauptbrücke, die uns von Whiskey über den Delaware nach New Jersey bringt. Dies ist die neuere Brücke. Die ursprüngliche aus der Gründungszeit der Stadt musste aus Sicherheitsgründen abgerissen werden, aber auch diese ist ziemlich alt. Und nach ein paar Schritten wirst du in beiden Staaten gleichzeitig stehen können. Und dann müssen wir ein Foto von dir machen, zumindest einmal, wenn du Bürgerin von Whiskey sein willst.«

»Ist es falsch, dass ich mich so für diese Tatsache begeistere? Ich habe das einmal in einem Film gesehen und es für das romantischste Geschenk überhaupt gehalten. Die Hauptdarstellerin war nämlich krank und der Held wollte, dass sich all ihre Wünsche erfüllten.«

Fox drückte ihr wieder die Hand und zog sie an sich, damit andere Leute an ihnen vorbeigehen konnten. Nur eine Seite der Brücke war für Fußgänger vorgesehen, daher konnten sie nicht so viel Platz für sich beanspruchen. Er ließ ihre Hand los, als sie sich an seine Seite schmiegte. Er legte ihr einen Arm um die Schultern und drückte sie fest an sich.

Er liebte es zu spüren, wie sie sich an ihn presste. Der Gedanke, dass diese Frau sein Kind trug, rührte ihn. Er mochte ein Höhlenmensch sein, weil er so dachte, aber das war ihm gleichgültig. Er wollte mehr von diesem, wollte mehr von Melody. Wie viel sie aber von sich geben wollte, konnte er nicht herausfinden, wenn er sie lediglich im Arm hielt. Es würde Zeit brauchen und egal, wie nahe er sich ihr auch fühlte, wie sehr er auch glaubte, sie zu kennen, so waren sie doch immerhin beinahe noch Fremde. Fremde, die ein Baby haben und langsam den Pfad zu einer möglichen Beziehung einschlagen würden. Der Kopf drehte sich ihm, als er dachte, wie schnell sich alles verändert hatte, aber er musste sich daran erinnern, dass er im Augenblick leben musste, egal wie kompliziert es geworden war.

»Fox? Alles in Ordnung? Wir stehen an der Linie.«

Er blinzelte und schob die Gedanken beiseite, die ihn in Schwierigkeiten bringen konnten. Dann küsste er sie auf den Scheitel und blickte auf die Linie hinab, die die Grenze zwischen den beiden Staaten darstellte. Sie standen über dem Delaware, umgeben von Menschen, und doch hielt er in diesem Augenblick seine ganze Welt im Arm.

Wenn ihn das nicht wie ein Schlag traf, dann wusste er nicht, was ihn sonst so hart hätte treffen können.

»Lass uns ein Foto von dir machen.«

»Möchten Sie, dass ich eine Aufnahme von Ihnen beiden mache?«, fragte eine Frau neben ihnen. »Ich hasse es immer, wenn all meine Fotos von dieser Stelle nur meine Füße zeigen und nicht mein Gesicht.«

Fox nickte lächelnd. »Das wäre großartig. Danke.« Er blickte auf Melody hinab. »Bist du bereit, Tourist zu spielen?«

»Klar.« Er reichte der Frau sein Handy und Melody drehte sich in seinen Armen herum, sodass er nun gegen das Geländer lehnte und von hinten die Arme um sie legte. Unbewusst legte er eine Hand auf ihren Bauch. Sie erstarrte für einen Moment, dann fasste sie sich und schlang ihre Hand um seine, sodass sie nun beide ihr Kind umfassten.

Gütiger Himmel.

Ihr Baby. In genau diesem Augenblick formte sich unter seiner Hand ein neues Leben. Als die Frau das Foto von ihnen schoss, wusste er, dass dieser Moment für immer festgehalten war. Und er wusste auch, dass er sich stets daran erinnern würde, wann immer er das Foto oder die Linie sehen würde, und dass ihm innerlich schwindelte, als er Melody in den Armen hielt und es sich anfühlte wie das erste und gleichzeitig das hundertste Mal.

Wie es sich so schnell so richtig anfühlen konnte, wusste er nicht, aber er wusste, dass er sie nicht mehr loslassen wollte. Wieder küsste er sie auf den Scheitel, während er versuchte, die Gefühle und vielleicht sogar den Besitzerinstinkt in den Griff zu bekommen, die in ihm tobten.

Sie erbebte und er hatte das Gefühl, dass auch sie gerade etwas Ähnliches fühlte wie er. Er dankte der Frau und nahm sein Handy entgegen. Dann gingen Melody und er schweigend zur anderen Seite der Brücke. Dort angelangt, kehrten sie wieder um, damit sie ihren Spaziergang durch Whiskey machen konnten. Gerade als er an der Kneipe stehen bleiben wollte, um dort zu Abend zu essen, weil er das Gasthaus seiner Familie bevorzugte und es immer ein Teil seines Lebens sein würde – und nun vielleicht auch ihres Lebens –, obwohl man auch in genügend anderen Restaurants speisen konnte, legte Melody ihm die Hand auf den Arm und hielt ihn zurück.

»Was ist los? Würdest du lieber irgendwo essen, wo du noch nicht gewesen bist? Das wäre nur logisch, aber die Mädels werden heute Abend dort sein, meine

Brüder ebenfalls, und ich dachte, du würdest vielleicht gern mit Leuten zusammen sein, die du kennst. Aber gerade fällt mir auf, dass dies nicht nach einem Rendezvous klingt. Es hört sich anstrengend an. Ich kann dich gern zu einem anderen Restaurant führen. Entschuldige, dass ich dich nicht einmal gefragt habe, ich habe einfach nur Tourist gespielt.«

Sie schüttelte lächelnd den Kopf, aber er fuhr fort: »Was?«

»Du hast dir da gerade vier Probleme eingeredet, die mir nicht einmal in den Sinn gekommen sind angesichts dessen, was du vorhattest. Der Nachmittag heute hat mir sehr gefallen und obwohl es sich eigentlich seltsam und peinlich hätte anfühlen müssen, da es praktisch unser erstes Rendezvous ist, war das nicht der Fall. Ich genieße den Abend, aber ich bin auch ein bisschen müde.« Sie hob eine Hand in die Höhe, um ihn davon abzuhalten, wieder ins Schwafeln zu verfallen. »Es geht mir gut. Wie wäre es, wenn wir uns in der Kneipe etwas holen und mit zu dir nach Hause nehmen?« Sie schluckte heftig. »Ich, äh ... ich möchte auch gern etwas mit dir allein sein. Ich weiß, wir haben sorgfältig vermieden, über das zu reden, was in mir wächst, da wir beide noch unter Schock stehen, aber ich weiß mit Sicherheit, dass wir einander kennenlernen müssen. Und das möchte ich gern heute Abend versuchen.«

In ihren Worten verbarg sich eine unterschwellige Hitze, die in ihm den Wunsch erweckte, sie an sich zu ziehen und seinen Mund auf ihren zu pressen. Und weil er wusste, dass dies keine gute Idee war, weil sie vor der Kneipe seines Bruders standen, küsste er sie stattdessen auf die Schläfe und löste sich von ihr. Er liebte es, wie ihre Augen sich verdunkelten, als seine Lippen ihre Haut berührten. Oh ja, er stand nicht allein da mit seinem Verlangen und doch versuchten sie beide so sehr, nicht demgemäß zu handeln.

Noch nicht.

Als er mit Melody die Kneipe betrat, bekam er glücklicherweise schnell ihre Bestellung ausgehändigt und vermied es absichtlich, seiner Familie und den anderen Frauen zu begegnen. Obwohl er gern gehabt hätte, dass sie ihn mit Melody sahen, wollte er doch lieber mit ihr allein sein.

Und bald schon waren sie beide in seinem Haus, unter demselben Dach, unter dem er sie schon einmal in den Armen gehalten hatte. Und er konnte nichts anderes tun, als sie anzustarren wie ein Verdurstender beim Anblick einer Oase.

Die Sache war nur die, er wusste, dass er nicht allein war mit seinem Hunger. Melody starrte ihn ebenfalls an, mit geöffneten Lippen, geweiteten Augen und keuchendem Atem. Zwischen ihnen funkte es so sehr, dass die Funken auf ihrer Haut tanzten.

»Das Essen wird kalt werden, wenn du mich weiterhin so anschaust«, knurrte er. Er hatte nicht knurren wollen, ja, dies nicht einmal sagen wollen. Sie hatten noch nicht einmal die Schuhe ausgezogen und ihn beschäftigte nur sein Begehren.

»Du weißt, wir sollten reden«, sagte sie. Er war sich jedoch nicht sicher, ob sie selbst ihren Worten glaubte.

»Das haben wir getan. Wir haben über Whiskey geredet. Über meine Familie. Über Miss Pearl. Dein Tanzstudio.« Aber über das Baby hatten sie nicht geredet. Nicht über ihr Tanzen, ihre Eltern, seine Schreiberei. Aber das würde noch kommen.

Zuerst jedoch ...

Sie trat zu ihm und schloss als Erste die Lücke zwischen ihnen, was ihn beinahe um den Verstand brachte. Dann legte sie ihm die Fingerspitzen auf die Brust und er hätte fast zu beben begonnen.

»Ich weiß, dass wir reden sollten, aber ich will nicht reden. Nicht jetzt. Wir haben Zeit. Im Moment möchte ich etwas tun, was vielleicht ein Fehler ist und mich dazu bringen könnte, wieder wegzulaufen, aber das ist mir egal. Es sollte mir nicht gleichgültig sein, aber es ist nun einmal so.«

Er umfasste ihr Gesicht; ihre Wangen fühlten sich zwischen seinen Handflächen weich an. »Wir werden reden. Aber jetzt sag mir, dass du das willst. Sag mir, dass du mich willst.«

Sie schnaufte. »Natürlich will ich dich, Fox. Ich habe dich vom ersten Moment an gewollt, als ich dich sah, und das lag nicht am Whiskey. Und das hier? Ja. Aber keine Versprechungen. Ich kann ... ich kann solche Art Versprechen nicht geben. Obwohl wir verbindlich sein sollten, denn es geht ja nicht nur um uns beide, aber ich kann nicht.«

Er nickte, nicht im Geringsten verletzt, da ihre Worte seine Gedanken widerspiegelten. »Ich kann dir etwas versprechen. Wir sind noch nicht fertig, du und ich. Das ist das einzige Versprechen, das ich geben kann.«

Als Antwort stellte sie sich auf die Zehenspitzen und er beugte sich zu ihr hinunter, um ihren Lippen auf halbem Weg mit den seinen entgegenzukommen.

Sie verringerte den Abstand noch mehr, sodass sie sich nun fest an ihn presste. Auch ihre Lippen pressten sich fester aufeinander, der Kuss vertiefte sich. Er ließ seine Hände von ihren Wangen an ihrem Körper hinuntergleiten, sodass er ihre Hüften umfassen konnte. Sie schlang ihm die Arme um die Taille und seine Erektion drückte sich als Linie fest gegen ihren Bauch. Er war allein von dem Kuss so hart geworden, dass er wusste, wenn er nicht aufpasste, würde er auf der Stelle einen Samenerguss bekommen und sich zum Narren machen.

Aber bei Melody wusste er nicht, ob es ihm etwas ausmachen würde, den Narren zu spielen. Denn bei ihr konnte er so sein, wie er war, unlogisch daherplappern, knurren und in die Ferne starren, wenn er zu viel nachdachte.

Sie kniff ihn in die Seite und zwinkerte. »Mein Schreiberling denkt wieder zu viel nach. Küss mich einfach. Und zieh mich vielleicht nackt aus. Wie wäre es, wenn wir nach oben zu dem Bett gehen, das ich kenne, denn ich bin zwar flexibel, aber wirklich nicht in der Stimmung, Treppenabdrücke auf meinem Hintern haben zu wollen.«

Er lachte und nahm ihre Lippen mit seinen, bevor er sich bückte, um sie auf den Arm zu nehmen. Sie keuchte und klammerte sich mit den Händen an seine Schultern.

»Fox!«

»Nun, da du in einem delikaten Zustand bist, dachte ich mir, ich sollte dich nicht die Treppe hochgehen lassen.« Er war sehr vorsichtig, als er quasi die Treppe hinaufrannte. Er konnte es nicht erwarten, sie wieder in seinem Bett zu haben.

»Ich stehe kurz davor, ein Tanzstudio zu führen, ich denke, ich kann es mit einer Treppe aufnehmen.« Er setzte sie vor dem Bett ab, wobei er darauf achtete, sie nicht anzustoßen. Sie gehörte ihm und, verdammt, sie trug ihr Kind. Mist, er musste aufhören, so zu denken, sonst würde er ausflippen. Er versprach sich selbst, dass er das alles bald in den Griff bekommen würde. Aber vorerst wollte er Melody nackt sehen.

»Und wenn ich dich einfach nur schnell hier oben haben wollte, damit ich dich zwischen den Beinen lecken kann?«

Sie lächelte, errötete aber nicht und nickte ihm zu.

»Weißt du was? Damit kann ich umgehen. Und jetzt zieh dich aus.«

Er lachte. Er lachte, verdammt noch mal, als er sein Hemd auszog und ihr half, sich ebenfalls ihrer Kleidung zu entledigen. Irgendwie landeten die beiden in Jeans und Schuhen, aber immer noch umeinandergewickelt, auf dem Bett. Er ließ seine Hände über ihre Kurven wandern, während er versuchte, sich zu beruhigen. Sie waren beide nackt, berührten einander überall, wo es nur ging, ohne jedoch den nächsten Schritt zu tun, aber sie konnten ihre Hände nicht voneinander lassen. Er erinnerte sich an ihre erste gemeinsame Nacht und dass sie es damals nicht so langsam hatten angehen lassen, und dafür war er dankbar. Jetzt konnte er langsamer vorgehen und es genießen.

Das heißt, falls Melodys Hände auf seinem Schwanz das zuließen.

»Mein Gott.« Er schloss die Augen und sog den Atem ein.

»Ich frage mich nur, wann das Lecken beginnen wird«, neckte sie ihn mit heiserer Stimme.

»Ich muss erst Kondome besorgen, denn ich glaube, ich werde mich zu sehr auf dich anstatt auf Verhütung konzentrieren.«

»Du kannst mich nicht noch einmal schwängern, Fox«, erwiderte sie sanft.

»Ich weiß und ich bin gesund, aber ich möchte, dass du sicher bist.«

Sie nickte und ließ ihn vom Bett aufstehen, damit er sich ein Kondom vom Nachttisch holen konnte.

»Wenn wir das wieder tun«, fuhr er fort, »können wir uns testen lassen, um sicherzugehen, dass wir auf ein Kondom verzichten können.«

»*Wenn*, nicht *falls*? Bist du dir deiner Sache so sicher?«, fragte sie und warf den Kopf zurück, als er eine Linie von Küssen über ihren Bauch hinunter und dann entlang beider Schenkel zog. Sie stöhnte auf und er knabberte an ihrer Haut und spreizte sie mit seinen Händen, um besser an ihre Muschi heranzukommen.

»Du gehst mir unter die Haut, Melody, und du liegst in meinem Bett. Ich bin mir im Augenblick über fast nichts sicher, aber ich bin mir sicher, dass das etwas zu bedeuten hat.« Und bevor sie antworten konnte, hatte er seinen Mund auf ihr und sie stöhnte unter ihm. Sie schmeckte süß und als gehörte sie ihm. Und wenn er nicht aufpasste, würde er sich hier und jetzt in sie verlieben. Er ließ seine Hände zu ihren Brüsten hinaufwandern und drückte sein Gesicht fester auf ihre Muschi. Sie wölbte sich ihm entgegen, ließ sich von ihm umfassen und spielte mit ihren Brustwarzen. Dann legte er seine Hände wieder auf ihre Oberschenkel, während sie ihre Brüste umfasste.

Es war so verdammt heiß, dass er fast wieder gekommen wäre.

Aber er hielt sich zurück und saugte an ihrer Klitoris und als sie an seinem Gesicht kam, knurrte er in sie hinein. Die Vibration ließ sie, Gott sei Dank, noch einmal kommen. Schnell setzte er sich auf und leckte ihren Saft von seinen Lippen, während er sich das Kondom überstreifte. Dann war er über ihr und drückte mit dem Schwanz an ihren Eingang. Sie wölbte sich ihm entgegen und er stieß zu, drang mit einem einzigen schnellen Stoß in sie ein.

Sie stöhnten beide, aber er hörte nicht auf, konnte nicht aufhören. Sie kam ihm Stoß für Stoß entgegen. Ihre Körper waren schweißbedeckt, als er sie herumdrehte, damit sie ihn reiten konnte.

Als sie zwinkerte, packte er ihre Hüften noch fester und stieß von unten in sie hinein, während sie mit den Hüften rollte. Sie sah über ihm aus wie eine blonde

Göttin mit runden Kurven, sexy und verführerisch, die rauchigen Augen voller Sex, Hitze und Verlangen.

Und er wollte ihr alles geben, was sie brauchte.

Als er den Daumen über ihre Klitoris schnellen ließ und sie kam, folgte er ihr kurz darauf und füllte das Kondom, bis er wusste, dass er für Stunden ausgelaugt sein würde. Sie fiel auf ihm zusammen und er hielt sie fest, ihre Brüste an seinen Oberkörper gepresst und sein Schwanz immer noch in ihr.

Sie sagten nichts und als sie ihre Mahlzeit nackt in seinem Schlafzimmer einnahmen und in die zweite Runde gingen, sprachen sie immer noch nicht über die wichtigen Dinge. Und als er sie nach Hause begleitete, redeten sie immer noch nicht. Er wusste, dass sie noch reden würden, denn sie beide redeten viel zu gern, aber er hatte das Gefühl, dass das, was gerade geschehen war, etwas zwischen ihnen verändert hatte.

Was das bedeutete, wusste er nicht, aber er wusste, dass sie damit umgehen konnten. Denn er wollte sie nicht gehen lassen. Er hatte begonnen, sich in Melody zu verlieben, und mit jeder neuen Seite, die er an ihr entdeckte, wusste er, dass das eigentlich unvermeidbar gewesen war.

KAPITEL SECHZEHN

M elodys Nerven produzierten kleine Funken, die über ihre Haut tanzten, und sie war sich sicher, dass sie auf der Stelle zusammengebrochen wäre, wenn sie aufgehört hätte, sich zu bewegen. Und eine Tanzlehrerin, die am Eröffnungstag des Tanzstudios auf den Tanzboden stürzt, war nicht gerade gut fürs Geschäft.

Sie hatte Monate gebraucht, um sich auf diesen Tag vorzubereiten, Stunden über Stunden der Organisation, des Beschaffens von Krediten, des Entwerfens und der eigenen Vorbereitung darauf, eine Lehrerin für etwas zu werden, das sie einst für wichtiger als das Atmen gehalten hatte. Und obwohl sie inzwischen wichtigere Dinge in ihrem Leben gefunden hatte als das Tanzen und sich mit aller Kraft bemüht hatte, ihr Verhalten eines gemeinen Mädchens zu ändern, da sie die Person hasste, die sie damals gewesen war, so würde das Tanzen doch wieder im Mittelpunkt ihres Lebens stehen.

Außer dass es jetzt etwas viel Wichtigeres gab als das Tanzen, ihr Studio und alles, was sie jemals getan hatte, und davor hatte sie Angst und konnte ihrer Nervosität kaum Herr werden. Sie hatte keine Ahnung, was sie tun würde, wenn das dritte Trimester anbrechen würde und sie als Tanzlehrerin fungieren musste, oder was geschehen würde, wenn sie sich nach der Geburt Zeit zum Erholen nehmen musste. Und was würde sie tun, wenn sie wieder unterrichten konnte, aber ein Baby im Arm hielt?

Melody holte ein paarmal tief Luft und versuchte, nicht zu hyperventilieren, da jeden Moment die Leute in ihrem Studio auftauchen konnten, die sich auf Limonade, einen Imbiss und Gespräche freuten.

Und die ganze Zeit über würde sie sich bemühen, sich nicht zu übergeben.

Sollte doch eigentlich leicht sein.

Ihr Magen rebellierte.

Oder auch nicht.

Ihre Großmutter hatte als Geschenk für sie einen Cateringservice angeheuert, obwohl Melody versucht hatte, ihr das auszureden. Es handelte sich um ein Duo, dem ein Laden in der Nähe von Dares Kneipe gehörte. Sie hatten bereits alles vorbereitet und waren wieder gegangen, würden aber bald zurück sein, um beim Servieren zu helfen. Bald würde auch Grandma Pearl im Studio eintreffen und Melody würde ihre Großmutter umarmen und sich persönlich bei ihr bedanken können. Sie fühlte sich stets viel stabiler, wenn ihre letzte lebende Familienangehörige bei ihr war.

Melody legte eine Hand auf ihren Bauch und schluckte heftig. Nicht die letzte, jetzt nicht mehr. Aber darüber konnte sie jetzt nicht nachdenken. Sicher, sie war länger aufgeblieben, um zu lesen und zu erfahren, was als Nächstes auf sie zukäme und was es bedeutete, ein Baby zu erwarten, aber sie hatte immer noch nicht wirklich realisiert, dass sie sich an der Schwelle zu ihrem neuen Leben eine Schwangerschaft eingehandelt hatte.

Sie straffte die Schultern.

Reiß dich zusammen, Melody.

Als hätte sie sich nicht schon öfter mit Hindernissen in ihrem Leben auseinandersetzen müssen, zum Teufel! Sie hatte sich die Seele aus dem Leib getanzt und Blut, Schweiß und Tränen in ihre Karriere investiert, weil sie geglaubt hatte, dass nur dieser Teil ihres Lebens es wert wäre, gelebt zu werden, nämlich eine der besten Tänzerinnen des Landes zu werden. Und sie hatte es damals noch nicht einmal geschafft, in ein Ensemble einzutreten. Sie hatte nach einer Verletzung wieder gehen gelernt, nachdem sie herausgefunden hatte, dass ihre Karriere vorbei war. Sie hatte sich wiedergefunden, nachdem sie vor der davongelaufen war, die sie einst gewesen war. Und nach jedem Schritt, bei dem sie gestolpert war und der sie gezwungen hatte, in ein neues Stadium ihres Lebens einzutreten, war sie kämpfend zurückgekehrt – auch wenn sie nicht mehr dieselbe gewesen war wie vorher.

Sie musste lediglich einen Plan aufstellen. Listen anlegen.

Und vielleicht, nur vielleicht, konnte sie sich auf den Mann verlassen, mit dem sie die Nacht verbracht hatte. Obwohl sie diesen Gedanken noch nicht bis zum Ende durchschauen konnte, wusste sie, dass sie nicht wieder davonlaufen konnte. Sie war nach Whiskey gezogen, um Wurzeln zu schlagen, und es schien, als hätte die Stadt auf unerwartete Weise ihre eigenen Wurzeln um sie geschlungen.

Jemand klopfte an die Tür und sie wirbelte herum, wobei sie in ihrer Eile beinahe gestürzt wäre. Noch einmal holte sie tief Luft und versprach sich selbst, vor den Augen ihrer Tanzschüler und deren Familien nicht hinzufallen. Immerhin gab es eine Grenze des Erträglichen.

In ihrem Bauch flatterte es so merkwürdig und das hatte nichts mit dem Baby zu tun, sondern mit dem Mann an der Tür. Dort stand Fox, ein Grinsen auf dem Gesicht und mit ihrer Großmutter an seiner Seite. Sie hatte nicht gewusst, dass er vorgehabt hatte, ihre Großmutter mitzubringen. Obwohl ihre Grandma sehr interessiert daran war, was Fox ihr bedeutete, hatte Melody sehr vorsichtig abgewogen, was sie Grandma Pearl antwortete. Sie konnte immer noch kaum glauben, wie fürsorglich die alte Dame war, seitdem sie ihr von dem Baby erzählt hatte, aber Melody wusste, das hätte sie nicht überraschen dürfen.

Immerhin war ihre Großmutter die besagte Miss Pearl. Sie hatte sich in Melodys Leben gedrängt und würde stets dort bleiben. Was auch geschehen mochte.

Melody ging schnell zur Tür, um sie einzulassen, bevor Fox noch einmal anklopfen konnte. »Ihr seid hier«, sagte sie und ihr Lächeln wurde breiter. Sie war mehr als nervös, wahrscheinlich sogar noch nervöser als während ihrer Tanzkarriere, aber den einen Menschen zu sehen, der ihr alles bedeutete, und den anderen, der immer schneller diesen Platz in ihrer Seele mit ihrer Grandma teilte, beruhigte sie mehr, als sie es für möglich gehalten hätte.

»Natürlich sind wir hier«, erwiderte Miss Pearl zwinkernd. »Es ist doch der große Tag unseres Mädchens. Und jetzt umarme mich und lass mich hinein, damit ich alles bewundern kann, wie ich es zu tun pflege, wenn es um die Träume meines kleinen Mädchens geht.«

Melody wusste, sie konnte sich nicht mehr beherrschen. Die Tränen liefen ihr über die Wangen und ihre Großmutter schimpfte gutmütig mit ihr, während Fox ihr die Streifen aus dem Gesicht wischte. Grandma Pearl sagte kein Wort, als sie ins Studio marschierte, aber der Mann neben ihr zog Melody an sich.

»Ich bin so verdammt stolz auf dich«, flüsterte er. »Du hast dich selbst übertroffen und bald wird es hier von Leuten nur so wimmeln, die an dich glauben und von dir lernen wollen. Du bist großartig.«

»Und du hast mich noch nicht einmal tanzen sehen.« Ihr war plötzlich bewusst, dass etwas sehr bald klargestellt werden musste. Wann, wusste sie nicht, aber wenn dieser Mann irgendwie Teil ihres Lebens sein würde, musste sie ihm all ihre Seiten enthüllen.

Und ihm sagen, wer sie war.

Und was sie getan hatte.

Und plötzlich spürte sie nicht mehr die Hitze zwischen ihnen, sondern nur die Kälte, die sich in ihr während all der Jahre der Fehler und falschen Entscheidungen ausgebreitet hatte.

Fox schien die Veränderung zu bemerken, die in ihr vorgegangen war, doch er enthielt sich einer Bemerkung. Sie hatten jetzt keine Zeit und sie war so verwirrt und besorgt, dass sie noch mehr Fehler begehen würde. Wenn sie allein wären, würde sie ihm die Wahrheit enthüllen müssen, bevor sie herausfinden konnten, was sie zusammen sein konnten. Denn eine andere Wahl gab es nicht, nicht mehr.

Dies war kein One-Night-Stand, nicht einmal ein Two-Nights-Stand. Auch wenn sie nicht schwanger gewesen wäre, wäre da immer noch die Verbindung zwischen ihnen, die sie magisch zu ihm zog und die mit ihm dasselbe zu tun schien, und aus diesem Grund musste er wissen, wer sie wirklich war.

Wer sie vorher gewesen war.

Bevor Fox etwas sagen oder sie beiseiteziehen konnte, wie er es wahrscheinlich vorgehabt hatte, kehrten die Caterer zurück und direkt hinter ihnen folgten Fox' Eltern. Melody schluckte heftig und versuchte, nicht auszuflippen, weil sie von dem Baby wussten. Denn als er es seinen Brüdern erzählt hatte, musste er es auch dem älteren Collins-Paar verraten. Fox hatte sie gewarnt, dass sie wahrscheinlich kommen würden, da sie so mit ihrer Arbeit beschäftigt gewesen war – übrigens genau wie Fox – und er keine Möglichkeit gehabt hatte, sie ihnen vorzustellen, wie er es mit dem Rest der Familie getan hatte.

Und Melody hatte noch niemals so wie jetzt das Gefühl gehabt, als unzureichend beurteilt werden zu können.

Fox drückte ihr die Hand und führte sie zu dem älteren Paar, dem Fox in vielen Aspekten seiner Persönlichkeit ähnelte, die sie in ihm erkannt hatte.

»Mom, Dad, das ist Melody. Melody, das sind meine Eltern, Barbara und Bob.«

Fox schlang ihr einen Arm um die Taille und küsste sie auf den Scheitel. Ein klares Signal des Besitzanspruches.

Sie würde sich nicht übergeben, aber es konnte knapp werden. Sie hatte ehrlich keine Ahnung, wie ihr Leben, das sie doch hatte vereinfachen wollen, so verwirrend und komplex geworden war, aber jetzt schien es, als hätte sie keine andere Wahl, als sich dem zu stellen, was auch immer als Nächstes kam.

»Wir freuen uns so, dich endlich kennenzulernen«, sagte Fox' Mom. Sie streckte die Arme aus und zog Melody von Fox weg und in eine feste Umarmung. »Wir sind auch noch aus einem anderen Grund so begeistert, aber darüber können wir später reden«, flüsterte die Frau, sodass nur Melody sie hören konnte.

Obwohl sie erwartete, sich zu versteifen, als sie daran erinnert wurde, dass Fox' Mom wusste, dass er einfach irgendeine Frau geschwängert hatte, durchströmte sie aus irgendeinem Grund plötzlich eine andere Art von Wärme. Fox' Mom schien ... begeistert über das kommende Ereignis. Zumindest verhielt sie sich so und machte in der Öffentlichkeit kein großes Aufsehen davon, weil Melody nicht wollte, dass sich die Neuigkeiten verbreiteten.

Ja, sie sollte ihren zukünftigen Tanzschülern wahrscheinlich von dem Baby erzählen, aber Melody würde alles in ihrer Macht Stehende tun, den Unterricht nicht zu unterbrechen und dafür zu sorgen, dass ihre Schwangerschaft in keiner Weise ihr neues Studio beeinflusste. Sie würde einen Weg finden, alles unter einen Hut zu bekommen, verdammt noch mal. Und sie würde es ihnen bald erzählen, sobald sie tatsächlich glaubte, was mit ihr vor sich ging.

»Oh«, stieß sie schließlich hervor und löste sich aus der Umarmung. *Oh.* Nicht gerade eine kluge Äußerung, aber Fox' Mom hatte ihr die Sprache verschlagen.

Bevor sie noch etwas sagen konnte, umarmte Fox' Vater sie fest. Und ihm folgte der Rest der Familie Collins. Dare hielt Kenzies Hand und zwischen ihnen stand Nate, den sie Melody als deren neuen Schützling vorstellten. Kurz darauf tauchte Lochlan auf, mit seiner Tochter Misty im Schlepptau und Ainsley an ihrer Seite. Die drei sahen so sehr nach einer Familie aus, dass man kaum realisieren konnte, dass es sich bei der Frau nur um Lochlans beste Freundin handelte. Wieder spürte Melody, dass eine Geschichte dahinterstecken musste, aber sie sagte nichts. Sie hatte selbst genug zu verbergen.

Schon bald platzte das Gebäude aus allen Nähten, so viele Schüler erschienen mit ihren Familien, außerdem noch andere Leute aus der Stadt, die sehen wollten, was das neue Mädchen anzubieten hatte, und ihre und Fox' Familie. Wenn sie die Zeit gehabt hätte, nervös zu sein, hätte sie wahrscheinlich zu zittern begonnen, doch die zwei Stunden vergingen wie im Flug. Sie ging während der ganzen Party von Gruppe zu Gruppe, stellte sich jedem vor und versuchte herauszufinden, wer an ihren Kursen teilnehmen würde. Da waren so viele lächelnde Gesichter, dass die Begeisterung ihre Ängste verscheuchte. Sie wusste, wenn sie sich nur konzentrierte, konnte sie es schaffen.

Obwohl sie schwanger war von einem ihr nicht mehr ganz so fremden Mann.

Und bevor sie es merkte, hatte sich das Studio geleert und Fox' Eltern hatten sie zu einem Abendessen mit der Familie eingeladen, vor dem sie sich scheinbar nicht drücken konnte, und bald stand sie neben Fox und ihrer Großmutter.

Grandma Pearl zog sie an sich und gab ihr einen Kuss auf die Wange. »Ich bin so stolz auf dich. Das Studio ist wunderbar und die Freude in den Augen der Kinder bedeutet, dass du in ihnen den Funken entzünden wirst. Auch wenn es nur für eine Saison ist, in der sie ihre Beine dehnen und herausfinden, dass Tanzen nichts für sie ist, werden sie ihre Erinnerungen behalten. Du tust etwas Wunderbares für diese Stadt und ich war noch niemals stolzer auf dich. Ich kann es kaum erwarten, bis dein kleines Baby groß genug ist, um dich tanzen zu sehen und zu bemerken, wie weit du es gebracht hast. Du bist meine Inspiration, mein kleines Mädchen. Ich liebe dich sehr.«

Melody konnte sich des Brennens in ihren Augen nicht erwehren, aber diesmal vergoss sie keine Träne. Sie hatte in letzter Zeit genug geweint und ehrlich, der Tag war zu gut und erinnerungswürdig, als dass sie ihn mit Tränen verderben wollte – auch wenn es nur Glückstränen waren.

»Danke«, flüsterte sie und lehnte ihre Stirn gegen die ihrer Großmutter. »Du bedeutest mir alles.« Melody vermisste ihre Eltern und wusste, dass diese immer an sie geglaubt hatten, obwohl sie ihre Fehler gehabt hatten. Aber in diesem Augenblick war es ihre Großmutter, die sie aufrichtete. Und anders als früher wollte sie das niemals mehr als selbstverständlich betrachten.

»Auch du bedeutest mir alles, mein Mädchen.« Sie küsste Melody auf die Stirn und trat zurück. »Und jetzt wartet eine meiner Damen aus dem Bridgeclub draußen auf mich, um mich nach Hause zu bringen, damit wir bei einer Tasse Tee darüber tratschen können, wen wir heute gesehen haben, so wie wir es immer tun. Aber du solltest dich jetzt um den jungen Mann kümmern, der sich so lässig an die Wand lehnt, als hätte er dich nicht die letzten beiden Stunden mit verträumtem, intensivem Blick beobachtet. Fox ist ein guter Mann, Melody.«

Melody räusperte sich. »Das sehe ich, aber wir ... wir gehen es langsam an.« So langsam, wie sie konnten, wenn man bedachte, dass er in der vorherigen Nacht in ihr gewesen war. Aber sie bemühten sich nach Kräften, weder über Gefühle noch über die Zukunft zu reden – was nur ein Zeichen ihrer Reife war.

Während sie ihre Großmutter bei ihrem Fortgang beobachtete, näherte Fox sich ihr von hinten. Sie musste sich nicht herumdrehen, um zu wissen, dass er in ihrer Nähe war, denn sie konnte seine Hitze spüren, die ihr bis ins Mark drang. Er war einfach so ... na, eben Fox. Sie konnte es nicht erklären und war sich nicht sicher, ob sie es überhaupt wollte. Sie wusste, sie hätte Abstand halten sollen, sodass sie darüber reden konnten, was sie tun würden, wenn das Baby käme. Denn sie wollte ihn nicht in eine Beziehung zwingen, wollte ihn nicht in ihr Leben zwingen, nur weil dies zwischen ihnen geschehen war. Sie mochten zwar in jener ersten gemeinsamen Nacht versucht haben, auf Nummer sicher zu gehen, aber es hatte nicht genügt. Und nun würden sich drei Leben schon bald unwiderruflich verändern, für immer.

»Du hast heute so ausgesehen, als hätte es dir gefallen«, flüsterte Fox. Die Wärme seines Atems sandte ein

Schaudern an ihrer Wirbelsäule hinab. »Und ich habe bemerkt, dass du dir praktisch zu jedem Menschen, den du kennengelernt hast, Notizen gemacht hast. Musst du das alles aufschreiben?«

Sie schüttelte den Kopf und drehte sich in seinen Armen herum, obwohl sie wusste, sie hätte sich von ihm lösen müssen. Fox musste wissen, wer sie war, wer sie gewesen war, falls das, was auch immer zwischen ihnen war, fortbestehen sollte. Denn nun gab es noch einen Menschen, der zu ihnen gehörte, und sie musste viel vorsichtiger sein, als sie es bisher gewesen war, was Fox anbelangte.

»Ich habe lediglich erste Eindrücke gesammelt und möchte es nicht dabei belassen, aber es ist angenehm, den Namen Gesichter zu geben.« Sie biss sich auf die Lippe und bemühte sich, an die Party zu denken anstatt daran, dass Fox ihr so nahe war und sich mit der schlanken Linie seines Körpers an ihre Seite presste, sodass sie jeden Zentimeter von ihm spürte.

Und sie meinte jeden Zentimeter.

Es ängstigte sie, wie schnell Fox zu einem Teil ihres Lebens geworden war. Sie hatte geglaubt, sie könnten Freunde werden, als sie nach Whiskey zurückgekehrt war, aber sie hätte wissen müssen, dass dies unmöglich war. Wie ihr erstes Zusammentreffen bewies, sprühten die Funken zwischen ihnen immer heißer, wenn sie einander länger als ein paar Augenblicke nahe waren. Und das Schlimmste war, dass sie ihn mochte. Er ging wunderbar mit seiner Familie um, war fürsorglich, lustig und versuchte stets zu zeigen, dass er dazuge-hörte, indem er hart arbeitete, da seine Brüder alle so unterschiedlich waren. Sie konnte nur annehmen, dass es mit seiner Schwester ebenso wäre, wenn sie auch hier gelebt hätte. Fox besaß Talent und seine Persönlichkeit war viel komplexer, als sie sich vorge-stellt hatte. Dinge wie das Jonglieren, wenn er nach-dachte, oder die Tatsache, dass er ebenso zusammenhanglos plapperte wie sie, wenn er nervös war. Er hatte eine großartige Story über ihre Groß-mutter geschrieben und als sie sich im Internet verbreitet hatte, hatte er dafür gesorgt, dass ihre Familie vor neugierigen Augen sicher war, die mehr über Miss Pearl und ihre Showgirl-Vergangenheit erfahren wollten. Fox hatte keinen Rückzieher gemacht, sondern lediglich eine kurze Pause eingelegt, um die Tatsache, dass sie schwanger war, zu realisie-ren, bevor er wieder für sie da gewesen war und ihr versichert hatte, sowohl an ihrer Schwangerschaft als auch an dem Leben des Babys teilhaben zu wollen, während sie ihre Beziehung gestalteten.

Zu sagen, sie wäre verwirrt, was ihre Gefühle für Fox betraf, wäre eine Untertreibung gewesen. Aber bevor auch nur der Hauch eines Versprechens sie beide wie von selbst umgarnen konnte, musste sie ihm ihre Geheimnisse enthüllen.

Und weil sie wusste, dass sie ein Feigling war, durfte sie diese Geheimnisse nicht mehr länger ruhen lassen. Nicht während sie wusste, dass die Uhr tickte bezüglich dessen, was sie beide zusammen erschaffen hatten.

Ihr Kind.

Und da waren auch die Bauchschmerzen wieder da.

»Melody? Du bist so still geworden.« Fox ließ eine Hand durch ihr Haar gleiten und strich ihr eine Strähne hinters Ohr.

»Entschuldige. Ich habe nur nachgedacht.« Sie schüttelte sich und stieß den Atem aus. »Ich muss aufräumen, aber ich wollte mich bei dir bedanken, dass du hier bist. Ich weiß, du musstest das nicht tun, aber ich weiß es zu schätzen.«

Da umfasste Fox ihr Gesicht und küsste sie sanft. Die Berührung seiner Lippen fuhr ihr geradewegs in den Unterleib und sie war dankbar, als er sich von ihr löste, sodass sie nachdenken konnte. Das war das Problem mit Fox. Sie konnte niemals ihre Gedanken ordnen, wenn er in der Nähe war. Und deshalb war sie wahrscheinlich auch schwanger und mehr als verwirrt.

»Natürlich musste ich hier sein. Ich weiß, wir bemühen uns, nicht zu definieren, was wir einander sind, aber du bist in meinem Bett gewesen, wir reden und schreiben uns täglich stundenlang SMS und du trägst mein Kind in dir. Wir gehören zum Leben des anderen, gleichgültig, wie wir es nennen oder definieren wollen.«

»Du hast recht«, erwiderte sie, womit sie ihn offensichtlich überraschte, wenn sie den Ausdruck in seinen Augen richtig deutete. »Kann ich später zu dir kommen? Es gibt ein paar Dinge, die ich dir erzählen muss.«

Er warf ihr einen neugierigen Blick zu, nickte aber. »Ich werde dir beim Aufräumen helfen. Der Cateringservice hat schon den größten Teil erledigt, aber ich wette, etwas ist noch übrig.«

Erleichtert und gleichzeitig nervös, schenkte sie ihm ihr bestes Lächeln. Aber sie hatte das Gefühl, dass es nicht echt wirkte. Fox hatte recht, es gab nicht mehr viel zu tun, aber sie wollte, dass das Studio sich im Hochglanz präsentierte, da sie gleich nach dem langen Wochenende ihre Türen wirklich öffnen würde. Dann würde sie mit Kindern und Erwachsenen jeden Alters üben und ihr neues Leben beginnen. Da sie nicht den ganzen Tag tanzen musste, konnte sie sicher auch während der Schwangerschaft arbeiten. Sie hatte früher schon Tanzlehrerinnen in dieser Lage gesehen, aber es würde nicht leicht werden. Noch etwas, das sie auf ihre Liste setzen musste. Solange sie im Gleichgewicht blieb und gut organisiert war, würde sie sich vielleicht nicht so gestresst fühlen und nicht wieder krank werden.

Fox war im vorderen Teil des Studios und wischte die Böden, während Melody mit dem letzten Müllsack nach draußen ging. Die Caterer und Fox hatten den größten Teil der Unordnung beseitigt, sodass sie nicht schwer hatte heben müssen, aber es blieb immer noch ein kleiner Beutel übrig, den sie aus dem Gebäude in eine der Mülltonnen draußen bringen wollte. Die Luft war etwas frisch, aber das machte ihr nichts aus, da sie durch die vielen Leute auf der Party und die Nähe zu Fox leicht überhitzt war, aber als sie auf das starrte, was vor den Mülltonnen lag, wurde ihr eiskalt ums Herz.

»Melody? Was ist los? Was zur Hölle ist das?«

Sie schluckte heftig. »Fox? Ich glaube, du musst die Polizei rufen. Ich glaube, du musst es jetzt tun.«

Denn vor den Mülltonnen lag ein einzelner Ballettschuh, die Bänder makellos, aber über dem Schuh selbst ausgebreitet. Aber es waren die roten Tropfen auf der rosafarbenen Seide, die aussahen wie Blut, die ihr sagten, dass sie sich betreffs der Blumen geirrt hatte. Sowie mit der E-Mail und der Karte. Sie hatte sich bei so vielem geirrt.

Jemand verhöhnte sie, stalkte sie, und sie konnte nur raten warum.

KAPITEL SIEBZEHN

Als die Polizei eintraf, war Melody bis ins Mark zu Eis erstarrt und Fox an ihrer Seite war steif vor Ärger. Sie hatte den Polizisten sowohl von der E-Mail und der Karte als auch von den Blumen und nun diesem hier erzählt. Als sie Fox beiseite geführt hatten, sodass sie den Polizisten detaillierter mitteilen konnte, warum so etwas in einer für sie neuen Stadt passieren konnte, hatte sie ihnen die Wahrheit gesagt. Sie hatte ihnen erklärt, dass so etwas früher bereits geschehen war, bevor sie nach Whiskey gezogen war. Sie hatte ihnen sogar eine Liste von denen gegeben, die als Täter infrage kamen, aber soweit sie wusste, musste es jemand vollkommen anderes sein, der aber dennoch in Verbindung mit der Zeit stand, die ihr Leben für immer verändert hatte.

In ihren Augen hatte sie zwar keine Verurteilung sehen können, aber dennoch spürte sie es in ihrer Seele. Nachdem sie gegangen waren – den Schuh hatten sie mitgenommen –, hatte sie nicht länger im Studio bleiben wollen. Sie würde zurückkehren, da es ihr zweites Zuhause war, aber an diesem Abend fühlte es sich verunreinigt an.

Und als sie sich schließlich vor dem Studio neben Fox wiederfand, schlang sie sich die Arme um die Taille und wartete darauf zu hören, was er sagen würde. Aber anstatt sie zu fragen, was da vor sich ging, zog er sie in seine Arme und sie ließ sich hineinsinken, am ganzen Körper zitternd.

»Komm, wir bringen dich zu mir nach Hause«, flüsterte er sanft. »Die Stadt ist klein und die Leute werden sich fragen, warum die Polizei hier war. Die Einzelheiten werden sie jedoch nicht kennen. Lass uns deine Großmutter anrufen und es ihr erzählen. Aber ich möchte trotzdem, dass du bei mir bleibst. Kannst du das tun? Kannst du mir diese Nacht schenken?«

Sie nickte und wischte sich eine Träne vom Gesicht, die sie trotz ihrer Kontrolle vergossen hatte. »Ja, das kann ich. Ich wollte ohnehin heute Abend noch mit dir reden.«

Er biss die Zähne aufeinander und nickte ihr zu. »Na dann los.«

Sie rief ihre Großmutter an, während er sie zu sich nach Hause fuhr. Sie war an diesem Morgen zu Fuß zum Studio gegangen, da bereits alles, was gebraucht wurde, dort gewesen war und sie frische Luft gebraucht hatte, um sich zu beruhigen, aber sie war froh, dass er seinen Wagen dort hatte.

Als sie dann in seinem Haus waren und jeder eine Tasse heißen Tee in der Hand hielt, setzte sie sich neben ihn auf die Couch und versuchte herauszufinden, wo und wie sie beginnen sollte.

»Ich möchte, dass du sicher bist, Melody. Du musst mir nicht all deine Geheimnisse enthüllen, aber ich möchte wissen, warum jemand einen blutigen Ballettschuh hinter deinem Studio platziert hat und warum dir diese Blumen geschickt wurden. Ich erinnere mich an sie, obwohl du gesagt hast, sie hätten nichts zu bedeuten.«

Sie stellte ihre Tasse ab und blickte ihn an. »Ich war Balletttänzerin. Obwohl ich annehme, dass du das bereits von mir weißt.«

Er stellte seine Tasse neben ihre auf den abgenutzten Tisch, bevor er ihre Hand ergriff und sie drückte. Er sagte nichts und ließ sie einfach reden, wofür sie dankbar war.

»Ich besaß von Natur aus Talent. Meine Mutter auch, ganz so wie Grandma Pearl. Aber während Grandma Pearl nach Vegas ging und ein Showgirl wurde, hatte meine Mutter ... klassischere Ambitionen.« Melody verdrehte die Augen, als sie sich an die Streitereien erinnerte, die sich die beiden Frauen im Laufe der Jahre geliefert hatten. Ihre verbalen Machtkämpfe basierten auf Liebe und manchmal einem bisschen Bitterkeit, die ihnen stets auf der Zunge lag. »Sie ging also zum Ballett, aber obwohl sie eine fantastische Tänzerin war, wie sie behauptete, fehlte ihr doch das, was sie brauchte, um das Juilliard-Konservatorium besuchen zu können, ihr höchstes Ziel, bevor sie in einem Ensemble tanzen konnte. Als sie sich also mit einem kleinen Mädchen wiederfand, das es liebte herumzuwirbeln, steckte sie all ihre Energie in mein Tanzen. Alles, was sie hatte. Und mein Vater ließ sie. Auch er drängte mich, aber für ihn war es etwas anderes, weil er derjenige war, der für alles zahlte, während Mom diejenige war, die mir sagte, ich müsse Tänzerin sein. Ich weiß nicht, was geschehen wäre, wenn ich das Tanzen nicht so sehr geliebt hätte. Aber ich ließ zu, dass meine strengen Eltern, die ihr ganzes Leben daransetzten, meins zu gestalten, und die mir immer und immer wieder einredeten, ich besäße eine Begabung, die ich nicht vergeuden dürfte ... nun, ich ließ zu, dass sie mich in jemanden verwandelten, den ich hasste. Nur nicht zu jenem Zeitpunkt. Ich war ein gemeines Mädchen. Eine Tänzerin, die sich für die Beste hielt und die niemand von ihrem hohen Ross holen konnte.

Zusammen mit vier meiner Freunde – zwei Mädchen und zwei Jungen – regierten wir fünf die Tanzwelt in unserer Gemeinde und später auf der Juilliard-Akademie.«

Melody leckte sich die Lippen, doch als sie schon aufhören wollte zu reden, drückte Fox noch einmal ihre Hand und dann war sie wieder fähig fortzufahren.

»Ich war kein guter Mensch. Ich blickte auf jeden hinab, der mir im Weg oder unter mir stand. Ich glaubte, nichts Falsches tun zu können. Und eines Abends, bevor wir alle die Schule verlassen und in unsere Ensembles eintreten sollten, um die Welt zu erobern, tranken wir alle fünf viel zu viel. Wir waren betrunken und dumm und weil wir glaubten, nichts und niemand könnte uns etwas anhaben, stiegen wir in den Wagen.«

Sie schloss die Augen. Die Erinnerungen an das, was als Nächstes geschehen war, trafen sie wie ein Schlag.

»Ich bin nicht gefahren. Ich saß auf dem Rücksitz. Freddie saß am Steuer, weil er am besten betrunken fahren konnte. Der Gedanke, dass wir sogar darüber nachdachten, bringt mich dazu, mich noch mehr zu hassen. Jake saß auf dem Beifahrersitz. Candice saß rechts und Sarah links von mir.«

»Oh, Baby.«

»Weißt du, was ich gesagt habe, als ich in den Wagen stieg? Ich sagte: *Oh, alles ist gut. Wir sind nicht allzu betrunken. Wir sind doch Juilliard-Tänzer, verdammt. Nichts kann uns etwas anhaben.*« Diesmal fielen Tränen, aber sie wischte sie nicht weg, sie schämte sich zu Recht.

»Freddie nahm eine Kurve zu schnell und wir überschlugen uns viermal, bevor wir gegen einen Pfosten prallten. Freddie, Jake und Candice starben bei dem Aufprall. Sarah brach sich beide Beine und ein paar Rippen und ihr Schädel wurde aufgebrochen.« Melody stieß zitternd den Atem aus. »Ich hatte eine schwere Gehirnerschütterung, ein gebrochenes Handgelenk und ein zerschmettertes Knie. Sarahs Karriere war vorbei. Meine Karriere war vorbei. Und drei meiner besten Freunde waren tot, weil wir uns für besser als alle anderen hielten und der Meinung waren, die Regeln nicht einhalten zu müssen.«

»Mein Gott.« Fox rutschte an sie heran, um sie in den Arm zu nehmen, aber sie zog sich kopfschüttelnd von ihm zurück.

»Sarah hat mir niemals vergeben, und das nehme ich ihr nicht übel. Ja, auch sie war betrunken, aber ich trug am Ende die wenigsten Narben davon. Und ich war es, die jene Worte ausgesprochen hatte. Die Eltern, Familien und Trainer der anderen gaben uns beiden die ganze Schuld und ich verließ die Gegend, so schnell ich konnte. Wir wurden nicht bestraft, weil wir bereits in dem Alter waren, in dem wir legal Alkohol trinken durften, wenn auch erst seit kurzer Zeit, und wir beide nicht gefahren waren, aber ich wusste, was wir verdienten. Ich bin zwar nicht gefahren, aber ich ließ es geschehen, weil ich eine schlechte Entscheidung getroffen hatte. Und diese Entscheidung hat drei Menschen das Leben gekostet und zwei sind nur knapp diesem Schicksal entkommen. Außerdem hätten wir mit unserer Rücksichtslosigkeit noch zahllose andere Menschen töten können.«

»Melody, ja, du hast eine falsche Entscheidung getroffen, aber du kannst dir nicht allein die Schuld geben.«

»Das sagst du so, aber ich werde mich trotzdem immer schuldig fühlen. Ich kann das nicht ändern. Keine Zeit der Welt und keine Therapie wird das schaffen. Meine Eltern verleugneten mich praktisch, weil ich nicht nur ein Wrack und wertlos war, sondern auch ein Schandfleck für unsere Familienehre. Mom starb zwei Jahre später an Krebs und Dad starb ein Jahr danach viel zu jung an einem Herzinfarkt. Ich trieb mich jahrelang herum und versuchte herauszufinden, wer ich war und ob ich der Mensch sein konnte, der ich sein musste, sobald ich einen Ort gefunden hätte, an dem ich mich niederlassen und Wurzeln schlagen könnte. Ich dachte, Whiskey wäre dieser Ort. Zur Hölle, ich dachte, diese ganze Geschichte mit dem Baby wäre ein Weg, zusammen mit dir sesshaft zu werden.« Sie hatte so ehrlich eigentlich nicht sein wollen, aber da sie bereits die dunkelste Seite ihrer Seele enthüllte, konnte sie ebenso gut wirklich reinen Tisch machen. »Grandma Pearl betrachtet mich trotz meiner Taten nicht mit anderen Augen und ich hoffe, du auch nicht, aber was auch geschehen mag, ich weiß, dass ich dieses Kind haben und mich ewig fragen werde, was geschehen wäre, wenn meine Freunde auch eigene Kinder hätten haben können. Diese Gedanken werden niemals verschwinden. Ich will, dass du weißt, warum es ein Fehler sein könnte, mit mir zusammen zu sein.«

Fox streckte die Arme aus und zog sie auf seinen Schoß. Seine Arme fühlten sich wie starke Eisenbänder an, die sich weigerten, sie loszulassen. Und als er sie sanft küsste und sie hielt, während ihre Tränen erneut zu fließen begannen, ließ sie sich von ihm wiegen und trösten, obwohl sie das Gefühl hatte, es nicht zu verdienen.

»Du bist kein Fehler. Du hast einen begangen, ja, und du hast dafür bezahlt. Und wenn dies der Grund ist, warum du von jemandem bedroht wirst, dann zahlst du immer noch für diesen Fehler. Aber wir werden das Problem lösen. Wir können deine drei

Freunde nicht zurückbringen, können die Zeit nicht zurückdrehen und dich nicht in jenen Wagen einsteigen lassen, aber wir können aufhalten, wer auch immer hinter dir her ist. Ich werde nicht zulassen, dass du noch einmal verletzt wirst. Wir alle tragen einen Teil des Menschen in uns, der wir einmal waren, aber der wir längst nicht mehr sind. Wir haben die Vergangenheit abgelegt, sogar in den wenigen Jahren, die uns gegeben sind. Ich sehe das gemeine Mädchen nicht, von dem du gesprochen hast. Ich sehe eine Frau, die sich für ihr Studio den Hintern aufreißt und sich von einer Kleinigkeit wie einer Schwangerschaft nicht aus dem Gleis bringen lässt. Du schuftest dich zu Tode und ich bin so stolz auf dich. Ich wünschte nur, du hättest das alles nicht durchmachen müssen, um die Frau zu finden, die du geworden bist. Und ich werde dich nicht gehen lassen, Melody. Jetzt nicht und vielleicht niemals. Ich weiß, wir sagten, keine Versprechungen, aber ich denke, darüber sind wir hinaus. Und jetzt lass mich dich halten und dann können wir uns die nächsten Schritte überlegen, aber vorerst lass mich dich einfach nur im Arm halten.«

Also ließ sie sich von ihm halten, ließ ihn versuchen, den Schmerz zu lindern, von dem sie glaubte, dass er niemals vergehen mochte. Und während sie sich in diesem Moment erlaubte, sich von ihm auffangen zu lassen, so wusste sie doch, dass sie trotzdem vorsichtig sein musste. Denn er mochte zwar jetzt die Fakten kennen, aber die Zeit konnte alles ändern.

Und sie hatte bereits einmal aufgrund einer falschen Entscheidung alles verloren.

Das durfte nicht noch einmal geschehen.

KAPITEL ACHTZEHN

Während Melody am nächsten Tag bei ihrer Großmutter blieb, tat Fox sein Bestes, aus lauter Stress und Wut nicht zu beginnen, mit Gegenständen um sich zu werfen. Er konnte nicht einmal mit seinen Jonglierbällen spielen wie sonst, wenn er nachdenken musste, denn er hätte am liebsten auf etwas eingeschlagen und würde am Ende wahrscheinlich die Bälle jemandem an den Kopf werfen oder gegen etwas schleudern, das zerbrechen konnte.

Er wusste, Whiskey hatte seine Probleme. Wie alle Städte. Zur Hölle, sein Bruder und Kenzie wären in Dares Kneipe beinahe von ihrem Ex-Ehemann verletzt worden, aber er konnte immer noch nicht glauben, dass jemand Melody etwas antat, was als *Stalking* bezeichnet wurde.

Die Polizei mochte zwar versichert haben, entsprechend zu handeln, aber er war sich nicht sicher, ob er sie lange allein lassen konnte. Er musste bei ihr sein, musste dafür sorgen, dass es ihr und dem Baby gut ging. Für ihn spielte es keine Rolle, dass er arbeiten und sich um seine Familie kümmern musste, er wollte einfach dafür sorgen, dass Melody an seiner Seite und unter seinem Schutz stand. Er wusste, das war übertrieben beschützerisch, aber immerhin wurde die Frau, in die er sich verliebte, die Frau, die sein Kind trug, von jemandem bedroht, und er wusste nicht, was er sonst tun sollte.

Die Leute auf seiner Arbeit hatten ihn heute Morgen gefragt, ob es etwas zu berichten gäbe, weil die Polizei nach der Party zu Melody gerufen worden wäre, aber er wich ihnen ebenso aus wie die Polizisten. Da gab es wirklich nichts zu berichten, auch nicht in einer kleinen Stadt, in der die Gerüchte aus dem Blickwinkel der Bürger ebenso wichtig waren wie die Nachrichten. Glücklicherweise schienen seine Angestellten eher besorgt um Melody zu sein, als dass sie Antworten hätten haben wollen, die er nicht hatte.

Er hatte jedoch mit seinen Brüdern und seinen Eltern über die Vorfälle gesprochen. Einzelheiten hatte er ihnen aber nicht mitgeteilt, denn es stand allein Melody zu, ihre Geheimnisse zu enthüllen, und nicht ihm, aber zumindest wussten die anderen jetzt, dass sie die Augen offen halten mussten, ob sie etwas Auffälliges bemerkten. Lochlan kündigte bereits brummend an, sowohl Miss Pearls Haus als auch das Studio selbst noch besser abzusichern. Fox hingegen war sich ziemlich sicher, dass das Haus dank Lochlan bereits mit der neuesten Sicherheitstechnologie ausgestattet war, aber er würde nicht darüber streiten. Er hoffte nur, dass Melody und ihre Großmutter sich nicht aufregen würden.

Er hasste es, dass er den größten Teil des Tages nicht bei Melody sein konnte, aber er würde Arbeit aufholen müssen und sie wollte Zeit mit ihrer Großmutter verbringen. Melody und er waren am gestrigen Abend ziemlich zittrig gewesen, nachdem sie ihr Gespräch beendet hatten, und obwohl er wusste, dass sie wahrscheinlich etwas Abstand von ihm brauchte, nachdem sie ihm ihre Seele enthüllt hatte, wusste er nicht, ob er ihr so viel Raum geben konnte, wie sie vielleicht glaubte zu brauchen.

Denn Tatsache war, dass er Vater wurde. Er hatte sich so darauf konzentriert, das Richtige zu tun und dafür zu sorgen, dass Melody wusste, dass sie geliebt und umsorgt wurde und mit dieser Sache nicht alleine war, dass er sich nicht sicher war, ob er richtig damit umging.

Es bereitete ihm manchmal Sorgen, daran zu denken, wie er sich an dem Wunsch festgebissen hatte, Melody in seinem Leben zu behalten und für ihre

Sicherheit zu sorgen, weil er das Richtige tun wollte, was ihr Kind anbelangte. Und dann erinnerte er sich daran, dass er sie ebenso stark begehrt hatte, bevor er erfahren hatte, dass sie schwanger war. Diese beiden Gedankengänge waren so verwickelt, dass er sich nicht sicher war, ob er jemals genau wissen würde, wie er sich gefühlt hätte ohne den Gedanken an das neue Leben zwischen ihnen.

Und wenn er sich schon Sorgen darum machte, wie sehr musste es Melody dann beunruhigen?

Er hätte niemals gedacht, dass er diesen neuen Abschnitt seines Lebens auf diese Art beginnen würde. Er hatte gesehen, wie seine Brüder Väter geworden waren, und erwartet, er könnte es vielleicht anders machen. Er hatte gedacht, dass er in der Lage wäre, zumindest den Anschein von Kontrolle zu wahren, wenn es darum ging, nicht nur Vater zu werden, sondern auch eine ernste Beziehung zu beginnen. Aber scheinbar kannten die Collins-Brüder nur einen Weg, neue Abschnitte ihres Lebens zu beginnen. Ein ungesunder Weg, der mit Verstand nichts zu tun hatte.

Er war mehr als gestresst. Mehr als besorgt. Aber letztendlich war er dabei, sich so heftig in sie zu verlieben, dass es beängstigend war. Besonders weil sie so schwer zu deuten war. In ihrem Leben geschah so viel, dass er befürchtete, er wäre am leichtesten herauszuschneiden, wenn der Stress für sie überhandnahm und sie sich auf das Wichtigste konzentrieren musste.

Und obwohl er sie noch nicht lange kannte, wusste er tief in seinem Inneren, dass er sich in sie verliebte. Und das bedeutete, er würde um sie kämpfen. Seit jener ersten Nacht war sie die Eine für ihn, auch wenn er sich bemüht hatte, nicht darüber nachzudenken. Sie hatte ihn in seinen Träumen verfolgt, obwohl er geglaubt hatte, sie nie wiederzusehen. Und jetzt füllte sie seine Tage und er wollte nichts anderes, als Zeit mit ihr zu verbringen und jede Facette von ihr zu erforschen.

Und weil er wusste, dass dieses intensive Interesse Melody verschrecken konnte, würde er sich bemühen, sich zurückzuhalten.

Anstatt also den heutigen Abend mit Melody zu verbringen, würde er endlich den Kurs machen, für den er sich seit einiger Zeit angemeldet hatte, obwohl Außenstehende dies wahrscheinlich nicht verstehen würden. Aber andererseits hatte er manchmal das Gefühl, als würde niemand wissen, womit er sich beschäftigte. Hatte er doch sein ganzes Leben im Schatten seiner zwei großartigen Brüder und seiner begabten Schwester gestanden. Während seine Brüder ihren Alltag jeden Tag mit mehr Jobs zu bereichern schienen und ihr Privatleben ständig eine andere Wendung nahm, war Fox beständig bei seinem einzigen Job und der Routine geblieben, einige Abende in der Kneipe seines einen Bruders auszuhelfen und im Fitnessstudio seines anderen Bruders zu trainieren. Also hatte er sich ausgerechnet einen Kochkurs ausgesucht. Vielleicht besaß er außer dem Jonglieren noch andere Talente.

Seine Brüder waren wahrscheinlich bereits bessere Köche als er, aber solche Gedanken verbot er sich, denn er mochte die Eifersucht nicht, die sich dahinter verbarg. Er war eigentlich nicht eifersüchtig auf seine Brüder, aber er hatte stets das Gefühl, als müsste er härter arbeiten, um es mit ihnen aufnehmen zu können. Denn er schaute zu ihnen auf, ja, er schaute sogar zu Tabby auf, obwohl sie jünger war, und wollte nicht auf der Strecke bleiben. Er war hinter den anderen zurückgeblieben und es hatte ihn so viel Zeit gekostet aufzuholen. Und dann hatte er sich wieder verlassen gefühlt, als die anderen wussten, was sie mit ihrem Leben anfangen wollten und Fox sich immer noch in seinen Büchern verloren hatte.

Aber jenes Kind war er nicht mehr. Jetzt würde er selbst ein Kind haben. Also ja, dieser Kochkurs war genau das Richtige für ihn, dann würde er wissen, dass er für Melody und das Baby kochen konnte, wenn es so weit wäre. Wenn er so an Melodys Leben würde teilnehmen können, wie er glaubte, es zu wollen. Es hing alles in der Schwebe und wenn er nicht aufhörte und den Dingen ihren Lauf ließ, würde er sich noch die Haare ausreißen.

»Du starrst auf das Schild, gehst aber nicht ins Gebäude hinein. Gibt es da etwas, was ich wissen sollte?« Ainsley stieß ihn mit der Hüfte an. Er schüttelte den Kopf und legte ihr einen Arm um die Schultern. Sie mochte zwar Lochlans beste Freundin sein, aber sie war auch mit ihm befreundet und sie hatten beschlossen, den Kurs zusammen zu besuchen. Sie wollte für sich selbst besser kochen lernen, aber auch für Misty, Lochlans Tochter, wenn sie für diese kochte. Fox glaubte, dass sie bereits besser kochte als er, auch wenn das nicht viel hieß, wenn man der anfänglichen Bewertung ihrer Fähigkeiten glaubte.

»Entschuldige, ich habe über alles und nichts nachgedacht, glaube ich.«

Ainsley warf einen Blick über die Schulter, wahrscheinlich um sich zu vergewissern, dass sie allein waren, bevor sie fragte: »Über Melody, den Stalker und das Baby? Das ist wahrlich eine Menge.«

»Hat Lochlan dir erzählt, was geschehen ist?« Er hatte es jedenfalls nicht getan, aber es überraschte ihn nicht, dass sie informiert war.

»Ja, aber auch Melody hat es mir erzählt, als ich sie angerufen habe, um mich zu vergewissern, dass es ihr gut geht. Ich weiß, ich sollte ihr wahrscheinlich Zeit geben, aber sie ist meine Freundin und ich bin neugierig und aufdringlich, wenn es um meine Freunde geht.«

»Und das lieben wir an dir«, erwiderte Fox ehrlich. »Und jetzt lass uns hineingehen, bevor uns jemand hier draußen stehen sieht.«

Sie hatten vereinbart, niemanden von ihren Freunden wissen zu lassen, was sie vorhatten. Es war peinlich, dass sie in ihrem Alter noch nicht einmal die grundlegenden Fähigkeiten beherrschten, eine einfache Mahlzeit zuzubereiten, aber sie lernten. Seltsamerweise gehörten die Neuigkeiten noch nicht zum Klatsch und Tratsch der Stadt und dafür war er dankbar.

Die Kursteilnehmer bestanden aus fünf Paaren, die die Grundlagen des Kochens erlernen wollten und später vielleicht die Fähigkeit, eine vollständige Mahlzeit zusammenzustellen, die etwas anspruchsvoller war. Es handelte sich um einen zehnwöchigen Kurs und dies war die vorletzte Stunde. Er hatte keine Ahnung, warum seine Eltern und seine Familie noch nicht herausbekommen hatten, dass er den Kurs besuchte, aber er war einfach froh, dass er sich nicht mit Fragen herumquälen musste. Seine Mutter würde wahrscheinlich glauben, es wäre alles ihre Schuld, dass er lange Zeit sogar Schwierigkeiten gehabt hatte, Wasser zum Kochen zu bringen, aber zumindest verbesserte er sich.

Ainsley und er hatten sich zu einem Paar zusammengetan, während der Rest der Teilnehmer tatsächlich aus echten Paaren bestand, die sich auf die Zeit vorbereiteten, wenn sie heiraten und eine Familie gründen würden. Aber ihm gefiel es, dass er den Kurs mit einer Freundin machte, mit der er über Angebranntes lachen konnte und sich nicht abmühen musste, eine fotoreife Mahlzeit zuzubereiten.

Heute Abend nahmen sie es leicht mit der Chicken Masala und Pasta. Für ihn klang das viel zu kompliziert, aber was wusste er schon. Im letzten Monat hatte er nur gelernt, wie man richtig Eier kochte.

Ainsley konzentrierte sich schweigend neben ihm auf ihre Arbeit, und das gefiel ihm an ihr. Sie konnte ohne Punkt und Komma reden, wenn sie es wollte, aber sie konnte ebenso der stille Beobachter sein, der Fels in der Brandung für die Menschen in ihrer Umgebung, wenn es sein musste. Er wusste, dass sein Bruder sich in mehr als nur in Sachen Babysitter auf sie verließ und er hatte das Gefühl, wenn Lochlan das erst einmal erkennen würde, würde sich einiges für das Paar ändern. Er mochte Ainsley. Sie hätte ihm als Frau für seinen Bruder gefallen und er war froh, dass sie zu ihrem Leben gehörte. Fox hatte allerdings Sorgen, was geschehen könnte, wenn den beiden endlich bewusst würde, was sie einander sein könnten. Lochlan war sogar noch dickköpfiger als Dare oder er selbst und wenn sie nicht aufpassten, könnten sie alle Ainsley verlieren, weil Lochlan Angst hatte zu vertrauen.

Fox entging die Tatsache nicht, dass ihn der Gedanke sehr an Melody erinnerte. Er selbst vertraute stets viel zu leicht, sogar für einen Autor, und das wusste er. Aber er wusste auch, dass er sein Vertrauen nicht an die Falsche verschenkte, was die Frau anbelangte, mit der er sein Leben teilen wollte. Er mochte sich zwar sehr schnell verliebt haben, aber das war ihm egal. Es lag nicht nur an dem Baby, erinnerte er sich. Sie war die Frau, die er besser kennenlernen wollte, die Eine, die er nicht loslassen wollte.

Und damit würden sie sich auseinandersetzen müssen.

Der Kurs dauerte ungefähr zwei Stunden, weil sie ihre Mahlzeit anschließend auch verzehren durften – falls sie gelungen war. Gott sei Dank zauberten die beiden ein großartiges Mahl, das seinen Magen füllte und Lust auf mehr machte. Vielleicht würde er das Gericht eines Tages für Melody kochen, da er wusste, dass sie gern Pilze aß. Sehen Sie? Sie wussten Einzelheiten wie diese voneinander. Sie waren einander nicht so wenig vertraut, wie man beim ersten Blick vielleicht angenommen hätte.

Und jetzt musste er nur noch dafür sorgen, dass auch Melody das begriff.

Nachdem Ainsley und er ihre Unordnung beseitigt hatten, die tatsächlich immens war, da sie beide nicht gerade die saubersten Köche waren, gingen sie hinaus, um jeweils zu sich nach Hause zu gehen. Sicher, weil dies in seinem Leben nun einmal so war, lief nichts so, wie er es hoffte. Lochlan und Melody kamen gerade aus ihren jeweiligen Studios und bemerkten Ainsley und Fox, die dicht nebeneinander hergingen. Fox wischte gerade Mehl aus Ainsleys Gesicht und lachte, weil er sich ziemlich sicher gewesen war, dass er es dorthin befördert hatte, als er die beiden auf der anderen Straßenseite bemerkte. Melody stand dort mit weit aufgerissenen Augen und er hatte keine Ahnung, was sie dachte.

Lochlan hingegen starrte auf Fox' Hand, dann wirbelte er herum und stürmte davon.

Fox hatte keine Ahnung, was zum Teufel im Kopf seines Bruders vor sich ging. Aber das war nichts Neues. In diesem Augenblick jedoch machte er sich wirklich Sorgen, was Melody durch den Kopf ging. Ihm war bewusst, wonach die Szene ausgesehen hatte. Und hatte er sich nicht gerade noch ins Gedächtnis gerufen, dass Melody Vertrauensprobleme hatte? Er hoffte wirklich, nicht alles vermasselt zu haben.

Ainsley neben ihm seufzte und flüsterte: »Natürlich, na klar.« Dann blickte sie Fox an und zuckte mit den Schultern. »Die Katze ist aus dem Sack. Aber ich glaube, Lochlan irrt sich bezüglich der Katze, von der ich rede. Ich würde hinter ihm hergehen und alles erklären, aber im Augenblick ist mir das wirklich egal. Ich fahre jetzt nach Hause. Danke für deine Begleitung bei der guten Kochstunde. Und jetzt geh und sorge dafür, dass dein Mädchen nicht das denkt, was Lochlan uns wahrscheinlich unterstellt.«

Sie küsste ihn auf die Wange, wohl wissend, dass Melody sie beobachtete, und ging zu ihrem Wagen. Fox wusste, sie hätte ihn jetzt wahrscheinlich nicht küssen sollen, aber so war Ainsley eben. Sie sorgte immer dafür, dass jeder genau wusste, was vor sich ging, auch wenn sie keine Ahnung von seinem Bruder hatte.

Fox schaute in beide Richtungen, bevor er die Straße überquerte, um an Melodys Seite zu gelangen. Sie hatte sich von der Stelle bewegt, an der sie gestanden hatte, und er ärgerte sich irgendwie darüber, dass Lochlan sie dort allein gelassen hatte, auch wenn Fox in der Nähe gewesen war. Aber damit würde er sich später befassen müssen, denn im Moment wollte er seine Aufmerksamkeit nur auf die Frau vor ihm richten.

»Es ist nicht so, wie du denkst.« Er verzog das Gesicht. »Und das sagt natürlich jeder Kerl, der auf frischer Tat ertappt wurde. Aber ich meine es wirklich so. Ehrlich.«

Melody rollte nur mit den Augen und tätschelte

seine Brust mit der Hand. Die Tatsache, dass ein Lächeln in ihren Mundwinkeln zuckte, sagte ihm genug und er entspannte sich etwas.

»Da Ainsley total in Lochlan verliebt ist, auch wenn sie es nicht zugeben will und ich nicht einmal weiß, ob sie es selbst weiß ... und Lochlan total in sie verliebt ist, auch wenn er es nicht einmal zu denken wagt, gehe ich davon aus, dass ihr zusammen abgehangen habt, weil ihr Freunde seid. Ich bin keine solche Furie, die automatisch an Betrug denkt. Und wenn Lochlan nicht so verdammt verwirrt wäre, sogar noch verwirrter als ich – und das will etwas heißen –, hätte er es wahrscheinlich schon längst herausgefunden. Also, was habt ihr zwei gemacht? Und warum war ich nicht eingeladen? War nur ein Scherz.« Sie zwinkerte und Fox verliebte sich noch mehr in sie.

»Wir besuchen einen Kochkurs. Wir haben einander geschworen, es niemandem zu verraten, bevor wir nicht ein gewisses Kochtalent entwickelt haben, denn es ist irgendwie peinlich, dass wir in unserem Alter immer noch die Grundlagen erlernen müssen. Aber wir werden immer besser. Und irgendwie hat uns die Stadt nicht bei der Familie verpetzt. Aber vielleicht wissen meine Eltern es auch und lassen uns in dem Glauben, unser Geheimnis sei gewahrt. Das ist nicht abwegig, weil meine Mutter immer alles weiß. Und was zwischen Lochlan und Ainsley vor sich geht? Ich habe keine Ahnung, und ich versuche, ihnen ihren Freiraum zu lassen, weil die Dinge viel komplizierter sind, weil ein kleines Mädchen involviert ist. Ich hoffe nur, dass sie es herausfinden können. Und ich bin wirklich froh, dass du nicht denkst, ich hätte dich betrogen. Denn du bist meine feste Freundin, Melody, und ich weiß, wir haben noch nicht darüber geredet und definieren unsere Beziehung nicht, aber das werde ich jetzt tun. Du bist die Eine für mich. Ich werde nicht abschweifen und ich werde versuchen, keine Geheimnisse zu haben. Das war das einzige Geheimnis, das ich hatte, aber dennoch ...« Er beugte sich hinunter und nahm ihre Lippen, denn er konnte sich nicht länger zurückhalten. Sie lächelte und erwiderte den Kuss.

Er fühlte sich verdammt gestresst, weil er nicht wusste, was geschehen würde, aber er sagte sich, dass er auch im Augenblick leben musste. Und das bedeutete zu genießen, dass er seine Frau in den Armen hielt und sie sich fest an ihn presste.

Als sie sich voneinander lösten, behielt Melody seine Hand in der ihren und blickte zu ihm auf. »Ich muss los, weil ich Grandma versprochen habe, dass ich nicht zu spät nach Hause komme. Seit Kurzem macht sie sich mehr Sorgen als früher und offen gesagt kann ich ihr das nicht verübeln. Aber willst du mit mir kommen? Oder hast du andere Pläne?«

»Das klingt nach der perfekten Art, den Abend

abzuschließen. Ich wollte dich ohnehin fragen, ob ich dich begleiteten darf, denn heute hatten wir noch nicht viel Zeit füreinander und ich möchte gern hören, wie dein Tag verlaufen ist. Ich freue mich, dass wir das nicht per SMS machen müssen.«

Sie strahlte zu ihm auf und dann gingen sie zu ihrem Wagen. Obwohl sie leicht von ihrem Haus zum Studio zu Fuß gehen konnte, hatten sie es alle übereinstimmend für besser gehalten, wenn sie den Wagen benutzte oder sich zumindest stets von jemandem begleiten ließ. Und daher hatte auch Lochlan sie um den Block herum zu ihrem Fahrzeug bringen wollen. Und da Fox zu Fuß unterwegs war, konnte er ihren Wagen fahren. So wie es aussah war Melody nicht gerade ein Fan vom Autofahren und angesichts ihrer Vergangenheit konnte er ihr das nicht verübeln. Es fiel ihr also leicht, ihm das Steuer zu überlassen.

Als sie an ihrem Haus eintrafen, machte Miss Pearl sich gerade bettfertig, da sie liebend gern die letzte Stunde des Abends mit einem Buch, einer Tasse Kamillentee und einer Gesichtsmaske im Bett verbrachte. Er hörte gern, was für kleine Schrullen die Frau an den Tag legte, die das Objekt seiner Reportage gewesen war und die ihm helfen würde, Teil von Melodys Leben zu werden. Ja, Melody und er hätten aufgrund des Babys irgendwann zueinandergefunden, aber er war sich nicht sicher, ob das auch geschehen wäre, wenn sie nicht versucht hätten, eine Freund-schaft – und dann eine Beziehung – zu beginnen, weil sie einander im Haus von Miss Pearl wiedergesehen hatten.

Sie unterhielten sich ein paar Minuten mit der älteren Frau, bevor diese nach oben ging und die beiden schließlich allein waren. Weil die Hitze zu stark zwischen ihnen brodelte, hielt er sich nicht lange mit nettem Geplauder auf, sondern presste seinen Mund auf ihren, denn er musste sich vergewissern, dass es ihr gut ging, musste wissen, dass sie ihm gehörte – wenn auch nur für diesen Augenblick. Denn sie hatte zwar nicht protestiert, als er sie seine *feste Freundin* genannt hatte, aber sie hatte auch keine positive Reaktion gezeigt. Er hatte solche Angst, sie zu verlieren, und noch bei jedem Kuss und jeder Berührung mit ihrer Haut sorgte er sich, dass sie dem Ende näher und näher kamen.

Er schob diesen Gedanken beiseite und verschloss ihn sicher in seinem Inneren, sodass er sich auf die Frau in seinen Armen konzentrieren konnte.

»Ich will dich. Ich habe dich vermisst.«

Sie lächelte an seinen Lippen. »Ich habe dich auch vermisst. Ich weiß nicht, warum ich dich so sehr begehre, obwohl ich dich doch erst vor ein paar Tagen hatte.«

»Zu lange her.« Er küsste ihren Hals. Ihre Schulter. »Lass mich dich nach oben bringen. Ich verspreche, wir können leise sein.«

Sie lachte und legte den Kopf schräg, damit er ihren Hals noch einmal küssen konnte. »Nein, das können wir nicht. Ich meine, leise sein. Aber wir können trotzdem nach oben gehen und tun, wonach ich mich bereits den ganzen Tag gesehnt habe, weil wir weit genug von Grandmas Zimmer entfernt sind. Mach, dass ich etwas fühle, Fox. Mach mich zu der Deinen, okay?«

Als Antwort konnte er nichts anderes tun, als sie auf den Arm zu nehmen und sie wieder zu küssen. Er trug sie in ihr Zimmer und schloss die Tür hinter ihnen, bevor er sie auf die Füße stellte, sodass sie mit dem Rücken gegen die Hartholztür gedrückt wurde. Sie sehnte sich nach ihm; ein schüchternes Lächeln umspielte ihre Lippen. Da konnte er nicht anders, er musste ihren Mund noch einmal nehmen. Er ließ die Hände über ihren Körper wandern, umfasste ihre Brüste und dann liebkoste er ihren Bauch für einen kurzen Moment, bevor er sie zu ihren Hüften gleiten ließ. Sie beide schienen die Geste zu bemerken, die Tatsache, dass ein Leben in ihr wuchs, das nun Teil eines jeden Augenblicks ihres Lebens war. Aber in diesem Moment ging es nur um sie beide.

»Ich möchte jeden Zentimeter von dir schmecken. Mir Zeit nehmen und lecken und saugen und beißen.

Ich schwöre, jedes Mal wenn wir zusammen sind, wird es heißer. Ich begehre dich jedes Mal mehr.« Er saugte heftig an ihrer Schulter und schob den Träger ihres Oberteils nach unten, damit er mehr von ihr kosten konnte. Sein Schwanz schmerzte und presste sich gegen ihre Hüfte. Und er musste sich beherrschen, ihnen beiden nicht sofort die Kleider vom Leib zu reißen und sie auf der Stelle hart gegen die Wand zu ficken. Aber er wollte mehr. Er brauchte mehr als einen harten Fick in einer heißen Nacht. Also würde er sich Zeit nehmen. Jeden Zentimeter von ihr genießen. Und vielleicht sogar in sie hineinhämmern, denn sie rollte die Hüften und kam ihm entgegen, wenn er sich an sie presste.

»Ich denke, das hört sich gut an. Aber wenn du jetzt gleich an meinen Nippeln saugen könntest, wäre das großartig. Denn sie sehnen sich nach dir und wir haben noch viel zu viele Kleider am Leib.«

Fox brach in lautes Gelächter aus. Er lachte immer, wenn er mit ihr zusammen war, auch wenn beide so erregt waren, dass sie beinahe platzten. Also tat er, worum sie ihn gebeten hatte, und zog ihr das Oberteil langsam über die Arme und den Kopf. Dann langte er um sie herum und löste den Verschluss ihres BHs mit einer einzigen schnellen Bewegung, um ihn dann zu Boden fallen zu lassen. Die Bewegung der Spitze und Seide auf ihrer offensichtlich übersensiblen Haut war eine erotische Liebkosung, auch für ihn.

Ihre Nippel waren harte Knötchen, ihre Brüste voller als in der ersten Nacht. Ihre Brustwarzen waren durch die Schwangerschaft noch empfindlicher geworden, was er liebte. Er senkte den Kopf und saugte eine in seinen Mund. Dann biss er vorsichtig hinein, während er mit der Hand die andere Brust umfasste und mit dem Daumen über die steife Spitze fuhr. Als er die Seite wechselte, stöhnte sie auf die Art auf, die er so liebte, und wölbte den Rücken, sodass er mehr von ihrer Brust in seinen Mund aufnehmen konnte. Er hatte schon immer auf Brüste gestanden und Melody besaß die perfekten Titten. Sicher, er liebte auch ihren Hintern. Er liebte es, ihr das Höschen gerade so weit herunterzuziehen, dass es unter den Rundungen ihrer Pobacken hängenblieb, sodass er sie hart von hinten ficken und bei jeder Bewegung das Wackeln ihrer Kurven beobachten konnte. Bei diesem Gedanken musste er sich zurückziehen und Atem schöpfen. Denn Melody war so verdammt heiß, dass er stets befürchtete, zu früh zu kommen.

Doch bevor er sich auf die Knie niederlassen und ihr die Leggings herunterziehen konnte, um mit ihrem Hintern und ihrer Muschi spielen zu können, schob Melody ihn weg und legte ihm die Hände auf die Hüften, um ihre Positionen zu tauschen. Er war so überrascht und erregt, dass er sie machen ließ. Sicher, beim Anblick von Melody, die vor ihm in die Knie ging, würde er sie fast alles machen lassen.

Sie blickte zu ihm auf und klimperte mit den Wimpern, während sie ihm den Gürtel und die Jeans öffnete, um sie ihm dann an den Beinen hinunterzuziehen. Er half ihr. Sein Schwanz sprang hoch aufgerichtet in die Freiheit und schlug gegen seinen Bauch. So hart war er.

Sie nahm ihn in die Hand und machte zweimal eine Pumpbewegung, bevor sie an der Spitze leckte. Er verdrehte die Augen und klammerte sich mit einer Hand an ihr Haar, während er die andere flach hinter sich auf das Holz legte, um sich nicht von ihr loszureißen und sie zu Boden zu werfen, damit sie einander hart ficken konnten. Er liebte es, wie sie die Länge seines Schaftes erforschte, wie sie entlang der harten Linie leckte und saugte, bevor sie an die Spitze zurückkehrte. Dann öffnete sie den Mund und ließ ihre Zunge über seine Männlichkeit tanzen, bevor sie die Spitze in den Mund nahm und mit der Zunge über den Schlitz fuhr. Mit der freien Hand umfasste sie seine Hoden und rollte sie in der Handfläche. Ihr Kopf fuhr auf und ab, während sie ihm den besten Blowjob seines Lebens schenkte. Und als sie mit der anderen Hand den Ansatz seines Schwanzes drückte, wölbte er unwillkürlich die Hüften vor und zog an ihrem Haar.

»Ich werde kommen«, warnte er sie, doch sie zog sich nicht zurück. Stattdessen sog sie noch fester und als er den ersten Spritzer abgab, rief er ihren Namen, um dann in ihre Kehle zu kommen. So schnell war er nicht gekommen seit der ersten Nacht, in der sie trunken vom Whiskey und voneinander gewesen waren. Und offen gesagt war es ihm egal.

Er griff unter ihre Schultern und zog sie hoch, um seinen Mund auf ihren zu drücken. Er konnte sich selbst auf ihrer Zunge schmecken, und das machte ihn noch mehr an. Sie schlang ihre Beine um ihn, wobei sich ihre Leggings gegen seine Beine pressten, und er taumelte zum Bett. Er streifte sich die Jeans von den Beinen, bevor er sie aufs Bett legte, um zu seiner Lieblingsbeschäftigung zu kommen. Nun, zumindest zu einer seiner Lieblingsbeschäftigungen.

Er zerrte an ihren Leggings und es gefiel ihm, wie sie mit ihren Brüsten spielte, als er sie ihr auszog. Dann spreizte er ihre Beine und kam zur Sache. Er leckte und saugte und verschlang sie. Sie schmeckte so verdammt gut und er wollte zumindest einmal spüren, wie sie an seinem Gesicht kam, vielleicht auch zweimal, bevor er wieder bereit wäre, sie hart in die Matratze zu ficken. Er saugte an ihrer Klitoris und brummte dabei. Sie stieß kleine, stöhnende Geräusche aus, als sie versuchte, nach Luft zu schnappen. Jetzt spielte er mit einem Finger an ihrem Eingang und ließ ihn langsam hinein und hinaus gleiten, um sie vorzubereiten. Dann fügte er einen zweiten und einen dritten Finger hinzu. Er war kein kleiner Mann und er wollte ihr nicht wehtun. Sie war bereits feucht für ihn und nicht nur von seinem Mund. Und als er seine Zunge über ihre Klitoris schnellen ließ, während seine Finger in schnellen Bewegungen arbeiteten, wölbte sie sich ihm entgegen und kam. Ihre Süße füllte seinen Mund.

Als sie so dalag und Atem schöpfte, ging er zu seiner Jeans und streifte sich ein Kondom über. Sie hatten noch keine Zeit gehabt, sich testen zu lassen, und obwohl sie einander vertrauten, so wollten sie doch auf Nummer sicher gehen, nur für den Fall. Fox knurrte, als er sie auf den Bauch rollte, und sie kicherte leise. Er zog sie zurück, sodass sie an der Bettkante lag und ihre Füße vom Bett baumelten, sodass sie den Boden berührten. Dies war eine ihrer Lieblingspositionen und er hätte gern ihren Hintern umfasst, um mit einem einzigen Stoß in sie einzudringen. Also tat er genau das. Er glitt bis zum Ansatz in sie hinein und sie beide stöhnten auf. Sie war so wohlgerundet, dass er einen guten Griff hatte und sie hart ficken konnte. Das Beste jedoch war, dass ihre Zehen sich auf beiden Seiten von ihm in den Teppich bohrten und sie ihm Stoß für Stoß entgegenkommen konnte. Sie legte eine Wange auf die Matratze, sodass sie sich ihm noch mehr entgegenwölben und er noch tiefer in sie eindringen konnte. Sie war so heiß in dieser Position, gehörte so sehr ihm, dass er wusste, wenn er nicht aufpasste, so würde er noch einmal abspritzen. Gott sei Dank hatte ihr wunderbarer Blowjob ihm den größten Druck genommen, sodass er noch einige Male in sie eindringen konnte, während er um sie herumlangte, um ihre Klitoris zu berühren. Er fuhr nur zweimal darüber und schon kam sie, wobei sein Schwanz zusammengepresst wurde.

Während sie noch auf der höchsten Welle ihres Orgasmus ritt, glitt er aus ihr heraus, ignorierte ihr Stöhnen, denn er vermisste ihre Hitze ebenso, und rollte sie auf den Rücken – aber nicht zur Gänze. Ihre Beine lagen fest zusammengepresst auf der Seite, sodass er langsam in sie hineinpumpen und sich Zentimeter um Zentimeter tiefer vorarbeiten konnte. Die Position machte sie noch enger und als ihre Blicke sich trafen und er ihre verdunkelten Augen sah, wusste er, dass seine in diesem Augenblick ebenso aussahen.

Mit einer Hand hielt er ihre Beine zusammen, während er in sie hineinstieß, während er mit der anderen die ihre suchte, um ihre Finger miteinander zu verschränken. Bei dieser Position lagen sie eng beieinander, obwohl er nicht über ihr schwebte. Es gab nichts Vergleichbares. Er drückte ihre Hand und hätte am liebsten niemals diesen engen Kontakt gelöst. Bei diesem Gedanken drang er ein letztes Mal in sie ein und beide kamen, am ganzen Körper bebend.

Melody gehörte ihm, so viel wusste er. Und es war nicht nur der Sex. Es war nicht nur das, was sie an Gefühlen in ihm im Bett hervorrief. Es war alles, was sie war.

Und was auch geschehen mochte, er würde sein Bestes tun, um dafür zu sorgen, dass sie das wusste, auch wenn sie Angst hatte vor dem, was sie zusammen haben könnten.

KAPITEL NEUNZEHN

S o viele Gefühle durchströmten Melody, dass sie
nicht wusste, wie sie sie einordnen sollte, um
nachdenken zu können. Aber sie führte ihr tägliches
Leben wie immer fort, da sie befürchtete, entweder
etwas zu vergessen oder *jemanden* abzuweisen, wenn
sie innehielt.

Denn beides waren ihre üblichen Reaktionen auf
Stress oder wenn sie sich mit den Nachwirkungen des
Unfalls auseinandersetzen musste. Und während sie
einst geglaubt hatte, die Reaktionen würden ihr helfen,
so hatte sie sich geirrt. Und jetzt fand sie sich wieder
einmal in der Situation wieder, mit den Dämonen
konfrontiert zu werden, die ihren falschen Entscheidungen entsprungen waren, aber nun hatte sie Angst,
auch andere in ihren Schmerz mit hineingezogen zu
haben.

Melody stand in ihrem Studio; die Stille erschien ihr ohrenbetäubend. Fox hatte sie allein gelassen, um ihnen bei Dare etwas zum Essen zu besorgen, während sie arbeitete. Allerdings wusste sie, dass Lochlan in der Nähe war, um über sie zu wachen. Die Brüder ließen sie niemals irgendwohin gehen, zumindest nicht sehr weit, ohne dass einer in ihrer Nähe geblieben wäre, denn sie waren ebenso angespannt wie sie.

Sie befand sich auf der Zielgeraden; nur noch eine Nacht, bis das Studio seine Türen für den ersten Tanzkurs öffnete. Obwohl sie nervös war, so war sie doch auch freudig erregt. Sie hatte ihre ganze Seele in dieses Projekt gesteckt und nun war sie endlich in der Lage, ihren Traum umzusetzen. Obwohl dieser Traum ihr nach dem Unfall noch nicht in den Sinn gekommen war, so war es doch der, der letzten Endes wahr geworden war.

Was auch geschehen mochte, Melody würde ihr Bestes tun, sich von der Vergangenheit nicht einholen und zerstören zu lassen, was sie in der Gegenwart besaß. Nur dass es nicht so leicht war. Sie wusste, wer auch immer ihr diese schrecklichen *Geschenke* schicken mochte, die Sache war noch nicht erledigt. Sie wusste, sie verdiente weit mehr als nur ein paar gebrochene Knochen nach dem Unfall. Aber irgendwie hatte sie gedacht, vielleicht einen Weg zu finden, ihr neues

Leben zu leben, ohne ständig einen Blick über die Schulter werfen zu müssen.

Offensichtlich hatte sie sich geirrt.

Aber sie konnte nicht aufgeben, konnte nicht zulassen, dass diese Sache ihr Leben bestimmte. Nicht mehr. Und das sagte sie sich immer wieder, sodass sie es irgendwann selbst glauben würde. Sie musste unbedingt mit dem Grübeln aufhören, um mit den abschließenden Details fertig zu werden, damit sie für die Kurse am nächsten Morgen vorbereitet wäre. Und dann sollte sie nach Hause gehen, sodass sie sich mit ihrer Großmutter und vielleicht sogar mit Fox entspannen konnte, falls dieser wieder bei ihr übernachten würde.

Fox schlug immer tiefere Wurzeln in ihrem Leben und sie wusste, das sollte sie eigentlich beunruhigen, aber während so viel um sie herum vorging, fiel ihr das sehr schwer. Sie verliebte sich in ihn, so viel wusste sie. Es hätte ihr Sorgen bereiten müssen, dass alles so schnell ging, aber ein Teil von ihr konnte das alles noch nicht verarbeiten. Denn es war ja nicht so, als führten sie eine normale Beziehung. Alles hatte mit einem One-Night-Stand begonnen, aus dem sich mehr entwickelt hatte, und jetzt ging die ganze Geschichte sogar noch über sie beide hinaus, weil sie ein Baby bekamen. Ein kleiner Teil von ihr sorgte sich, dass er nur wegen des Babys mit ihr zusammen war und weil er sie vor demjenigen beschützen musste, wer auch immer hinter ihr her sein mochte ... und nicht aufgrund dessen, was er im Innersten für sie empfand. Und obwohl ihr bewusst war, dass dies die Stimme ihrer inneren Dämonen war, so waren die Worte dennoch nicht falsch.

Und weil sie angefangen hätte zu weinen, wenn sie weiter darüber nachgedacht hätte, vertrieb sie die Gedanken und setzte sich an ihren Schreibtisch, um die letzten E-Mails für den Tag zu erledigen. In der vorherigen Woche hatte sie zur Erinnerung nochmals die Anweisungen verschickt, welche Utensilien und Kleidungsstücke ihre Schüler am ersten Unterrichtstag mitbringen sollten, obwohl sie ihnen dies bereits bei der Anmeldung mitgeteilt hatte. Sie wusste, die Tanz-kurse waren für manche Familien eine finanzielle Belastung und sie würde niemals die Besten der Besten anlocken, aber sie wollte auch sichergehen, dass alle vorbereitet waren. In der E-Mail des heutigen Abends gab sie außerdem Anweisungen betreffs der Zeiten, wann die Schüler gebracht und wann sie abgeholt werden sollten. Während die Eltern der jüngeren Schüler wahrscheinlich bleiben würden, nahm sie an, dass manche dafür keine Zeit hatten und andere wiederum ihrem Kind den Raum lassen wollten, allein zu trainieren.

Ihre Mutter hatte beinahe an jeder Übungsstunde

teilgenommen, eine Bühnenmutti, der niemand das Wasser reichen konnte. Während der Stunden sagte sie kein Wort, aber sobald sie zu Hause waren, hatte sie bezüglich Melodys Ungeschicklichkeit sehr viel zu sagen. Dabei ließ sie Bemerkungen fallen, wie begabt sie gewesen sei und wie viel Potenzial sie gehabt hätte, aber stets kam sie darauf zurück, wie sehr Melody trotz ihrer Begabung noch an sich arbeiten musste.

Melody wollte sich bemühen, ihre Schüler nie in eine solche Lage zu bringen. Es würde nicht leicht sein und sie würde wahrscheinlich Fehler begehen, aber darin war sie gut.

Nachdem sie die E-Mails abgeschickt hatte, beschloss sie, sich wenigstens ein bisschen zu dehnen und auf ihrem Tanzboden etwas Leichtes zu tanzen, um die nervöse Energie abzubauen, die in ihr brodelte. Wenn man ihren Schwangerschaftsbauch erst einmal sehen würde, wäre sie dazu nicht mehr in der Lage, aber bis dahin wollte sie ihren Körper in Bewegung halten. Als sie ihre Musikanlage einschalten wollte, bemerkte sie daneben eine Spieluhr. In dem Glauben, es handelte sich vielleicht um ein Geschenk von Fox, beugte sie sich hinunter, um den Deckel zu öffnen. Sanfte Töne erklangen, die ein Schaudern entlang Melodys Wirbelsäule schickten.

Sie erstarrte. Diese Melodie ... diese vertraute Melodie.

Zu vertraut.

Sie hatte mit ihren Freunden stundenlang dazu getanzt und ihren Schweiß und ihre Energie hineingesteckt, um für ihre Abschlussvorstellung an der Juilliard ihre Choreografie in allen Einzelheiten auszuarbeiten.

Sie wusste, dass sie dieses Lied mit Sicherheit nicht auf ihrem Handy hatte, weil sie es niemals wieder hatte hören wollen. Sie schluckte heftig und als sie auf die Anlage hinabblickte, sah sie, dass der Stecker herausgezogen war. Aber die Musik kam ja auch nicht aus der Anlage. Die verhasste Melodie, die für immer Melodys Herz und Seele einschnüren würde, ertönte aus ihrem neuesten *Geschenk*.

Irgendjemand verhöhnte sie und sie hatte schreckliche Angst.

Noch bevor sie sich umschauen und sich fragen konnte, ob jemand sie beobachtete, um ihre Reaktion zu sehen, öffnete sich die Eingangstür. Sie schrie auf. Fox ließ die Tüte mit dem Essen fallen und eilte zu ihr. »Was ist los?«

Sie weinte nicht, aber sie riss sich von ihm los. Ihre Hände bebten und ihre Handflächen waren schweißnass. »Die Musik. Ich habe dieses Lied nicht ausgewählt. Ich habe diese Spieluhr nicht gekauft. Ich habe zuerst gedacht, sie könnte vielleicht von dir sein, aber das kann nicht sein, oder? Weil du das Lied nicht kennst.«

Fox' Augen weiteten sich, dann starrte er auf die Spieluhr. »Wie zur Hölle ist die hier hereingekommen? Beide Türen waren verschlossen.«

»Aber die Alarmanlage ist nicht eingeschaltet, weil ich hier gesessen habe. Lochlan wird sie aktualisieren, aber es ist noch nicht getan. Irgendjemand könnte das Schloss aufgebrochen oder einen anderen Weg hier hinein gefunden haben, um das hierhin zu stellen. Ich weiß nicht, aber wir müssen die Polizei rufen. Denn zu dieser Melodie habe ich mit meinen Freunden getanzt, bis zu der Nacht, in der sie gestorben sind. Zu diesem Lied haben wir als Gruppe unsere Abschlussvorstellung choreografiert. Es gibt keinen Zweifel, worauf sich das bezieht, nicht bei dieser Melodie.«

Fox' Hände auf ihren Schultern spannten sich für einen Augenblick an, bevor er sie losließ und mit den Fingern ihre Arme hinabwanderte, um ihre Hände zu ergreifen. Das ließ sie zu. Sie wusste, sie musste stark sein. Denn während ihr ihre und die Sicherheit ihres Babys am Herzen lagen, so galt das Gleiche doch auch für Fox' Sicherheit. Was wäre geschehen, wenn er dort gestanden hätte, als die Person eingedrungen war, um die Spieluhr zu platzieren? Obwohl derjenige höchstwahrscheinlich das Studio die ganze Zeit beobachtet und gewartet hatte, bis sie allein war. Sie hätte es

bemerkt, wenn die Spieluhr über Nacht hereinge-
bracht worden wäre, als sie früher am Morgen das
Studio betreten hatte. Zumindest glaubte sie das.
Obwohl, sie wusste es nicht genau, und das würde sie
der Polizei sagen müssen. Doch trotz allem wollte sie
nicht, dass Fox etwas geschah, und sie hatte wirklich
Angst, genau das würde geschehen.

Nachdem die Polizei gekommen und wieder
gegangen war, nachdem sie wieder einmal ihre Aussage
aufgenommen und sie zum Schauspiel für ihre neue
Stadt gemacht hatte, legte sie eine Hand auf Fox' Brust
und stieß langsam den Atem aus.

»Was hast du? Ich werde nicht zulassen, dass
jemand dir wehtut. Wenn das bedeutet, dass ich jede
einzelne Sekunde an deiner Seite sein muss, so werde
ich das tun.«

Sie schüttelte den Kopf, denn sie wusste, das war
nicht die Lösung. Denn am Ende würde sie nicht
zulassen, dass Fox etwas geschah. »Das wird nicht
funktionieren, und das wissen wir beide. Ich möchte
nicht, dass dir etwas passiert, Fox. Vielleicht musst du
mir etwas Raum geben. Denn wir beide wissen, wer
auch immer mich beobachtet, observiert auch dich. Sie
haben mir noch nichts getan, aber was, wenn sie dich
verletzen, um an mich zu gelangen? Das kann ich mir
nicht auf die Seele laden, Fox. Ich kann nicht zulassen,
dass dir meinetwegen etwas zustößt. Du bedeutest mir

mehr, als ich für möglich gehalten hätte, und wenn wir so weitermachen, wird man dir wehtun. Vielleicht nicht ich. Aber andere wegen meiner Vergangenheit. Das will ich nicht, Fox. Bitte lass das nicht zu.«

Fox' Augen weiteten sich, bevor er einen Schritt näher herantrat und ihr mit der Hand durchs Haar fuhr. »Ich werde das überhören, weil du verängstigt bist. Und ich werde die Tatsache übergehen, dass ich dir mehr bedeute, als du für möglich gehalten hast. Aber ich werde es immer zu schätzen wissen. Aber ich werde nicht von deiner Seite weichen. Wenn du Abstand brauchst, weil ich zu anstrengend bin? Okay. Aber ich werde dich nicht allein lassen. Wer auch immer dich stalken mag, er muss zuerst an mir vorbei. Und ich weiß, du hasst es, das zu hören, aber gestatte für einen Augenblick in deinem Leben, dass jemand anderes sich um dich kümmert. Du bist so verdammt stark, aber lass zu, dass ich mich um dich kümmere. Lass zu, dass ich mich um unser Baby kümmere. Ich weiß, du hast Angst. Offen gesagt habe ich auch Angst. Aber wir werden bessere Schlösser bekommen und mein Bruder kann an der Alarmanlage arbeiten. Die Polizei und die Stadt halten ein Auge auf alles, was aus der Reihe fällt. Und bei so vielen Touristen hältst du das wahrscheinlich für unmöglich, aber diese Stadt ist klug. Ich bin da, um dich zu beschützen. Also stoß mich nicht zurück, Melody. Ich weiß, du bist klug und schön und du hast Angst, aber stoß mich nicht zurück.«

»Fox ...« Sie wusste nicht, was sie hätte sagen können, denn es gab nichts mehr zu sagen. Denn obwohl sie Raum brauchte und ihn von sich stoßen wollte, wusste sie, dass es nichts nützen würde. Sie hatte sich auf diesen Mann eingelassen und er würde sie nicht enttäuschen. Aber bei jedem Atemzug fühlte sie sich, als wäre sie diejenige, die ihn enttäuschte.

»Ich kann nicht zulassen, dass dir etwas geschieht.«

»Und ich kann nicht zulassen, dass *dir* etwas geschieht. Also lass uns zusammenarbeiten. Uns zu trennen und diesem Verrückten, wer auch immer es sein mag, allein gegenüberzutreten hilft niemandem. Aber falls du körperlichen Abstand von mir brauchst, werde ich nicht in deinem Bett schlafen und dich in den Armen halten. Ich weiß, unsere Beziehung entwickelt sich ziemlich schnell. Aber stoß mich nicht wegen dieser Person aus deinem Leben. In gewisser Hinsicht habe ich das Gefühl, dass sie genau das beabsichtigt.«

»Okay«, flüsterte sie und ließ sich dann von ihm in den Arm nehmen.

Sie hasste es, dass dies alles überhaupt geschah. Und weil sie schwach war und Fox nicht loslassen wollte, obwohl sie genau das hätte tun sollen, ließ sie sich von ihm nach Hause fahren, nachdem sie das Studio abgeschlossen hatten. Lochlan und sein Team arbeiteten intensiv an dem Sicherheitssystem, bevor das Studio morgen eröffnen würde, aber sie machte sich dennoch Sorgen, dass sie Fox und ihre Schüler aufgrund ihrer damaligen Fehlentscheidung in Gefahr brachte.

Im Haus war es still, als sie nach oben ging, gefolgt von Fox. Bevor sie das Abendessen zubereiten würden, wollte Fox in ihr Zimmer gehen, um sein Notebook zu holen, das er dortgelassen hatte, und Melody ging in das Zimmer ihrer Großmutter, um ihr Hallo zu sagen, da die Frau nicht heruntergekommen war, als Melody und Fox sie gerufen hatten. Das war jedoch nichts Ungewöhnliches, da ihre Großmutter gern ein Nicker-chen machte und manchmal auch mit einer Tasse Tee im Bett las, wobei sie sich so in die Geschichte vertiefen konnte, dass sie die Außenwelt nicht mehr hörte.

Melody klopfte leise an die Tür ihrer Großmutter. Als diese keine Antwort gab, öffnete sie die Tür und streckte den Kopf hindurch, um sich zu vergewissern, dass alles in Ordnung war. Und dann ertönten Melodys Schreie.

KAPITEL ZWANZIG

»**E**s geht mir gut. Mir ist nur ein wenig schwindelig geworden.«

Fox unterdrückte ein unwilliges Schnaufen bei Miss Pearls Worten, denn die alte Dame lag ausgestreckt auf ihrem Bett und sah alles andere als gut aus.

Und weil er den Klang von Melodys Schreien nie vergessen würde, gleichgültig wie lange er leben mochte.

Melody saß auf der Bettkante ihrer Großmutter – nachdem sie mit ihr aus dem Krankenhaus zurückgekehrt waren – und hielt stirnrunzelnd deren Hand. »Ein Schwindelanfall? Ich fand dich auf dem Boden liegend mit einer Hand nach dem Telefon ausgestreckt, vollkommen bewusstlos. Das sieht nicht nach einem Schwindelanfall aus. Ich kann nicht glauben, dass ich dich so lange allein gelassen habe. Du hast zwei Stunden lang auf dem Boden gelegen.«

»Es geht mir gut, mein kleines Mädchen. Ich schwöre es. Ich habe heute einfach nicht genug gegessen, weil ich mich in einem guten Buch verloren habe und weil ich wegen deiner Studioeröffnung morgen so aufgeregt war. Fang nicht damit an und gib dir die Schuld. Ich weiß, wie viel ich wegen meines Zuckerspiegels täglich essen muss. Ich bin ein großes Mädchen und ich weiß, was ich tun muss. Ich habe es nur nicht getan, weil ich dumm war.«

»Nun, das wird sich nicht wiederholen. Und wenn wir alles aufschreiben, einen farbig markierten Kalender anlegen oder eine Krankenschwester ins Haus holen müssen, um dich zwangsweise zu ernähren, dann werden wir das tun, aber wir werden nicht zulassen, dass du noch einmal ohnmächtig wirst. Denn als ich das letzte Mal ohnmächtig geworden bin, war ich schwanger.« Sie zwinkerte zu ihrem letzten Satz und sowohl Fox als auch Miss Pearl mussten lachen.

»Ja, Melody. Das ist wahr. Es muss einer der Herren gewesen sein, die mich immer noch anrufen. Mich im Alter von, nun, das werde ich euch nicht verraten, aber ihr könnt es euch wahrscheinlich denken. Ja, ich in meinem Alter bekomme ein Kind. Das ist ziemlich außergewöhnlich. Wir können unsere Kinder zusammen aufziehen.«

Fox lachte leise vor sich hin und setzte sich auf einen Stuhl hinter Melody. So konnte er die Hand ausstrecken und ihren Oberschenkel streicheln, während Melody weiter auf ihre Großmutter einredete. Die warmen Blicke, die Miss Pearl ihm zuwarf, entgingen ihm nicht, und er dachte sich, da er langsam Teil ihres Lebens wurde, je mehr er sich in Melodys integrierte, musste sie sich daran gewöhnen, ihn um sich zu haben.

»Der Arzt hat dich nur nach Hause zurückkehren lassen und dich nicht über Nacht dortbehalten, weil deine Blutzuckerwerte nur ein wenig außerhalb der Norm lagen und alles andere gut zu sein schien. Aber das bedeutet nicht, dass Fox und ich dich nicht mit Adleraugen bewachen werden. Oder besser wie Füchse, da das bei seinem Namen besser zutrifft, aber ich schweife ab. Falls du irgendetwas brauchst, rufst du uns. Und wir werden ernsthaft über eine Möglichkeit nachdenken, wie du uns oder das Krankenhaus alarmieren kannst, falls du noch einmal in diese Lage gerätst. Ich liebe dich nämlich, Grandma. Du bist meine Familie und ich werde nicht zulassen, dass uns das durch Dummheit zerstört wird. Verstehst du mich?«

Miss Pearl tätschelte Melodys Hand und nickte. »Ja, das tue ich, meine strenge Beschützerin. Und jetzt werde ich schlafen, nun, da ich all mein Essen und

Trinken für heute bekommen habe. Morgen, wenn du von den Kursen zurückgekehrt bist, können wir darüber reden, was genau getan werden muss. Ich bin so froh, dass du wieder in meinem Leben bist, meine Lieblingsenkelin. Und ich verspreche, mich besser um mich zu kümmern. Denn ich kann es kaum erwarten, mein Urgroßbaby im Arm zu halten. Also pass auch du gut auf dich auf. Und das heißt, dass du keinen der Collins-Brüder aus den Augen lässt, weil sie dich und mein Urgroßbaby vor jedem beschützen, der euch etwas antun will. Hast du verstanden?«

Fox erhob sich und beugte sich über das Bett, um Miss Pearl einen Kuss auf die Wange zu geben. »Ich werde dafür sorgen, dass sie sicher ist. Denn mir ist sie genauso viel wert wie Ihnen.«

»Sie sind ein guter Junge, Fox. Und ich bin froh, dass Melody Sie hat.« Als sie ihm die Wange tätschelte, musste er lächeln. Sie wirkte so zerbrechlich und ein wenig älter als am Tag zuvor, aber sie barg immer noch eine gewisse Kraft in sich, die gleiche, die er in Melody sah. Miss Pearl würde es gut gehen, zumindest noch für ein paar weitere Jahre. Und dafür war er dankbar.

Melody sagte nichts, als die beiden äußerten, was sie ihnen bedeutete. Sie wünschte ihrer Großmutter eine gute Nacht und kehrte dann Seite an Seite mit Fox in ihr Zimmer zurück.

Als die Tür sich hinter ihnen geschlossen hatte,

zog Fox sie an sich und küsste sie auf den Scheitel. Er hasste es, sie so zu sehen, so verängstigt und nervös. Sie hatten nicht viel Zeit gehabt, über das zu sprechen, was zuvor im Studio passiert war, aber er wusste, dass es ihr im Kopf herumging. Allerdings hatte er das Gefühl, dass es nicht das war, was im Vordergrund stand, wegen dem, was später mit Miss Pearl passiert war. Er hatte so ein verdammtes Glück, dass sie sich nicht mit der Idee durchgesetzt hatte, ihn zu seiner eigenen Sicherheit aus ihrem Leben auszuschließen. Denn er war sich nicht sicher, was er getan hätte, wenn er in einer Zeit wie dieser nicht in ihrer Nähe hätte sein können. Verdammt, er war sich nicht sicher, was er tun würde, wenn er nicht jederzeit in ihrer Nähe sein könnte.

»Ich weiß, dass du nichts trinken darfst, auch wenn heute ein Tag ist, an dem es angebracht wäre, also werde ich dich einfach eine Weile in den Arm nehmen und hoffen, dass das reicht. Wenn du willst, kann ich meine neu erworbenen Fähigkeiten einsetzen und etwas für dich kochen. Ich kann nicht versprechen, dass es wirklich essbar sein wird, aber ich werde mein Bestes geben.«

»Ich bin nicht wirklich hungrig. Aber ich würde mich freuen, wenn du irgendwann einmal für mich kochen würdest. Ich glaube nicht, dass du so schlecht bist, wie du sagst.«

»Du hast noch nie etwas gegessen, was ich gekocht habe. Und ich weiß, dass du ein großes Frühstück mit mir gegessen und im Krankenhaus ein paar Sachen geknabbert hast, während wir darauf gewartet haben, etwas über deine Großmutter zu erfahren, aber das war's auch schon, was Essen anbelangt. So wie du es bezüglich deiner Großmutter gesagt hast, müssen wir auch bei dir dafür sorgen, dass du genug isst. Denn du isst ja nicht mehr nur für dich selbst, weißt du?«

»Ich weiß. Aber wir haben doch gefrühstückt und ich habe den ganzen Tag etwas geknabbert. Also sorge ich doch für mich, auch wenn ich im Augenblick nicht so große Lust habe, etwas zu essen.« Sie stellte sich auf die Zehenspitzen und küsste ihn auf die Wange. Er senkte den Kopf und küsste sie auf die Lippen. Er liebte ihren Geschmack, war ganz verrückt danach. Und er wusste, gleichgültig, wie viele Jahre er mit ihr zusammen wäre, er würde niemals genug von ihrem Geschmack bekommen.

»Du schmeckst so verdammt gut«, flüsterte er an ihren Lippen. Er wusste, er sollte aufhören damit nach allem, was zwischen ihnen geschehen war, aber als sie den Kuss vertiefte, war er verloren und ihr vollkommen ausgeliefert.

»Könntest du Liebe mit mir machen, Fox? Mir ein gutes Gefühl geben?«

Er knabberte an ihrem Kinn, dann fuhr er mit der

Hand durch ihr Haar. Er wusste, sie liebte das, und als sie ihren Kopf in seine Hände kuschelte, hielt er einen Seufzer der Dankbarkeit zurück. Er sprach nicht, sondern überließ das seinen Händen und seinem Mund. Er leckte und saugte an ihren Lippen, dann bewegte er sich weiter abwärts und knabberte an ihrem Hals. Wenn er das machte, erschauderte sie stets, und er wusste, das geschah nicht, weil sie kitzelig war. Sie sehnte sich ebenso nach seiner Berührung wie er sich nach ihrer verzehrte.

Er liebte sie. So viel wusste er. Man mochte das für zu schnell halten, aber für sie beide konnte man das so nicht sehen. In seiner Familie verliebte man sich heftig und schnell und er hatte gesehen, wie dies auf mysteriöse Weise geschah. Aber obwohl er sie liebte, würde er warten, bis er es ihr sagen würde. Denn in ihrem Leben ging so viel vor sich, dass er ihr nicht noch mehr Stress bereiten wollte. Aber als er sie dann streichelte und langsam auszog, hatte er das Gefühl, dass sie bereits wusste, was er empfand.

Fox hatte über sein Leben und die Tatsache nachgedacht, dass er versucht hatte, seinen Platz in der Stadt und in seiner Familie zu finden. Er hatte so vieles versucht. Versucht, der Beständige zu sein. Aber am Ende mochte Melody das sein, was er die ganze Zeit gesucht hatte. Bei ihr musste er seine Liebe für das Schreiben und für Storys nicht verstecken. Und obwohl auch seine Familie ihm niemals das Gefühl gegeben und stets Anerkennung und Liebe für das gezeigt hatte, was er tat, war sein Schwachpunkt ein gewisser Mangel an Selbstvertrauen. Aber bei Melody empfand er nichts dergleichen. Sie gehörte ihm ebenso, wie er ihr gehörte. Und auch wenn er ihr heute Abend seine Liebe nicht gestehen würde, so hatte er doch vor, ihr genau zu zeigen, was er fühlte.

Er knabberte an ihren Brustwarzen, nachdem er ihr den BH ausgezogen hatte, und sie fuhr ihm langsam mit den Händen durchs Haar, wobei sie den Kopf zurückwarf. Ihr langes, blondes Haar ergoss sich über ihren Rücken und sie sah in diesem Moment so sehr wie eine Göttin aus, dass er nicht anders konnte, als zu ihren Füßen zu knien. Dann zog er ihr die Leggings zusammen mit der Unterwäsche herunter und gab ihr einen Kuss auf den Venushügel, bevor er ihr half, aus der Hose zu steigen.

Melody stöhnte auf und spreizte die Beine für ihn. Er grinste und strich mit dem Daumen über ihre Falten, während er mit der anderen Hand ihre Hüfte festhielt, um sie ruhig zu halten. Ihre Muschi war bereits geschwollen, bereit für seine Berührung. Und er wusste, dass sie dort empfindlich war, denn schon bei der kleinsten Berührung wölbte sie sich ihm entgegen. Er kreiste langsam mit seinem Daumen um ihre Klitoris, um sie zu reizen. Dann drehte er sein Handgelenk so, dass er mit zwei Fingern in sie hinein- und heraus-fahren konnte, während er jedem Atemzug und jedem Stöhnen Aufmerksamkeit schenkte, das sie bei seinen Berührungen von sich gab. Und als er seinen Kopf auf ihre Muschi senkte und ihr geschwollenes Fleisch leckte, wurden ihr die Knie schwach, als sie kam. Er grinste und stützte sie mit beiden Händen, als er sich aufrichtete. Dann langte er um sie herum und umfasste ihren Hintern, um sie auf den Arm zu nehmen. Er liebte es, dass sie trotz all ihrer Kurven so klein und kompakt war. Er konnte sie ganz einfach aufs Bett werfen. Aber heute Abend wollte er sie sanft lieben und vollkommen auf sie eingehen. Obwohl sie nach ihm griff und mit den Fingern über die lange Linie seiner Erektion unter der Hose fuhr, zog er sich zurück, um sich auf sie und nicht auf sich selbst konzentrieren zu können.

Hastig zog er sich aus, rollte das Kondom über seinen Schaft, damit er bereit wäre, und widmete sich wieder ihren Brüsten. Er hatte immer das Gefühl, dass er direkt zu ihrer Muschi oder ihrem Hintern überging und manchmal vergaß, wie schön ihre Brüste waren. Und er wollte auch nicht, dass sie das vergaß.

Also leckte und saugte er an ihnen und knetete sie, bis sie keuchte und ihren feuchten Unterleib gegen seinen Schenkel presste. Er konnte ihre Hitze auf seiner Haut spüren und musste sich mit aller Kraft beherrschen, nicht auf der Stelle in sie hineinzustoßen.

Dann drehte er sie auf den Rücken, sodass er unten lag und sie gespreizt auf ihm. »Schieb mich in dich hinein«, flüsterte er mit heiserer Stimme. »Reite mich, Melody.«

Ihre Augen waren dunkel und voller Verlangen, und als sie nach unten griff, um den Ansatz seines Schwanzes zu ergreifen, und sich langsam über seinen Schaft gleiten ließ, verdrehte er die Augen und sie stöhnten beide auf. Sie ritt ihn sanft und rollte mit den Hüften, während er langsam mit seinen Händen über ihren Körper fuhr, ihre Brüste umfasste, ihre Hüften drückte und mit seinem Daumen in ihren Mund hinein- und wieder herausfuhr. Sie war diejenige, die die Kontrolle hatte, sie war diejenige, die sie beide in den Orgasmus trieb, und sie war diejenige, die er bis ans Ende seiner Tage lieben würde.

KAPITEL EINUNDZWANZIG

M elody hätte eigentlich nicht nervös sein müssen, aber sie war es. Sie mochte es zwar geschafft haben, sich durch eine ganze Woche des Tanzunterrichts mit nur ein paar kleinen Schwierigkeiten zu arbeiten, aber das war nichts im Vergleich zu dem, was jetzt auf sie zukam.

Heute Abend fand das Abendessen mit Fox' Familie statt.

Was bedeutete, dass sie wahrscheinlich als Fox' feste Freundin vorgestellt und ausgefragt werden würde.

Fox' *schwangere* feste Freundin.

Mein Gott!

Natürlich wussten sie bereits, dass sie schwanger war. Zur Hölle, mittlerweile wusste es die ganze Stadt, denn sie war fast im fünften Monat und langsam zeigte sich ein kleiner Bauch. Sie hatte ein schlechtes Gewissen, dass sie ihren Tanzschülern nicht früh genug mitgeteilt hatte, dass sie auf die Kursgebühren verzichten würde, falls sie ihre Anmeldung zurückziehen wollten, weil sie schwanger war. Aber niemand hatte den Kurs gekündigt und bis jetzt hatte sie noch keinen einzigen Schüler verloren. In Zukunft konnte das vielleicht geschehen, aber vorerst blieben alle. Obwohl sie wussten, dass sie schwanger war.

Und das bedeutete, kein Versteckspiel mehr vor Fox' Eltern, seinen Brüdern und ihren Frauen.

Und darum war sie auch ein wenig gestresst und wirklich besorgt, sie könnte alles vermasseln, indem sie etwas Dummes sagte.

Fox jedoch konnte nicht verstehen, warum sie so gestresst war, da sie doch bereits alle kennengelernt hatte. Auf diesem Gebiet war er wirklich typisch Mann und hätte zuerst nachdenken müssen, bevor er etwas sagte. Aber sie schrie ihn nicht an, denn sie befürchtete, dann würde sie zu weinen beginnen, denn ihre Gefühle waren vollkommen außer Kontrolle. Sie wusste wirklich nicht, ob es an den Babyhormonen oder an dem Stress lag oder an der Ungewissheit, wer der Stalker war, was alles noch viel schlimmer machte, aber sie war es mehr als leid, dass sie niemals wusste, ob sie im nächsten Moment weinen oder schreien würde. Und dabei war sie noch nicht einmal *so* schwanger.

»Alles wird gut. Meine Eltern lieben dich bereits seit jenem ersten Zusammentreffen und den Gelegenheiten, zu denen sie dich in der Kneipe gesehen haben. Du verschaffst der Familie jede Menge Umsatz und sie belegen deine Kurse im Studio. Ja, wir haben unsere Beziehung von hinten aufgezogen, aber bei dem Handel springt für sie ein Enkelkind heraus, also glaube ich wirklich nicht, dass sie deshalb ausflippen werden. Du solltest dir auch keine Sorgen machen.«

»Das sagst du so, und doch marschiere ich dort als Unverheiratete mit dickem Bauch hinein. Ich könnte ebenso gut ein zerrissenes T-Shirt oder ein scharlachrotes A auf der Brust tragen, wie die Ehebrecherin in dem Roman über das achtzehnte Jahrhundert.«

»Da wir in einem anderen Jahrhundert leben und Whiskey ein wenig moderner als viele andere Städte ist, besonders im Vergleich zum England des achtzehnten Jahrhunderts, spreche ich mich entschieden gegen das rote A aus. Aber wie du meinst.«

»Manchmal hast du wirklich Glück, dass du so süß bist. Mehr sage ich nicht dazu.«

Fox lehnte sich zu ihr und küsste sie heftig. Der Kuss brachte ihren Puls zum Rasen und sie musste um Atem ringen. »Nur süß? Ich werde mir also mehr einfallen lassen müssen, was meine Zärtlichkeiten anbelangt, wenn du mich nur *süß* findest.«

»Fox, lass die Finger von dem armen Mädchen,

sodass sie hereinkommen und endlich etwas zu essen bekommen kann. Außerdem trägt sie mein Enkelkind. Und darum möchte ich, dass sie sich hinsetzt, die Füße hochlegt und ein Glas Eiswasser in der Hand hält. Um Gottes willen, Fox, halte deine Hormone wenigstens für fünf Minuten im Zaum.«

Das war's. Melody musste nun wirklich jenes Mauseloch finden, indem sie sich verkriechen und vergessen konnte, was gerade geschehen war. Sicher, seine Mutter musste natürlich auf der Veranda stehen und auf sie warten. Natürlich musste sie beobachten, wie Fox sie knutschte und dabei knurrende Geräusche von sich gab. Und Melody war sich ziemlich sicher, dass sie selbst ein- oder zweimal gestöhnt hatte. Das tat Fox ihr an. Verfluchter Mann. Verflucht sollte er sein, sein hübsches Gesicht und sein köstlicher Schwanz.

»Entschuldige, Mom. Sie ist einfach so schön.« Er zwinkerte Melody zu, bevor er sie bei der Hand nahm und sie zum Haus führte. Fox' Mom verdrehte die Augen, bevor sie die Arme ausbreitete, um sie zu umarmen.

»Dieser Junge ist einfach zu weich. Zumindest glaubt er das von sich selbst. Ich weiß, wir kennen uns bereits, aber nur für den Fall, dass du es vergessen hast, ich bin Barbara. Bob ist im Haus und jagt unsere anderen beiden Enkelkinder herum. Ich weiß nicht genau, was sie spielen, aber es bringt die Kinder zum

Lachen und hält sie von der Küche fern, damit sie nichts stibitzen. Meine Kinder aus der Küche zu halten, nun ... das kann ich vergessen.«

In Barbaras Umarmung verlor sie all ihre Nervosität. Denn die Frau konnte einen nicht nur wunderbar umarmen, sondern sie gab Melody sofort das Gefühl, zu Hause zu sein. Und obwohl Melody jeden kannte, der sich im Haus aufhielt, stellte Fox' Mutter sie jedem noch einmal vor und platzierte sie dann buchstäblich auf der Couch, legte ihr die Füße auf eine Ottomane und reichte ihr ein Glas Eiswasser.

Kenzie lachte angesichts des Ausdrucks auf Melodys Gesicht. »Erlaube ihr, sich um dich zu kümmern. Die Jungs stoßen sie immer wieder weg und jetzt, da Tabby beschlossen hat, in Denver zu bleiben, hat sie niemanden, den sie verhätscheln kann.«

»Aber sie hat doch dich zum Verhätscheln«, bemerkte Dare, der mit zwei Gläsern Eistee ins Wohnzimmer kam. Er reichte Kenzie eins davon und nippte an dem anderen. Melody erinnerte sich, dass Dare heute Abend in der Kneipe arbeiten musste und deshalb im Unterschied zu Fox und Lochlan kein Bier trank.

Fox' Vater jagte tatsächlich Nate und Misty herum; der Lärm war beinahe ohrenbetäubend, aber niemand beschwerte sich. Die drei amüsierten sich prächtig, zumindest glaubte Melody, dass sie alle viel Spaß hatten. Lochlan reparierte das Scharnier von einer der Türen im Flur, befand sich jedoch im Gespräch mit Dare, Fox und Kenzie. Melody versuchte, alles mitzubekommen, fühlte sich aber dennoch, als hinkte sie zwei Schritte hinterher. Da war es auch nicht sehr hilfreich, dass die Schwangerschaft ihren Verstand entschärfte und sie ein wenig zu müde war, um auf den Füßen zu stehen. Fox' Mutter hatte wirklich gewusst, wovon sie sprach, als sie sagte, sie wollte ihr die Beine hochlegen.

Barbara ließ nicht jeden in die Küche, um zu helfen, da sie ihre eigene Art hatte, die Dinge zu tun, aber Fox hatte Melody gesagt, dass dies nicht immer der Fall war. Manchmal war seine Mutter in der Stimmung, beim Kochen die Hilfe einer Person anzunehmen.

Und diese Person war heute zufällig Ainsley. Offensichtlich machte Ainsley im Kochkurs bessere Fortschritte als Fox, und Barbara wollte sehen, was sie gelernt hatte. Ab und zu kam Misty in die Küche, umarmte Ainsley und lief dann wieder davon, um Nate zu fangen. Melody wusste, dass sie nicht die Einzige war, die das mitbekam; der Rest der Familie beobachtete die kleinen Zwischenspiele auch, aber alle schienen sich zu bemühen, nichts zu sagen.

Denn was auch immer zwischen Lochlan und Ainsley vorgehen mochte, ging sie nichts an, obwohl sie das schreckliche Gefühl hatte, dass die Sache nicht gut enden würde, wenn die beiden nicht miteinander redeten. Aber so wie sie Lochlan kannte, war das Reden nicht seine Sache und er würde nicht so bald mit der Sprache herausrücken.

Melody legte eine Hand auf ihren Bauch und seufzte. Fox hatte ihr den Arm um die Schultern gelegt und küsste sie auf die Stirn. Er sagte nichts, aber das war auch nicht nötig. Sie konnte seinen Trost und sein Verlangen spüren, besonders da sie genauso empfand.

Sie würde Mutter werden, so viel war endlich bis in ihren Kopf vorgedrungen. Fox würde Vater werden. Das hätte sie eigentlich mehr stressen müssen, aber bei allem anderen, was gerade vor sich ging, war das nur eine Frage der Zeit. Es würde etwas vollkommen anderes sein, etwas, das ihr Leben für immer verändern würde.

Aber Fox' Familie umgab sie und es beruhigte sie, dass sie wusste, dass ihre Großmutter heute Abend mit ihren Freundinnen zusammen war und nicht allein sein würde. Fox war die ganze Zeit an Melodys Seite gewesen und hatte sich nicht gedrückt – obwohl sie versucht hatte, ihn von sich zu stoßen. Sie sah die Stärke in Bobs und Barbaras Liebe und Ehe. Sie sah eine ähnliche Stärke in der Beziehung von Dare und Kenzie. Sie sah das Lachen von Misty und Nate. Und sie sah die zarte Versuchung zwischen Loch und Ainsley. All das umgab sie und erinnerte sie daran, dass sie nicht allein war. Als sie sich an Fox lehnte, dachte Melody, dass sie sich vielleicht nur dieses eine Mal selbst vertrauen konnte. Ihm vertrauen konnte.

Vielleicht war dieses Gefühl überhaupt nicht so falsch. Vielleicht verliebte sie sich endlich.

Vielleicht hatte sie sich bereits verliebt.

KAPITEL ZWEIUNDZWANZIG

M elody lächelte. Sie lächelte nicht nur, sie war geradezu ausgelassen. Sie hatte ihren Barrenkurs am Morgen mit wunderbaren Frauen hinter sich gebracht, die eine andere Art von Fitnesstraining suchten, als es das Studio nebenan bot. Und jetzt war dank Dares Kneipe ihr Magen gefüllt mit einer großartigen Mahlzeit. Kenzie hatte sich den Nachmittag freigenommen und da heute die Kinder schulfrei hatten, hatte auch Ainsley frei und die drei hatten nach Herzenslust gespeist. Oder besser zur Befriedigung ihrer Mägen.

Sie hatte sich mit einem doppelten Cheeseburger mit Pilzen und Zwiebelringen vollgestopft und außerdem hatte sie sich mit den Mädels einen Artischocken-Spinat-Dip mit den besten hausgemachten Chips, die sie je probiert hatte, geteilt. Wenn sie nicht gewusst hätte, dass sie sich das wirklich ungesunde Mahl später am Tag abtrainieren würde, hätte sie wahrscheinlich nicht so viel verschlungen. Aber sie wäre wirklich gern in den hinteren Teil der Kneipe gegangen, um Dares Koch kennenzulernen und ihm für das herrliche Essen zu danken.

Offensichtlich hatte die Schwangerschaft sie plötzlich in jemanden verwandelt, der unbedingt jedes einzelne Gericht auf der Speisekarte probieren musste. Fox hatte am gestrigen Abend sogar für sie gekocht und es war ihm tatsächlich nichts angebrannt. Ja, es hatte gegrillten Käse und Tomatensuppe gegeben, aber die Suppe war immerhin nicht aus der Dose gewesen. Und aus irgendeinem Grund konnte sie selbst keinen gegrillten Käse zubereiten. Gleichgültig, was sie auch tat, sie fügte entweder zu viel Butter hinzu oder ließ ihn anbrennen. Oder noch schlimmer, sie wendete ihn zu schnell und das Brot wurde ganz matschig und der Käse war überall. Ihrer Meinung nach war Fox also ein sehr talentierter Koch, aber trotzdem hatte sie vor, ihn anzubetteln, sie öfter auszuführen, um Zwiebelringe zu essen.

Wenn sie nicht aufpasste, würde ihr Baby den Beinamen *Zwiebelringe* tragen, wenn sie bedachte, wie viele sie während des letzten Monats, in dem sie in Whiskey lebte, gegessen hatte.

Die Lage um sie herum hatte sich etwas beruhigt

und sie und Fox begannen tatsächlich, eine Beziehung aufzubauen, die über das hinausging, was sie hätten sein sollen, oder besser gesagt, was sie *glaubten*, sein zu müssen. Sie hatte sich in ihn verliebt, und sie wusste, dass sie den Mut aufbringen musste, ihm das auch zu sagen. Es hätte nicht beängstigend sein sollen in Anbetracht dessen, wie viele andere beängstigende Dinge sie in ihrem Leben bereits durchgemacht hatte. Und wie viele andere Dinge sie immer noch durchmachte.

Ihr Tanzstudio florierte und ihre Schüler waren liebenswert und arbeiteten hart, auch wenn sie manchmal keine Lust hatten, sich zu dehnen oder sich auf die Zehenspitzen zu stellen. Aber das machte ihr nichts aus, denn sie lernte mit ihnen zusammen. Einige ihrer älteren Schüler waren weitaus begabter, als sie es von sich selbst glaubten, und sie freute sich darauf, mit ihnen im Einzelunterricht zu arbeiten. Und sie hatte bereits die Fühler nach jemandem ausgestreckt, der das Studio übernehmen konnte, wenn sie sich von der Geburt ihres Kindes erholen musste.

Denn obwohl sie sich so lange vor ihrer Vergangenheit versteckt hatte, kannte sie doch wirklich eine Menge Leute in der Welt des Tanzes. Und nicht jeder hasste sie so sehr wie sie sich selbst.

Und als ihr dieser Gedanke in den Sinn kam, fragte sie sich unwillkürlich, wo der Stalker geblieben war. Es waren nun zwei Wochen vergangen, seitdem die

Spieluhr aufgetaucht war. Zwei Wochen, und sie hatte nichts von der Person gehört, die versuchte, ihre schlimmsten Ängste Wirklichkeit werden zu lassen. Die Polizei fühlte sich hilflos und versuchte herauszufinden, wie all das vonstattengegangen war, aber es gab einfach keine Beweise. Melody war jetzt niemals allein, einer der Collins-Brüder oder eine ihrer Freundinnen war ständig um sie herum.

Es hätte sie stören müssen, hätte eine Klaustrophobie in ihr auslösen müssen, aber sie ließ zu, dass man sich um sie kümmerte. Und das machte Fox glücklich. Und genau das wollte Melody.

In Beziehungen war sie niemals gut gewesen. Aber jetzt gehörte Fox zu ihrem Leben und vielleicht würde sie ihm heute Abend bei einem weiteren Teller mit Zwiebelringen enthüllen, wie es in ihrem Herzen aussah.

Denn sie liebte ihn und es war längst an der Zeit, es ihm zu sagen. Und das Beste war, dass sie keine Angst hatte, er könnte sie nicht auch lieben. Denn das erkannte sie in jeder einzelnen seiner Handlungen. Sie wusste, er wartete darauf, dass sie die Worte sagte, denn sie musste diejenige sein, die es zuerst aussprach. So waren sie nun einmal und sie wusste das zu schätzen.

Und so merkwürdig wie das war, es machte ihr nichts aus.

»Du hast einen verträumten Ausdruck auf dem Gesicht und hast vollkommen verpasst, dass Kenzie sich verabschiedet hat, weil sie oben einen Notfall hat. Wahrscheinlich nur ein Problem mit einem Handtuch, aber auch das ist eine große Sache, wenn man eine Herberge leitet.«

Melody zuckte bei Ainsleys Worten zusammen und bot ihr entschuldigend den letzten Zwiebelring an. »Tut mir leid.«

»Ist schon okay. Ich weiß, du denkst an deinen traumhaften Fox und wie gut aussehend und männlich und brummig er ist. Aber du wirst ihn ja später treffen, behalte also deinen traurigen kleinen Zwiebelring und ich begleite dich zum Studio zurück. Ich habe vor, bei dir zu bleiben, wenn das okay für dich ist. Ich will wirklich nicht nach Hause gehen und Arbeiten korrigieren. Also dachte ich mir, es würde mich glücklich machen und mir ein Lächeln aufs Gesicht zaubern, wenn ich kleine Mädchen in winzigen Tutus herumtollen sehe, während du dich bemühst, ernst zu bleiben.«

»Das hört sich doch nach einem guten Plan an, denn ehrlich, ich hätte auch keine Lust, Arbeiten zu korrigieren. Der Tag ist zu schön dazu.«

Die beiden räumten ihr Chaos auf und hinterließen ein großzügiges Trinkgeld, da Dares Kneipe sich als ihr zweites Zuhause herausstellte. Oder vielleicht war es zu diesem Zeitpunkt schon ihr drittes Zuhause. Sie winkten Dare zu, der von seinem Platz hinter der Theke aus zurückwinkte, und dann machten sie und Ainsley sich auf den Weg nach draußen und auf die Straße, von wo aus sie zu Fuß zum Studio gehen konnten. Sie hatte sich wirklich in die Stadt verliebt. Jeder, ob er oder sie, hatte sie mit offenen Armen empfangen und sie hatte sich kein einziges Mal wie eine Touristin gefühlt. Sie hatten ihr geholfen, ihre Träume zu verwirklichen, und sie hatten ihr geholfen, sich sicher zu fühlen, als sie es nicht für möglich gehalten hatte. Nein, sie kannten ihre Vergangenheit nicht, aber sie hatten auch nicht danach gefragt. Für eine so neugierige und mit Klatsch und Tratsch gefüllte Stadt hielten sie sich wirklich zurück, wenn es um wichtige Dinge ging.

Sie winkte gerade dem Besitzer des Friseursalons zu, einem gut aussehenden Mann mit einem schönen Bart, der mit denen der Collins-Brüder konkurrieren konnte, als sie einen Wagen erblickte, der ziemlich schnell die Straße entlangraste. Sie blieb stehen.

Ainsley stand am nächsten an der Bordsteinkante, aber Melody war direkt neben ihr. Das Fahrzeug beschleunigte und jemand schrie. Ainsley hielt sich an Melodys Arm fest, aber Melody schubste sie aus dem Weg. Der Wagen sprang über den Bordstein und prallte gegen den Pfosten, genau dort, wo Ainsley gestanden hatte, und genau vor Melody. Ein weiterer Schrei durchdrang die Luft und Melody stürzte rückwärts und schlug mit dem Kopf auf das Pflaster. Sie rollte sich auf die Seite und hielt sich schützend den Bauch. Ainsley war in einer Sekunde auf den Knien neben ihr und andere Leute drängten sich um sie herum. Aber sie hörte nicht wirklich etwas davon, sie konnte nur an das Baby in ihrem Bauch unter ihren Händen denken. Und die Tatsache, dass Fox nicht bei ihr war und jede ihrer Bewegungen bewachte. Er würde sich die Schuld dafür geben.

Aber es war nicht seine Schuld.

Es war die Schuld der Frau, die am Steuer saß.

Die Frau, von der Melody hätte wissen müssen, dass sie die ganze Zeit an der Geschichte beteiligt gewesen war.

Die Frau, deren Leben Melody ruiniert hatte. Denn Sarahs Gesicht hätte sie überall erkannt.

KAPITEL DREIUNDZWANZIG

Wieder einmal fand Fox sich in einem Krankenhauszimmer wieder und blickte auf jemanden hinab, den er gernhatte. So war es ihm erst vor zwei Wochen mit Miss Pearl ergangen und jetzt blickte er auf die Mutter seines Kindes hinab – die Frau, die er liebte. Er konnte nicht glauben, dass sie beinahe von einem verdammten Auto angefahren worden wäre.

So etwas geschah doch in Whiskey nicht. Trotz all der Touristen und Fahrzeuge auf ihren winzigen Straßen wurde nie jemand angefahren.

Aber offensichtlich war genau das der Liebe seines Lebens widerfahren.

Melody redete ihm gut zu, sich nicht die Schuld zu geben, aber er würde es dennoch tun, zumindest teilweise. Melody hatte aufgrund seines bekannten Artikels herausgefunden, wo Melody lebte. Denn Sarah hatte schon lange, bevor sein Artikel im Internet veröffentlicht worden war, von Miss Pearl gewusst und auch genau gewusst, wer mit der Frau verwandt war, die für das Rat Pack und möglicherweise für die Mafia getanzt hatte. Die Frau hatte ihr Wissen und Fox' Angaben benutzt, um herauszufinden, wo Melody sich aufhielt, um ihre kranke Rache an ihr zu üben. Sarah war keine Tänzerin mehr. Und offensichtlich war es zu viel für sie gewesen, Melody tanzen zu sehen, wenn auch nur als Lehrerin. Sie war zusammengebrochen und hatte versucht, Melody ihrerseits zu Fall zu bringen.

»Wenn du weiter auf und ab gehst und dich selbst fertigmachst, werde ich aus diesem Bett steigen und dir auf den Kopf schlagen. Bring mich nicht dazu aufzustehen, obwohl der Arzt gesagt hat, ich müsse für kurze Zeit liegen. Komm her zu mir und halte meine Hand.«

Fox starrte die Liebe seines Lebens an und unterdrückte die bittere Antwort, die ihm auf der Zunge lag. Sie hatte keine Schuld daran, dass sie verletzt worden war. Nichts war ihre Schuld. Und sie hatte ihm mehr als einmal versichert, dass auch ihn keine Schuld träfe. Doch das machte die Pille, die er schlucken musste, auch nicht weniger bitter.

»Es geht mir gut, Fox. Bitte hör auf, auf und ab zu tigern. Ich habe zwar noch keine Kopfschmerzen, aber du wirst mir welche machen. Die Ärzte haben mir noch nicht einmal Krankenhauskleidung angezogen. Ich trage immer noch meine eigenen Sachen.«

»Ich sehe, dass du deine eigenen Sachen trägst, weil ich das Loch am Ellbogen sehen kann, wo du dich aufgeschürft hast, als du gefallen bist. Unter dem Loch trägst du einen Verband. Ich kann das Weiße sehen. Behaupte nicht, es ginge dir gut, obwohl du vorhin ganz klar geblutet hast.« Aber er hörte auf, auf und ab zu gehen, und kam zu ihr. Und dann setzte er sich auf die Bettkante und ergriff ihre Hand. Er senkte den Kopf und lehnte seine Stirn gegen ihre.

»Fox, Baby, es geht mir gut. Ja, es war beängstigend. Aber Sarah ist hinter Schloss und Riegel und ich hoffe, sie bekommt die Hilfe, die sie braucht. Ich wusste, sie musste es gewesen sein oder jemand anderes, der eine Verbindung zu dem Unfall damals hatte. Als ich der Polizei nach dem Zwischenfall mit dem Ballettschuh ihren Namen genannt habe, haben die Beamten gesagt, sie würden sie suchen. Zuerst hat es mich geschmerzt, weil ich nicht noch mehr in ihr Leben eingreifen wollte, als ich es bereits getan habe, aber ich hatte keine Ahnung, wo sie sich aufhielt. Ich habe nichts mehr von ihr gehört, seitdem sie mich direkt nach dem Unfall so angeschrien hat. Ja, ich weiß, auch sie war betrunken, aber ich war die Anführerin und ich habe versagt.«

Diesmal knurrte Fox, nachdem er sie heftig auf den Mund geküsst hatte. »Du hast nicht versagt. Du hast einen Fehler gemacht. Aber sie auch. Aber bist du ihr nachgelaufen und hast sie gestalkt wie eine Verrückte? Nein. Sarah ist gestört und sie hätte dich verletzen können. Der einzige Grund, warum sie diejenige ist, die eine Gehirnerschütterung hat, besteht darin, dass sie einen Pfosten getroffen hat anstatt dich oder Ainsley. Sie hätte noch viel mehr Menschen verletzen können.« Er umfasste ihr Gesicht und drückte sie fest an sich. Er wusste, seine Hände zitterten immer noch, nachdem er sie beinahe verloren hätte, aber das war ihm egal. Sie musste die Breite seiner Gefühle sehen, die Tiefe dessen, was er für sie empfand. Denn das würde sich in absehbarer Zeit nicht ändern. Er hatte sich in Melody verliebt und es war längst an der Zeit, ihr das zu sagen.

»Und sie wird nicht mehr in der Lage sein, jemand anderem oder sich selbst wehzutun. Mir geht es gut, Fox. Dieser Teil ist vorbei. Jetzt können wir nur noch in die Zukunft schauen. Richtig?«

Es lag eine leichte Unsicherheit in ihrem Ton, die ihn beunruhigte. Aber er hoffte, dass es nur daran lag, dass das Adrenalin abnahm, das bei dem Unfall angestiegen war.

»Richtig.«

Sie stieß den Atem aus und ein kleines Lächeln

erschien auf ihrem Gesicht. »Weißt du, ich wollte eigentlich bis heute Abend warten, wenn ich Zwiebelringe bestellt habe und wir sie zusammen vernaschen können, aber ich denke, jetzt ist der perfekte Zeitpunkt.«

»Du und deine Zwiebelringe«, murmelte er, was ihm ein Lächeln einbrachte.

»Mach dich nicht darüber lustig. Aber heute Abend wollte ich dir sagen, dass ich dich liebe. Ich liebe dich so verdammt sehr, dass es beängstigend ist. Ich glaube, ich habe in der ersten Nacht, als wir zu viel Whiskey getrunken haben, begonnen, mich in dich zu verlieben. Als wir unser gemeinsames Baby erschufen. Ich weiß nicht, was in der Zukunft passieren wird, aber ich weiß, dass unsere Leben durch dieses Kind für immer miteinander verflochten sein werden. Aber ich will nicht, dass unsere Leben nur seinet- oder ihretwegen miteinander verbunden sind. Ich möchte, dass wir verbunden sind, weil ich dich liebe. Und es war nicht nötig, dass jemand hinter dem Steuer eines Autos versucht hat, mich zu verletzen, um das herauszufinden. Ich wusste es schon vorher und ich denke, es ist an der Zeit, dass du es erfährst.«

Diesmal war es Fox, der würgen musste. »Du hast mir die Show gestohlen, Baby. Auch ich wollte dir heute Abend endlich sagen, dass ich dich liebe. Nur bei gegrilltem Käse anstatt bei Zwiebelringen.« Sie leckte sich über die Lippen und er lachte. »Wir können heute Abend immer noch beides haben. Aber Melody? Ich liebe dich so verdammt sehr. Du bist die Eine für mich. Ich liebe deine Stärke, deine Hartnäckigkeit, dein Talent, deine Schönheit, deinen Verstand und die Tatsache, dass du mich zum Lächeln bringst. Ich liebe es, dass du meine Familie glücklich machst und dass du immer versuchst, dafür zu sorgen, dass keiner sich ausgeschlossen fühlt. Ich liebe dich einfach so verdammt sehr. Und ich hätte es dir schon früher sagen sollen, aber jetzt, da du in meinen Armen liegst und mich so anschaust, ist es wohl wirklich der perfekte Zeitpunkt, denke ich.«

Und dann küsste er sie, denn er konnte sich nicht mehr beherrschen. Er hatte eine Hand auf ihren Bauch gelegt und dort seine Finger mit ihren verschlungen, während die andere mit ihrem Haar spielte. Er war sich sicher, dass der Arzt jeden Augenblick hereinkommen würde oder auch der Rest seiner Familie, um nach ihnen zu sehen. Aber das kümmerte ihn nicht. Er hielt die Frau, die er liebte, in den Armen, und das war alles, was er brauchte. Nachdem er viel zu lange in Whiskey gesucht hatte, hatte er endlich gefunden, was ihn zu Fox machte.

EPILOG

Fox' Finger gruben sich in Melodys Hüften, als er in ihre feuchte Hitze stieß. Ihre Muschi war so heiß, so feucht, dass er bis zum Ansatz in sie eindrang. Es war das erste Mal ohne Kondom, und nackt in ihr zu sein war wahrscheinlich einer der besten Momente seines Lebens.

Melody wölbte sich ihm entgegen und er wickelte ihr Haar um seine Faust, damit er sie hart in die Matratze ficken konnte. Sie keuchte und rief seinen Namen und er tat dasselbe mit ihrem. Er liebte es, sie aus diesem Blickwinkel heraus zu betrachten. Er liebte die Art und Weise, wie die Kurven ihres Hinterns sich um seinen Schwanz schmiegten. Sie war so verdammt heiß und eines Tages würde er sie heiraten. Sie wollten warten, bis das Baby geboren war, auch wenn andere das nicht für richtig hielten. Aber sie wollten warten und nach ihren eigenen Vorstellungen handeln, auch wenn sie das Pferd von hinten aufzäumten.

Und das bedeutete, dass ihm noch ein paar Monate blieben, um seine Freundin zu ficken und nicht seine Frau. Als er das das letzte Mal gesagt hatte, hatte Melody ihm einen Klaps auf den Kopf gegeben und ihm dann einen geblasen.

Sie waren wirklich wahnsinnig verrückt aufeinander.

Melodys innere Wände zogen sich um ihn herum zusammen und sie kam. Er zog sich schnell aus ihr zurück und drehte sie auf den Rücken, damit er ein weiteres Mal in sie hineingleiten konnte. Beide rangen nach Atem, als er über ihr schwebte, seinen Mund auf ihren presste und so hart wie möglich in sie stieß. Er liebte es, wenn sie es langsam angingen und das Vorspiel in die Länge zogen, um die Erregung zu steigern, aber er liebte es noch mehr, wenn sie es hart und schnell miteinander trieben. Melodys Fingernägel kratzten über seine Haut und er wusste, dass er später Abdrücke haben würde. Und er liebte es. Er liebte sie. Er ließ seine Hand zwischen sie gleiten und spielte mit ihrer Klitoris und als sie wieder kam, ergoss er sich in sie.

Sie waren verschwitzt, nass und ein wenig klebrig, aber er wollte das Bett wirklich nicht mehr verlassen.

»Ich glaube, dies war ein guter Weg, um zu sehen,

ob wir wirklich auf Morgensex stehen, jetzt, da du hier wohnst.« Melody lachte und fuhr mit der Hand über die Wölbung ihres Bauches. Sie fing gerade erst an, die Schwangerschaft ein bisschen mehr zu zeigen, aber bis zur Geburt des Babys dauerte es noch lange.

Das würde ihnen mehr Zeit geben, sich ganz und gar kennenzulernen, innerlich und äußerlich. Und Zeit, um ein Kinderzimmer in Miss Pearls Haus einzurichten. Fox war in der Woche zuvor eingezogen, weil er wusste, dass keiner von ihnen die ältere Frau allein lassen wollte. Fox hatte nichts dagegen, sein Haus eine Zeit lang zu vermieten. Schließlich hatte er sich in das Haus, in Miss Pearl und in Melody verliebt, und das alles in kurzer Folge.

»Ich halte Sex am Morgen für einen Gewinn«, stimmte er zu und küsste sie sanft. »Aber ich bin sicher, dass deine Großmutter uns gehört hat.«

Sie errötete. »Nun, ich bin mir sicher, sie hat schon Schlimmeres gehört.«

Er küsste sie erneut und drückte sie an sich. Er hätte nie gedacht, dass sich sein Leben so entwickeln würde, und doch schien es am Ende so, als hätte er den perfekten Weg gewählt. Er hatte sich in eine Tänzerin verliebt, eine Frau, die ihm nicht mehr aus dem Kopf ging, auch nicht, als er es versucht hatte. Er wurde Vater und freute sich so verdammt darauf, Melody als Mutter zu sehen. Seine Familie hatte sie aufgenommen und den Weg, den Fox und Melody eingeschlagen hatten, kein einziges Mal infrage gestellt.

Denn das war es, was seine Familie tat. Sie nahmen Menschen auf und sorgten immer dafür, dass sie sicher waren und geliebt wurden.

Und als er seine zukünftige Frau in den Armen hielt und wusste, dass sie beide aufstehen mussten, weil er noch an einem Projekt arbeiten und sie in ein paar Stunden zum Tanzunterricht musste, wusste er, dass sie mit dem heutigen Tag einmal wieder in den Rest ihres Lebens aufbrachen.

Und zu denken, dass alles mit einem Glas Whiskey zu viel begonnen hatte – und einer Versuchung, weich wie die Sünde ...

Bonusszene: Die Whiskey-geschwängerte Nacht

Weiter in der Whiskey und Lügen:

Whiskey Undone -

Falls ihr über neue Bücher oder Rabattaktionen auf dem Laufenden bleiben wollt, könnt ihr euch gerne für Carrie Anns Newsletter anmelden.

BÜCHER VON CARRIE ANN RYAN

Montgomery Ink Reihe:
Delicate Ink – Tattoos und Überraschungen (Buch 1)
Tempting Boundaries – Tattoos und Grenzen
(Buch 2)
Harder than Words – Tattoos und harte Worte
(Buch 3)
Written in Ink – Tattoos und Erzählungen (Buch 4)
Ink Enduring – Tattoos und Leid (Buch 5)
Ink Exposed – Tattoos und Genesung (Buch 6)
Inked Expressions – Tattoos und Zusammenhalt
(Buch 7)
Inked Memories – Tattoos und Erinnerungen
(Buch 8)

Montgomery Ink Reihe (Colorado Springs):
Fallen Ink – Tattoos und Leidenschaft (Buch 1)

Novellas:

Ink Inspired - Tattoos und Inspiration (Buch 0.5)

Ink Reunited – Wieder vereint (Buch 0.6)

Forever Ink - Tattoos und für immer (Buch 1.5)

Hidden Ink – Tattoos und Geheimnisse (Buch 4.5)

Die Gallagher-Brüder:

Love Restored – Geheilte Liebe (Buch 1)

Passion Restored – Geheilte Leidenschaft (Buch 2)

Hope Restored – Geheilte Hoffnung (Buch 3)

Whiskey und Lügen:

Whiskey und Geheimnisse (Buch 1)

Whiskey und Enthüllungen (Buch 2)

Und auch die folgenden Bücher von Carrie Ann Ryan werden in Kürze auf Deutsch erhältlich sein:

Aus der »Montgomery Ink Reihe«:

Restless Ink

Jagged Ink

Wrapped in Ink

Sated in Ink

Embraced in Ink

Seduced in Ink

Inked Persuasion

BIOGRAFIE

Carrie Ann Ryan ist eine *New York Times* und USA Today Bestsellerautorin moderner und übersinnlicher Liebesromane. Außerdem schreibt sie Literatur für junge Erwachsene. Ihre Arbeit umfasst die »Montgomery Ink Reihe«, »Redwood Pack«, »Fractured Connections« und die »Elements of Five«-Reihe. Weltweit hat sie über vier Millionen Bücher verkauft.

Sie hat bereits während ihres Chemiestudiums mit dem Schreiben begonnen und hat seitdem nicht mehr aufgehört. Inzwischen hat Carrie Ann mehr als fünfundsiebzig Romane und Novellen fertiggestellt – und ein Ende ist nicht in Sicht. Carrie Ann wurde in Deutschland geboren und hat schon überall auf der Welt gelebt. Wenn sie sich nicht gerade in ihrer emotionalen und aktionsgeladenen Welt verliert, liest sie gern, während sie sich um ihr Katzenrudel kümmert, das mehr Anhänger hat als sie selbst.

Besuchen Sie Carrie Ann im Netz!
carrieannryan.com/country/germany/
www.facebook.com/CarrieAnnRyandeutsch/
twitter.com/CarrieAnnRyan
www.instagram.com/carrieannryanauthor/